MARJANE

L'auteur

Née à Lille en 1974, **Marie Pavlenko** obtient son D.E.A. de lettres modernes à Paris III avant de passer par l'École supérieure de journalisme de Lille. Installée à Paris après avoir vécu un an en Jordanie, elle est journaliste pendant quinze ans (presse écrite), puis se lance dans la fiction (scénarios télé, cinéma, BD). Depuis son passage du côté obscur en 2010, elle a publié une trilogie YA, *Le livre de Saskia* (Scrineo jeunesse – PKJ), et un one-shot, *La Fille-Sortilège* (Le pré aux clercs). Elle se consacre aujourd'hui entièrement à l'écriture de ses romans.

MARIE PAVLENKO

MARJANE

LA CRYPTE

POCKET JEUNESSE
PKJ·

Directeur de collection :
Xavier d'Almeida

Loi n° 49 956 du 16 juillet 1949 sur les publications destinées à la jeunesse : mars 2015

ISBN : 978-2-266-25131-0

À Bénédicte

1
LA RÉSIDENCE

Marjane avait hésité, et s'était résignée : elle irait à l'anniversaire de son père. Même si elle était fâchée contre lui. Il y avait de quoi : Marcus de Beaune lui avait une fois de plus interdit de quitter la Résidence. Elle aurait dix-sept ans dans dix jours. Dix jours ! À quelques nuits de sa majorité, ne pouvait-il vraiment pas faire un effort ?

« La loi est la loi… », souffla une voix dans sa tête, qui ressemblait beaucoup à celle de son père.

Et la loi me fatigue ! pensa très fort Marjane. Elle était une des dernières à ne pas avoir atteint l'âge de maturité, cloîtrée à la Résidence jusqu'à son dix-septième anniversaire. Elle avait eu son diplôme haut la main mais ça ne changeait rien. Elle allait rater une sortie mémorable et ne fêterait pas son Passage avec les autres. Ses copains franchiraient les portes de la Résidence, goûteraient à la liberté et plongeraient dans le monde merveilleux des humains, cette énigme. Elle mangerait du gâteau avec une assemblée de vieux ninns coincés. Moyenne d'âge : deux cents ans. Magnifique soirée en perspective… Enfin, c'était toujours mieux que rester toute seule chez elle.

Et puis, le jour tant espéré (que Marjane avait baptisé la « délivrance ») approchait à grands pas. Elle aussi sortirait de la Résidence, libre, et ce serait la fiesta.

En attendant, elle refoula sa colère, passa un bandeau rouge dans ses longs cheveux, noirs et épais, vérifia que ses clefs étaient glissées dans sa pochette en soie, et caressa la tête de son corkan, roulé en boule sur la couette. Dans cette position, de loin, on aurait dit une grosse pelote de laine. Jack déplia ses ailes membranées pareilles à celles d'une chauve-souris, laissa apparaître sa fourrure tigrée, sa truffe grise et ses larges oreilles poilues. Il bâilla, découvrit ses canines pointues, étira son petit corps, et observa sa maîtresse de ses prunelles nacrées. Un roucoulement de contentement fit vibrer le fond de sa gorge.

— C'est toi qui gardes la maison, Jack ! lança Marjane.

Le corkan la regarda d'un air énamouré et se pelotonna sur lui-même, yeux clos. Un instant plus tard, il ronflait.

— Par Lothia, comment peut-on être aussi microscopique et faire un boucan pareil ? s'étonna Marjane à voix haute.

Elle quitta sa chambre, descendit les escaliers, et longea la piscine intérieure dont l'odeur humide fit frémir ses narines. À travers le cube vitré qui servait d'écrin au bassin, Marjane admira la tour Eiffel, sa silhouette de dentelle métallique qui se découpait sur le ciel jaune. Elle gardait un souvenir ému de sa visite, l'année dernière. Les enfants de la Résidence au grand complet (une centaine, de dix à dix-sept ans) s'y étaient rendus et avaient bloqué l'accès aux visiteurs humains pendant une après-midi entière.

Marjane avait ouvert des yeux hallucinés dans le bus qui l'emmenait, serrée contre Ashley. Paris était sublime, chaque détail, chaque statue, chaque pont, chaque monument paraissait enchanté, et un large sourire lui barrait la figure. Les enfants étaient escortés par une nuée d'adultes, indispensables pour éviter tout débordement, et chose rare, son père s'était libéré. Rayonnante, Marjane avait donc passé l'excursion entre lui et Ashley, qui s'extasiait sur tout ce qui bougeait. C'était la première (et unique) fois qu'elle avait quitté la Résidence. Ce souvenir divin la hantait.

Elle dévala une volée de marches et traversa le vaste salon. Ses talons s'enfoncèrent dans le tapis moelleux. Fauteuils ou bergères d'époque côtoyaient des écrans plats dernier cri et des tableaux de maîtres accrochés aux murs immaculés. Marjane picora une framboise dans une corbeille de fruits et brisa les grains acidulés sous ses dents blanches, se glissa dans le long couloir feutré jusqu'à l'entrée, attrapa une veste, et ferma la porte derrière elle.

L'anniversaire de son père avait lieu dans le Petit Hall. Marjane avait donc un bon quart d'heure de marche pour y parvenir. Elle décida de passer par la Première Cour, sa préférée. La Résidence comptait quinze cours intérieures, plus ou moins spacieuses. La plupart d'entre elles étaient des lieux de rencontres, certaines étaient réservées aux familles, d'autres permettaient de pratiquer des activités spécifiques (l'arbalète, le lancer de couteau, le Keni, art martial ancestral des ninns), mais la Première Cour, elle, dégageait une atmosphère particulière, joyeuse et insouciante. Ici, il y avait des rires, des éclats de voix, et les murs paraissaient moins hauts. Marjane sourit malgré elle lorsqu'elle déboucha sous l'arche sculptée.

Des saules et des platanes bordaient la cour, bondée en ce doux début de soirée. Marjane aurait adoré habiter dans l'un de ces immeubles mais son père estimait que la Zone ouest était plus chic. Des amoureux se bécotaient sous un tilleul et Marjane se demanda où étaient leurs crocs, qui ne dépassaient pas de leurs lèvres emmêlées. Elle avait tellement de mal à contrôler les siens… Elle chassa l'idée comme on écarte une mouche et poursuivit son chemin. Ses talons claquaient sur les pavés, résonnaient contre les façades en pierre de taille. Des fillettes jouaient à la corde à sauter et leurs nattes rebondissaient sur leurs épaules. Le soleil dorait le sommet des toits d'ardoise et frappait quelques vasistas, transformés en lingots aveuglants.

Plus légère, Marjane poussa un portillon encastré dans le mur de droite, emprunta un boyau bas de plafond qui sentait le bois vermoulu, ressortit dans le bâtiment mitoyen, bifurqua vers la Troisième Cour, et descendit l'escalator qui menait au Centre enfoui.

Nichée dans le 4e arrondissement, la Résidence se ramifiait et s'épanouissait aussi sous terre, jouxtant parfois parkings et métros humains. Les Parisiens arpentaient les trottoirs de la capitale, les touristes s'y baladaient, appareil photo en bandoulière, et nul ne se doutait que trois mille ninns vivaient sous leur nez.

Protégée par des illusions optiques, la Résidence était invisible depuis le ciel. Elle enjambait des avenues, frôlait un musée – l'enchevêtrement d'immeubles anciens et modernes, d'escaliers et de passages souterrains permettait aux différentes structures de communiquer entre elles –, mais ne s'ouvrait jamais, jamais sur la rue. Seules cinq portes communiquaient avec le monde humain. Sinon, la Résidence était hermétiquement close.

Pour protéger ce labyrinthe, des charmes modifiaient parfois une façade – comme rue Beautreillis, l'ancienne porte de l'hôtel Raoul devant un immeuble contemporain, vestige incongru égaré au milieu de la modernité. Elle masquait en réalité une bâtisse plusieurs fois centenaire avec des fenêtres à croisillons.

Cependant, à part le maillage opéré sur les toits de la Résidence, peu d'envoûtements étaient pratiqués. Les ninns n'aimaient pas la magie, ils la maîtrisaient mal et détestaient faire appel aux étrangers.

Quelqu'un appela Marjane. Pas besoin de se retourner, elle identifia illico le timbre familier d'Ashley, qui accourait.

Essoufflée, son amie la rejoignit. Sa blondeur, ses yeux bleus et son teint de rose lui donnaient d'habitude un air angélique qui faisait fondre les cœurs les plus desséchés. Mais aujourd'hui, le contraste était troublant et avec son maquillage outrancier, Ashley n'avait plus rien d'angélique… sans compter qu'elle mâchonnait son éternel chewing-gum. Marjane éclata de rire.

— Aïe, mes yeux !

— Pas la peine de te venger sur moi, je ne suis pas ton père, ce sale type qui t'empêche de sortir avec nous… la rabroua Ashley en faisant papillonner ses cils rigidifiés par une tonne de paillettes.

— Je plaisante, la rassura Marjane qui sauta au bas de l'escalator, mais j'ai raison : tu vas attirer tous les mecs à cinquante kilomètres à la ronde. Tu pourrais avoir du mal à te contrôler… Après tout, tu joues la blasée mais tu es majeure depuis un mois !

Ashley sourit et désigna ses canines parfaitement lisses.

— T'inquiète, je maîtrise. Et je ne serai pas seule. Il y aura Loubja, Jade, Astrid, Armand et Sonia. Crev et Mats nous serviront de chaperons. Je ne *peux pas* me planter, je te rappelle qu'on fête notre diplôme !

Oui, ça, Marjane le savait. Elle avait terminé avec brio la Spéciale (on appelait ainsi les classes de douze à dix-sept ans qui préparaient au Passage), mais sa mention « excellent » ne la consolait pas. Une bouffée d'amertume la submergea de nouveau. Elle inspira pour l'étouffer et prit la main d'Ashley. Ensemble, elles remontèrent l'une des artères qui menaient au Dôme.

La lumière artificielle donnait aux souterrains de la Résidence une clarté cuivrée, réplique exacte des rayons au couchant. Elle évoluait pendant la journée et singeait le soleil, imitant l'intensité et la durée des jours à la seconde près.

De sa main libre, Ashley arrangea une de ses longues mèches torsadées.

— Je t'accompagne, j'ai encore un peu de temps, je dois rejoindre les autres à 21 heures… Ah, et j'ai eu un coup de fil d'Anton, il fait une fête dans trois semaines et nous demande un concert, ça te dit ?

— Une grosse fête ?

— Je n'en sais rien, une fête, voilà. Ce n'est pas comme si c'était la première fois qu'on jouait, Marje !

La plupart des jeunes de la Résidence cumulaient les activités pour tromper l'ennui. Chacun trouvait sa voie : certains privilégiaient le sport, d'autres le dessin, la sculpture, la danse… Ashley avait commencé la guitare à douze ans. Son professeur était un vieux ninn de quelques siècles, sévère mais plutôt sympathique. En plus du sport, Marjane, elle, avait choisi le chant. Elles s'étaient logiquement mises à répéter ensemble et s'amusaient beaucoup. Au bout de quelques mois, elles avaient sauté le pas et s'étaient produites lors de petits concerts, dans des cafés ou chez des amis.

Le souvenir du premier était totalement flou. Paralysée par le trac, Marjane n'en gardait que des flashs indistincts : Andras son majordome qui l'encourage en coulisse, transpirant comme s'il allait lui-même entrer en scène ; une inconnue au premier rang qui consulte sans arrêt son téléphone ; la silhouette de Mats, dans le fond, qui s'en va sans applaudir après deux chansons… Un cauchemar. Depuis, elles avaient réitéré l'expérience, mais Marjane n'en raffolait vraiment pas. Trop de stress. Elle préférait mille fois mieux jouer chez Ashley, sans public – sauf quand les parents de cette dernière insistaient pour écouter un morceau.

Les parents d'Ashley étaient d'origine simple et Marcus de Beaune ne les fréquentait pas, mais Marjane les trouvait adorables, surtout Bryn, mince femme enjouée et généreuse qui ne s'énervait jamais. Marjane aimait passer du temps avec elle. Elle avait longtemps envié Ashley d'avoir une maman attentionnée et drôle, elle qui n'en avait jamais eu. Elle observait Bryn en train d'embrasser sa fille, notait leur complicité, leurs cheveux blonds identiques… Même leurs disputes étaient enviables ! Car se fâcher impliquait d'être deux : il fallait une personne en face, une personne réelle, qui crie et s'agace.

On ne se disputait pas avec un fantôme.

Marjane ne savait rien de sa mère. Son père avait toujours refusé de lui livrer la moindre information à son sujet, malgré tous les efforts déployés : larmes, supplications, crises de colère, bouderies de plusieurs semaines. Rien à faire, Marcus de Beaune restait intraitable. « Ta mère est mon secret. Je t'aime et donnerais ma vie pour toi mais je ne partagerai pas ce secret. Il m'appartient. »

Marjane avait pleuré de rage, de désespoir. S'était inventé mille mères : des douces qui la consolaient, lui caressaient les cheveux et avaient été tuées dans un accident, des tendres et jolies qui l'aidaient à choisir ses vêtements, des acariâtres qui l'avaient abandonnée et ne méritaient pas que l'on pense à elles, des grandes brunes, des petites châtain, des maigrichonnes. Mais toujours, des mirages.

Parfois, voir Bryn et Ashley ensemble lui faisait physiquement mal. Leur connivence, leurs similitudes (mêmes gestes, mêmes tics de langage) étaient un crève-cœur. Heureusement, son amitié pour Ashley avait eu raison de sa jalousie.

— Alors, Marje ? Concert ou pas concert ?

— Eh bien… concert, non ?

— Super ! se réjouit Ashley qui accéléra la cadence, enthousiaste.

Les artères qui menaient au Dôme fourmillaient de ninns heureux d'être enfin en été, rêvant aux effluves de sable chaud à portée de main. Même les rendez-vous d'affaires étaient plus décontractés. Car la Résidence était aussi un centre économique. Elle abritait notamment des banques qui s'infiltraient dans le système financier humain pour générer des revenus. Ou dans un autre genre, des ateliers de haute couture, célèbres dans le monde entier pour leur audace et leur savoir-faire. Les communautés alliées s'arrachaient leurs créations et commandaient des pièces uniques à prix d'or. Si les robes les plus délicates étaient réalisées sur place par quelques ninns aux doigts de fées, la plupart étaient ensuite confectionnées chez les humains.

Le brouhaha des conversations se répercutait sur le plafond, haut de six à sept mètres. La décoration moderne des restaurants se combinait parfois avec des ruines exhumées pendant la construction de la Résidence : dalles antiques, colonnes romaines, restes d'églises romanes, bénitiers brisés, bustes amputés posés sur des buffets.

Marjane et Ashley longèrent plusieurs terrasses animées et aboutirent à la place de Lutèce, point de convergence des huit artères principales et cœur de la Résidence.

Grande comme un demi-terrain de foot, l'imposante esplanade était peu à peu devenue le « Dôme ». Elle était baptisée ainsi à cause du gigantesque toit de verre qui la surmontait, long et arrondi comme un galet géant. Le Dôme constituait un merveilleux puits de lumière naturelle, qui plongeait dans les entrailles de la Résidence et inondait la place de soleil les jours de beau temps. Un habile jeu de miroirs renvoyait même les rayons dans certaines rues privilégiées et tout le monde, alors, était de meilleure humeur.

L'endroit était si vaste qu'elle en avait le tournis, mais elle aimait la place saturée de bruit, si vivante. Marjane leva le nez pour observer le Dôme. La verrière, perchée à une quinzaine de mètres au-dessus d'elle, affleurait dans la Quatrième Cour au milieu d'un immense plan d'eau, comme le dos d'une baleine en pleine mer. L'accès à cette cour était interdit. Les fondations de la verrière, elles, se métamorphosaient plus bas en baies vitrées des établissements chics ponctuant le pourtour du Dôme.

Le Petit Hall était un de ces lieux haut perchés et surplombait la place tel un nid d'aigle.

— Il y a du monde… commenta Ashley avisant la cohorte de silhouettes endimanchées à l'intérieur.

« Comme si c'était une surprise ! », pensa Marjane. Son père était une figure de la Résidence. Personne ne ratait son anniversaire… Elle soupira et entraîna son amie vers l'un des ascenseurs translucides qui rythmait la place de son va-et-vient vertical et silencieux.

Posté à l'entrée du salon, engoncé dans une veste blanche qui faisait ressortir son teint rougeaud, Andras, majordome de Marcus et Marjane de Beaune, l'interpella.

— Par ici, mademoiselle !

Son goitre mou trembla quand il agita sa main zébrée de cicatrices. Marjane attrapa Ashley et, sans un « pardon » pour ceux qui patientaient devant la porte, fendit l'attroupement.

2
PIÈCE MONTÉE

La première chose que Marjane remarqua en entrant fut la quantité étonnante de couleurs qui flottaient dans la salle : verts soutenus, mauves brillants, gris sombres…

— Qu'est-ce que tu vois, qu'est-ce que tu vois ? la pressa Ashley.

Avec un demi-sourire, Marjane se réfugia près d'une longue table qui débordait de mets. Elle ne percevait pas l'odeur du sang. Pour elle, il n'avait aucun parfum. À la place, dès qu'un filet se répandait, une couleur s'élevait et stagnait comme un petit nuage vaporeux avant de se dissiper lentement. La nuance variait et Marjane supposait qu'elle dépendait de la provenance du sang, mais personne n'avait jamais pu confirmer ou infirmer son hypothèse. Celui d'Andras était d'un bel orange sombre, par exemple. Est-ce que ça signifiait quelque chose ?

— Je vois d'excellents crus… commença-t-elle. Il y a beaucoup de couleurs profondes, chatoyantes. Ah, et aussi un rose pâle… il doit être fruité, par là, indiqua Marjane de son index tendu.

— Oh la la, j'ai envie de tout goûter ! gémit Ashley.

— Tu ne peux pas t'empêcher de faire ton intéressante, hein ? les coupa une voix moqueuse que Marjane reconnut aussitôt.

Sous le coup de l'émotion, ses crocs déchirèrent ses lèvres.

— Qu'est-ce que tu fabriques ici, Mats ? éructa-t-elle.

Le garçon braqua ses yeux noirs sur les canines proéminentes qui luisaient sous son nez.

— Tss, tss, tss... Voilà pourquoi tu ne peux pas te joindre aux sorties des grands !

Marjane se maudit intérieurement, visualisa ses dents « normales », se focalisa sur l'image pendant un temps qui lui parut une éternité, et finit par contraindre ses crocs à reprendre leur taille ordinaire. Elle fusilla le garçon du regard.

— Très malin, comme d'habitude !

Elle allait poursuivre quand elle aperçut son père, à l'autre bout du Petit Hall. Sévère dans son costume bleu nuit, un verre en cristal à la main, il faisait semblant de discuter avec trois hommes. En réalité, il examinait sa fille d'un air narquois que Marjane interpréta aussitôt : « Je te l'avais dit : tu n'es pas prête... »

Rouge de colère, elle se tourna vers Mats.

— Tu es content de toi ?

— Ravi ! s'esclaffa-t-il.

Marjane serra les dents. Elle aurait dû être blindée. Seulement, elle n'y parvenait pas. Chaque petite pique de Mats lui crevait le cœur.

— Ça suffit ! intervint Ashley qui revenait avec deux coupes remplies d'un liquide rouge dont émanait un voile bleu. Marje est assez dégoûtée comme ça, inutile de remuer le couteau dans la plaie ! enchaîna-t-elle en agitant ses boucles blondes.

— Toi, rendez-vous porte Trois dans deux minutes, lâcha Mats.

Et sans attendre de réponse, il tourna les talons.

Ashley tendit une des coupes à son amie.

— Quel boulet. Il fait vraiment tout pour qu'on le déteste !

— Ça, on peut dire qu'il s'applique… grogna Marjane.

Elle chercha la tignasse châtain de Mats dans la foule mais il avait déjà disparu.

— Pourquoi il m'agresse toujours ? Je ne lui demande pas grand-chose, je veux juste qu'il me foute la paix !

— Bah, avec la mère qu'il a, il faut bien qu'il évacue, dit Ashley en haussant les épaules. Pas de chance, ça tombe souvent sur toi…

Elle attrapa une verrine en porcelaine et y creusa un trou à l'aide d'une fourchette en argent.

— Je suis sûre qu'il serait différent s'il avait un père. Sauf qu'il n'en a pas, et avec le temps, il devient aussi teigne que sa mère. Mmmh, délicieux, essaye ce truc !

— Non merci, répondit Marjane.

L'altercation avec Mats lui avait coupé l'appétit.

Ils s'évitaient depuis des années et elle ne comprenait pas pourquoi il s'acharnait à ce point sur elle. Pire : ces derniers temps, sa méchanceté gratuite empirait. Bousculades, moqueries… Marjane se défendait mais pas autant qu'elle aurait pu ou dû. C'était plus fort qu'elle, elle n'arrivait pas à le détester. Impossible d'être indifférente. À chacune des remarques acerbes de Mats, elle était blessée. Mais pour rien au monde elle ne l'aurait avoué à Ashley. Seul Andras connaissait sa peine. La plupart du temps, après les cours, elle prenait un thé et lui racontait sa journée, y compris les vexations et les sales moments.

Ses pensées sautèrent de Mats à sa mère et Marjane frissonna. Sofia Dambre était horrible. Élue Édile il y a sept ans, elle dirigeait la Résidence d'une main de fer. Ça ne devait pas plaisanter tous les jours à la maison.

— Tu as une sale tête. Tu veux que je reste avec toi ? demanda Ashley qui tamponnait sa bouche avec délicatesse pour ne pas effacer son rouge à lèvres.

Marjane se retint de ne pas éclater de rire. Ashley était de bonne foi : si Marjane le lui avait demandé, elle serait restée à la Résidence pour lui tenir compagnie, affrontant avec bravoure la marée de croulants qui paradaient, leur verre de sang à la main. Mais Ashley rêvait de cette sortie depuis un mois et en parlait jour et nuit. C'était uniquement pour s'acquitter de ses devoirs de meilleure amie qu'elle proposait de s'incruster à l'anniversaire de Marcus de Beaune.

— Non, je ne vais pas m'éterniser. Je ne serai pas malheureuse, t'inquiète ! mentit Marjane.

Ashley détendit légèrement ses épaules et dégaina un miroir de poche pour vérifier son reflet.

— Je t'enverrai des photos, promis !

Elle parut hésiter.

— Marje, je suis désolée, il faut que j'y aille…

— Vas-y, va ! dit Marjane en la poussant vers la sortie. Et n'oublie pas de me ramener ta médaille de Miss Camion volé !

Ashley, qui s'éloignait à grands pas, pointa un majeur vengeur dans son dos.

Le sourire de Marjane s'effaça dès qu'Ashley eut franchi la porte du Petit Hall. Une furieuse envie de disparaître la prit à la gorge. Tous les vieux croûtons présents devaient penser la même chose : « Oh, la petite de Beaune est là ! Forcément, elle est trop jeune pour sortir, elle ! »

Marjane se reprit. Pas la peine de s'apitoyer. Elle pouvait au moins essayer de profiter de la fête. Elle s'obligea à bouger et s'approcha de la baie vitrée, laissant errer son regard sur les gens en contrebas. Parmi eux, une silhouette minuscule se tourna vers le Petit Hall et fit un signe de la main. Ashley.

Marjane sourit, attendit que la silhouette disparaisse, et se tourna vers les invités apprêtés. Ce n'étaient que robes à volants, costumes trois-pièces, étoles de soie brodées et tissus de brocart. À une dizaine de mètres, une haute silhouette retint son attention. Dépassant d'une tête et demie le groupe avec lequel il bavardait, un jeune homme avait les yeux rivés sur elle. Les cheveux si blonds qu'ils paraissaient blancs, il leva son verre dans sa direction avec un sourire doux. Surpris, un de ses interlocuteurs se retourna, cherchant à qui il s'adressait.

— Lev a un sévère béguin pour toi… susurra une voix grave aux oreilles de Marjane.

Elle sursauta malgré elle et son père sourit.

— Ah ah, j'arrive encore à te surprendre !

— Tu fais moins de bruit qu'une libellule et je n'ai pas d'yeux dans le dos ! aboya Marjane, soulagée que ses crocs soient restés discrets, cette fois-ci.

La peur, la colère, la soif et un tas d'autres émotions pouvaient lui faire perdre le contrôle.

— Par Lothia, tu es toujours fâchée ? demanda son père.

— À ton avis ?

— Pourtant, c'est ma fête…

— Ah, c'est sûr, ce n'est pas la mienne ! répliqua Marjane en faisant mine de partir.

Marcus de Beaune la retint de ses longs doigts fins ornés de bagues. Il raffolait des rubis.

— Ce n'est pas pour t'embêter que je t'interdis de sortir…

Il était mince, et si grand que Marjane avait le nez sur la boutonnière de sa veste. Elle leva les yeux au ciel, exaspérée.

— Ne te fatigue pas, j'ai compris : on ne parle que de toi, de ta position et de ton bien-être.

— Si tu ne m'avais pas interrompu, j'en arrivais à toi… poursuivit Marcus de Beaune en haussant à son tour les yeux au ciel, dans une mimique parfaitement identique à celle de sa fille. Une dérogation est inenvisageable non à cause de moi, mais parce que tu n'es pas prête. Je suis désolé de te faire de la peine mais c'est la vérité. Tu dois exploiter les quelques jours qui te restent pour apprendre à mieux te maîtriser. Aucun faux pas n'est toléré, Marjane. Tu sais ce qui arrive à ceux qui ne se contrôlent pas dehors…

En effet, c'était très simple : les ninns qui fautaient étaient mis à mort.

D'ailleurs, si elle était honnête avec elle-même, l'intransigeance de son père constituait un soulagement inavouable. Oh bien sûr, elle rêvait de sortir de la Résidence et de se confronter aux humains. Mais cette perspective la terrorisait aussi, comme tout événement nouveau que l'on souhaite et redoute en même temps. Si elle avait obtenu une dérogation pour mineurs, aurait-elle été capable de se tenir ?

— Qu'est-ce que vous complotez, tous les deux ?

Sofia Dambre toisa Marjane du haut de son mètre

quatre-vingt-cinq. Ses yeux perçants semblaient vouloir lui soulever la peau et inciser sa boîte crânienne pour inspecter jusqu'au moindre recoin de son cerveau. Marjane tordit sa bouche en un rictus qui ressemblait vaguement à un sourire, porta sa coupe à ses lèvres, et but une gorgée, moins par envie que pour se donner une contenance.

Aussitôt, un camaïeu de bleus éclata devant ses rétines, rehaussé de nuances argentées qui se transformèrent en montagne au sommet enneigé. Marjane retint son souffle. Car en plus des couleurs, le sang lui livrait parfois des images. D'où provenaient-elles ? Du donneur lui-même ou de sa manière à elle, unique, de « voir » le sang ? Elle n'en avait aucune idée, d'autant que ça ne fonctionnait pas à tous les coups et que les images étaient fugitives. Mais lorsqu'elles surgissaient, elles la mettaient en joie. Sauf, bien sûr, quand les paysages étaient glauques ou dérangeants, avec des cris, de la peine, de la souffrance. Dans ces cas-là, Marjane détestait les visions et souhaitait les faire disparaître. Heureusement, elles duraient le temps d'un battement de cils.

Elle reprit une grande gorgée et crut entendre la neige crisser sous ses pieds, vit le soleil frapper les rochers et la glace translucide.

Son père sourit en la dévisageant et Marjane lui rendit son sourire, fière. Malgré la beauté et l'intensité de la vision, ses canines étaient restées à leur place.

Leur échange de regards interpella l'Édile.

— De quoi s'agit-il ? s'enquit-elle d'un ton pincé.

— Rien.

— Toujours cette histoire de couleurs, Marcus ?

— Oui, ça pose un problème ?

— Non mais c'est inhabituel et je croyais que ça passerait avec l'âge.

— Eh bien, ce n'est pas le cas, rétorqua le père de Marjane.

Sofia Dambre ne connaissait pas l'existence de ces images éphémères. Marcus de Beaune avait décidé qu'il valait mieux les lui cacher. Comme Marjane avait du mal à se contrôler, il avait révélé l'histoire des couleurs pour éviter des ennuis à sa fille, mais il s'en était tenu à une version aseptisée des faits : de simples taches colorées.

Marjane chercha un quelconque secours alentour mais aucun visage amical ne montrait le bout de son nez. Le Petit Hall était plein de membres guindés du Consistoire. Autrement dit, une série de masques cireux, de fards d'un autre âge et de dents longues qui avalaient des litres de liquide vermeil. Les parents d'Ashley n'étaient pas là. N'appartenant pas à l'aristocratie de la Résidence, ils n'étaient évidemment pas invités, malgré les supplications de Marjane jusqu'à la veille encore. Son père, bras droit de Sofia Dambre, n'en avait pas démordu. La famille d'Ashley vivait dans l'aile nord et ne participait jamais aux soirées des dirigeants.

Dommage, Marjane aurait préféré papoter avec la mère d'Ashley plutôt qu'avec celle de Mats, aussi aimable qu'un couteau à dépecer.

— Non ? insista Sofia en fixant Marjane de son œil inquisiteur.

— Non, quoi ? Désolée, je… c'est parce que… j'ai eu une absence… s'embrouilla Marjane, mortifiée.

— Ta fille n'est pas prête, asséna l'Édile à Marcus qui s'empourpra. Elle rêvasse, elle n'a aucune maîtrise d'elle-même.

Avant que son père ait pu répliquer, Sofia Dambre ajouta :

— Je disais que la fête d'anniversaire de ton père était sympathique, mais je ne suis pas sûre que tu partages mon avis. Tu aurais sans doute préféré te joindre à tes petits camarades dans leur entreprise de débauche.

Soufflée, Marjane observa Sofia Dambre sans un mot. Pour finir de l'humilier comme il faut, l'Édile lui tourna le dos et entama une conversation avec Marcus de Beaune. Ce dernier changea donc de sujet, même s'il prit soin de tapoter l'épaule de Marjane pour signifier qu'il était là et que ça irait… Super.

Marjane s'était toujours demandé quel genre de rapport ils entretenaient, tous les deux. Sofia Dambre n'était pas connue pour sa mansuétude ou ses sourires charmeurs. Elle était froide, ne s'embarrassait pas de sentiments. Elle élevait son fils avec une discipline de fer, et d'après ce que Marjane avait compris, l'obligeait à pratiquer toutes sortes d'activités pour développer sa force mentale et sa puissance physique. Mats était devenu une sorte de « chose » qui devait tendre vers l'excellence en tout. Et d'après Andras, qui acceptait parfois de donner son avis, Sofia Dambre n'autorisait son fils à quitter la Résidence que dans son intérêt à *elle*, appliquant le principe selon lequel un jeune homme doit se défouler de temps en temps pour ne pas virer psychopathe.

Le père de Marjane, lui, était sérieux mais avenant. Sévère, mais capable de plaisanter. Il était parfois engoncé, mais jamais méchant ou austère. Son principal défaut ? Être trop occupé, travailler et voyager beaucoup, si bien que Marjane passait parfois des semaines sans le voir. Cependant, il lui rapportait toujours des cadeaux, lui envoyait des cartes postales, et prenait des nouvelles. Certes, il était parfois raide, et avait obligé Marjane à pratiquer le lancer de couteau et le Keni. Mais il l'avait aussi encouragée quand elle avait voulu prendre des cours de chant. Bref, rien de comparable avec Sofia Dambre. D'accord, ils avaient en commun d'élever seuls leur enfant et d'appartenir au Consistoire. Néanmoins, ils se voyaient bien avant l'entrée de Marcus de Beaune au célèbre conseil. Non, vraiment, c'était un mystère : comment son père pouvait-il apprécier la compagnie de cette harpie ?

La porte du Petit Hall s'ouvrit brusquement et Marjane sursauta. Une pièce montée extraordinaire venait d'apparaître. Posée sur un chariot à roulettes, elle était ensevelie sous des monceaux de chantilly, nappée de sucre glace fuchsia et parsemée de grosses cerises confites, si haute qu'elle dissimulait les deux ninns courbés en deux qui la poussaient.

— Eh ben, ça, c'est du gâteau ! s'exclama Marcus.

Les voix de l'assemblée se mêlèrent pour clamer la traditionnelle harangue d'anniversaire :

— *Sous le soleil et sous la lune, Lothia, notre mère, veille sur toi, ninn…*

Marjane joignit sa voix par réflexe. Elle ne quittait pas le gâteau des yeux : rouge sang, il était criblé de bougies. Si le pâtissier ne s'était pas trompé, elle devait en compter cent cinquante-sept.

— *Aujourd'hui, c'est ton tour de veiller sur notre empire…*

Le gâteau s'approcha dans un grincement strident : les roues du chariot n'étaient pas huilées et vrillaient les oreilles.

— *La vie suit son cours mais ce jour est le tien…*

L'imposante pièce montée contourna quelques tables et glissa vers Marjane et son père.

— *Tu as cent cinquante-sept ans, longue vie à toi et à ton peuple, ninn !*

Sous les applaudissements, le gâteau s'immobilisa devant Marcus, désormais acculé à la baie vitrée. Son masque de membre distingué du Consistoire s'était effiloché et il n'arrivait pas à contenir un sourire radieux. Marjane crut discerner dans ses yeux pétillants le petit enfant qu'il avait dû être, il y a très longtemps : appliqué, sérieux, timide. Elle sourit à son tour.

Marcus de Beaune ouvrit la bouche pour prendre une large inspiration…

Et un fracas épouvantable retentit.

Les tympans de Marjane vibrèrent comme si le tonnerre et la foudre se mêlaient. Ahurie, elle recula. Qu'est-ce qui se passait ? Le sol du Petit Hall se mit à trembler, les verres tombèrent sur les tables, roulèrent, se cassèrent, les conversations s'interrompirent. Ça ne pouvait pas être grave, ça n'était jamais grave ! se rassura Marjane en apnée. La Résidence était si surveillée, si… Le vacarme s'amplifia, et soudain, par la baie vitrée, Marjane distingua une pluie solide qui dégringolait, un énorme flot de diamants iridescents aussitôt rattrapé par un déluge d'eau. Marjane recula encore, le cœur battant, incapable de respirer, de quitter des yeux cette monstrueuse cascade. Comme au ralenti devant l'assistance médusée, le torrent d'apocalypse occupa tout l'espace, immense, terrible, grandiose, et disparut.

Le Dôme venait de s'effondrer.

Des hurlements éclatèrent, la multitude de débris s'abattit sur la place de Lutèce dans un effroyable tumulte et la déferlante renversa tout sur son passage.

Affolée, Marjane se retourna pour chercher son père.

— Papa !

Alors que les invités curieux se bousculaient pour s'approcher et assister au spectacle, la baie vitrée du Petit Hall vola en éclats.

Un visage barbouillé de noir protégé par une cagoule s'encadra dans un geyser de verre brisé et un humain fit irruption, suspendu à une corde, un fusil-mitrailleur à la main, suivi d'un autre, puis d'un autre, et ils atterrirent devant l'assemblée pétrifiée.

Qu'est-ce que des *humains* faisaient ici ?

Il y eut une demi-seconde de sidération générale, l'instant suspendu où chacun essaie de comprendre ce qui est en train de se produire.

Puis le premier homme se redressa et tira devant lui à l'aveuglette.

Des cris, des bruits de chaises qui raclent le sol. Comme dans un rêve, Marjane vit plusieurs personnes tressauter sous l'impact des balles.

S'effondrer.

Devenir poussière.

Une main l'attrapa et la tira brutalement en arrière, déchirant son top et l'étranglant à moitié. Marjane se débattit, dérapa sur ses talons, traînée à l'abri d'une table relevée, et s'écroula sur le dos pendant qu'une voix vociférait :

— Le soleil n'est pas encore couché, ne versez pas le sang ! Ne versez pas le sang !

Elle aperçut un éclair blanc : les cheveux de Lev, qui venait de la mettre à l'abri. Où était son père ? La gorge brûlante, Marjane se releva sur un coude.

— Papa ! hurla-t-elle, suffoquée par la panique.

Au milieu du brouhaha, de la vaisselle qui explose, du

bois qui éclate, s'arrache et se fend, plusieurs silhouettes bondirent en grondant. Marjane rampa jusqu'à l'extrémité de la table.

Le « tacatacatac » des mitraillettes assourdissait la salle, entrecoupé de râles et d'invectives. Les déflagrations répondaient aux avertissements, des ordres confus étaient lancés. Dissimulée par le rebord de la table, Marjane se risqua à jeter un coup d'œil. Des ninns se ruaient à l'assaut des humains. Un tesson de bouteille vola, se planta dans la gorge de l'un d'eux. L'homme s'effondra et le ninn qui venait de le lancer, un garde reconnaissable à son uniforme noir, se ratatina en flambant, réduit en cendres dans une convulsion.

Marjane s'aperçut qu'elle voyait flou, les yeux embués par des larmes de terreur. Son père n'était nulle part !

— Ne versez pas le sang, le soleil n'est pas couché ! beuglait-on.

Un impact de balle creva le bois à quelques centimètres d'elle et Marjane se blottit en position fœtale.

— Papa…

Un ninn rampa sous la pièce montée, se ramassa sur lui-même comme un félin, l'œil luisant de haine, et sauta sur l'un des deux humains qui restaient debout et déversaient leur flot de projectiles meurtriers. Le temps qu'il plante ses crocs aiguisés dans son cou, le ninn s'embrasait.

Mais s'il disparut aussitôt, les flammes, elles, gagnèrent la cagoule de sa victime. La gorge ensanglantée, l'homme lâcha son fusil-mitrailleur et porta les mains à sa cagoule en feu. Un couteau fusa, se planta dans la poitrine de son voisin dont la mitraillette continua à tirer en l'air tandis qu'il s'écroulait et basculait dans le vide.

Marjane eut un haut-le-cœur. Un brun taupe

l'enveloppait, mêlé à une multitude d'autres couleurs, arc-en-ciel macabre qui flottait partout.

— Gardez le dernier en vie !

Des dizaines de ninns se jetèrent sur l'humain blessé pour l'immobiliser. Il se débattait avec férocité, grognait, maculait ses assaillants de gouttes écarlates, les jurons s'étranglant dans sa gorge comprimée.

— Andras ! s'époumona quelqu'un.

Le majordome arriva, brandissant un couteau de cuisine.

À genoux, Marjane balayait la salle des yeux, encore et encore. Où était son père ? *Où était-il ?*

Andras ne dit pas un mot. Le menton tremblotant, il courut vers l'humain, écrasa au passage des morceaux de verre, contourna le gâteau piétiné, et planta la lame dans la cuisse de l'homme. Celui-ci gémit, mâchoires serrées.

À quelques pas de Marjane, Sofia Dambre se redressa, les cheveux emmêlés. Des éclats de crème pâtissière constellaient ses joues et sa robe de soirée.

— Emmenez-le ! ordonna-t-elle. Dans la salle blanche !

On tira l'humain sans ménagement. Il tomba la tête la première sur le sol et on le releva comme un pantin.

— Bourreaux ! hurla-t-il.

Andras en profita pour donner un coup de pied dans son genou et le son de l'os qui craque fit grelotter Marjane.

— La crypte ne tiendra plus longtemps ! vociféra le prisonnier.

Andras attrapa un plateau en bois sur une table et l'assomma d'un violent coup sur la tête.

Marjane détourna les yeux. Ses oreilles sifflaient et une appréhension grandissante comprimait sa poitrine. Maintenant que l'humain avait été emmené, tout le monde se relevait, égaré, et cherchait qui sa partenaire, qui son frère, qui son ami.

Prenant appui sur une table brinquebalante, elle réussit à se mettre debout et scruta le sol autour d'elle.

— Je suis désolée, dit Sofia qui l'observait de son œil froid.

Marjane discerna un objet brillant par terre. Brillant et rouge. Une bague ornée d'un rubis. Un abîme se déchira sous ses pieds.

Son père venait de mourir.

3
BROUILLARD

Le soleil perforait les volets clos et des poussières en suspension dansaient dans ses rayons. Marjane entendit qu'on s'affairait avec précaution près d'elle. Un bruit de vaisselle qui tinte. Elle n'eut ni le courage ni l'envie de bouger. Elle voulait disparaître ou à défaut, n'être qu'une chose molle et inerte. Ne penser à rien. Surtout pas à *ça.* Le vide.

Deux petits coups secs retentirent.

— Oui ? chuchota la voix d'Andras.

— Andras, c'est Ashley, vous n'étiez pas là mais je suis entrée quand même…

Andras soupira à peine, retenant sa respiration et son agacement. Des pas prudents sur le parquet, la poignée qui tourne.

— Merci Andras ! s'écria Ashley, aussitôt rappelée à l'ordre par un vigoureux *chut !* Pardon… murmura-t-elle. Elle dort encore ?

— Non, elle fait semblant, répondit Andras. Mieux vaut la laisser tranquille.

Marjane ne réagit pas. Andras la connaissait par cœur, il était déjà au service de son père bien avant sa naissance.

Son père.

La douleur la transperça. Son père n'était plus là, il ne serait plus jamais là, il avait été tué sous ses yeux et…

— Ça fait dix jours qu'elle est enfermée ici. On pourrait peut-être… insista Ashley.

— Venez, je vais vous faire du thé.

Andras était poli mais ferme. La porte se referma sans bruit.

Marjane ne broncha pas, les yeux toujours fermés. Si elle se levait, elle serait obligée de faire face, de *constater* que son père n'était plus là. Le manque, la solitude seraient insupportables. Pour l'instant, elle éloignait la souffrance tant qu'elle le pouvait, en sûreté dans sa chambre, sous sa couette. Jack et Andras étaient ses remparts contre la vérité. Seuls ses souvenirs l'assaillaient par vagues et la déchiquetaient de l'intérieur, sans répit : son père qui devisait avec Sofia Dambre et riait, inconscient de son sort, son père qui, quelques secondes après seulement, serait abattu par un humain surgi de nulle part, par des balles qui avaient pénétré son corps robuste de cent cinquante-sept ans et l'avaient réduit en cendres, le temps d'un claquement de doigts. *Non, pas ça !* Vite, un autre souvenir, un moment doux, beau, heureux : son père qui lui offrait Jack, petit tas de poils à membranes noires recroquevillé dans un panier d'osier, qui entrouvrait ses yeux de nacre innocents… Les larmes remontèrent. L'absence, si violente. *Autre chose !* Son père qui lui racontait ses voyages, enthousiaste : les montagnes si majestueuses, l'odeur des vieux châteaux, de la pluie sur la terre mouillée, les humains et leurs coutumes, les enterrements, les… *Non, pitié… ça faisait trop mal.*

Rien.

Sous la couette, Jack s'étira. Sa fourrure soyeuse remonta le long du bras de Marjane, puis son museau pointa de sous les plis du drap. Il renifla sa maîtresse. Comme elle ne bougeait toujours pas, Jack s'extirpa de son refuge douillet et vint coller sa truffe hérissée de vibrisses sur la joue de Marjane. Avec sa langue râpeuse, il entreprit de lécher consciencieusement les larmes salées qui y coulaient.

* * *

Andras posa la tasse en porcelaine sur le plateau avec plus de vigueur qu'il ne l'aurait souhaité. Un claquement sec lui indiqua qu'il venait de la fendre en deux.

— Merde ! pesta-t-il pour lui-même.

La trentaine d'années passées au service de Marcus de Beaune lui avait appris à garder son sang-froid en toute circonstance. Néanmoins, ces derniers jours avaient sérieusement entamé ses nerfs. Il jeta les morceaux de porcelaine à la poubelle en prenant garde de ne pas se couper, et prit une nouvelle tasse dans le placard, une de celles que Monsieur avait rapportées de Florence. Il n'irait plus dans sa ville préférée.

Depuis dix jours, Andras était abasourdi. Il s'efforçait de continuer à faire tourner la maison, à cuisiner pour la petite Marjane, à s'occuper des lessives, à empiler le courrier. Il avait même emmené Jack à son entraînement de classe 3. Mais sans sa maîtresse, le déplacement n'avait eu qu'un intérêt limité et Jack piaffait pour rentrer et la rejoindre. Andras comprenait. Lui non plus n'aimait pas laisser Marjane. Il avait écourté la séance.

La mort de Monsieur était si brusque, si énigmatique.

Jamais la Résidence n'avait été attaquée depuis qu'Andras y vivait. Elle avait la réputation d'être invincible et invaincue depuis des siècles. Personne n'y pénétrait sans le consentement du Consistoire, et surtout pas des étrangers, humains et armés, par-dessus le marché.

La bouilloire se mit à siffler, chuintement lugubre dans la maison silencieuse. Andras l'éteignit et versa l'eau frémissante dans la théière, noyant les feuilles de thé blanc qu'il y avait éparpillées.

La veille, le majordome avait reçu la visite de Sofia Dambre. L'Édile. D'habitude, elle ne lui adressait jamais la parole : elle exécrait la présence d'humains dans la Résidence. Pourtant, cette fois, il était l'unique interlocuteur disponible et elle avait été contrainte de s'adresser à lui. Elle avait bien essayé d'entrer sans lui jeter un regard mais il s'était planté devant elle, le cœur cognant fort, et lui avait demandé avec une extrême courtoisie ce que madame l'Édile souhaitait. Agacée, au milieu du couloir, elle avait exigé de visiter le bureau de Monsieur. Andras avait refusé, affirmant que c'était à Mademoiselle d'en autoriser l'accès, et qu'elle était indisponible pour le moment. L'Édile avait insisté mais il avait tenu bon.

Andras frémit en repensant au regard incendiaire qu'elle lui avait lancé. Il s'était soudain senti projeté dans la peau d'une proie qui sait qu'elle n'a aucune chance face au prédateur. Sofia Dambre avait fini par tourner les talons, et Andras avait cru défaillir. Il avait aussitôt repensé au coupe-papier que Monsieur lui avait offert à son retour d'Inde. Si jamais... Avec des mots choisis, Monsieur lui avait en effet expliqué que même au sein de la Résidence, il pourrait avoir à se défendre un jour. Et il lui avait montré comment tenir l'arme, où l'enfoncer pour tuer un ninn.

Andras n'avait jamais utilisé l'objet qui gisait dans un tiroir de sa chambre. Peut-être devrait-il songer à l'en sortir ? Allons, il s'emballait. Sofia Dambre était Édile, elle n'allait pas se jeter tous crocs dehors sur lui. Il perdait les pédales, il devait se ressaisir.

Il disposa sur une assiette des cookies semés de pépites de chocolat, inspira, et détendit sa nuque d'un mouvement circulaire qui fit craquer ses vertèbres.

N'empêche, que voulait-elle ? Andras ne pouvait se permettre de lui poser la question, son statut ne l'y autorisait pas. Lev aussi était venu frapper à la porte quelques jours plus tôt. Le beau soldat voulait prendre des nouvelles de la petite Marjane (Andras devait arrêter de l'appeler ainsi, soit dit en passant…), mais avait refusé qu'on la dérange. Alors ? Aucune information sur ces mystérieux assaillants encagoulés. Nulle part. Le journal de la Résidence taisait pudiquement l'événement.

Que voulaient-ils ? D'où sortaient-ils ? Andras serra les mâchoires en se remémorant la sensation de la peau qui se crève. Il avait plongé le couteau de cuisine dans la cuisse du survivant, il avait pris le parti des ninns et blessé un de ses semblables. Vivait-il depuis trop longtemps parmi les vampires ? Oui, parfois il appelait les habitants de la Résidence par le nom que leur donnaient les hommes. Une façon dérisoire de ne pas oublier sa propre humanité.

Il avait ramené Marjane chez elle, à moitié inconsciente et orpheline au seuil de sa majorité.

Andras inspira pour faire refluer sa tristesse.

Dans une grande corbeille, il piocha une pomme dont le jus acidulé titilla ses papilles. Il aimait réfléchir en mangeant, raison pour laquelle son ventre rond avait la forme d'une barrique à whisky.

Les vampires étaient bizarres : ils n'organisaient pas de cérémonie funéraire. Le deuil ne passait par aucun rituel public. Pas de recueillement pendant lequel les pleurs et la peine étaient partagés. Marjane était censée honorer le souvenir de son père sur un petit autel, chez elle. En réalité, elle avait manqué à ses devoirs et n'avait pas décollé de son lit. Elle avait même oublié son anniversaire. Aujourd'hui, elle avait dix-sept ans. Elle était majeure.

Pour Andras, il s'agissait d'une nouvelle capitale. Marjane n'avait plus besoin de tuteur. Elle pouvait vivre libre. Lui pourrait rester avec elle si elle le désirait. Andras, en tout cas, le voulait. Marjane était ninn mais il l'avait élevée comme sa fille et n'envisageait pas de la quitter.

Il entendit Ashley tripoter quelque chose, termina sa pomme, et empoigna son plateau.

Lorsqu'il franchit la porte du salon où patientait la jeune fille blonde, il avait recouvré son masque ordinaire de majordome imperturbable. Il la servit avec élégance, le thé brûlant gazouilla avec délicatesse en remplissant la tasse. Andras se conformait à ce qu'on attendait de lui, comme si la situation était d'une routine confondante, et qu'un manteau de tristesse ne recouvrait pas l'appartement. Mais à vrai dire, il n'avait qu'une hâte : que Marjane se reprenne.

Ashley ne prenait pas de sucre dans son thé mais touilla quand même sa cuillère dedans. Elle trouvait le geste distingué, le tintement argentin agréable. Elle plissa les yeux pour observer Andras qui se tenait debout face à elle, impassible.

— Asseyez-vous, Andras !

Ce dernier la dévisagea, les yeux ronds. Elle soupira bruyamment.

— Pas la peine de faire des chichis, il n'y a que nous deux.

— Ce n'est pas convenable, rétorqua-t-il, pincé.

— Comme vous voulez. Restez debout si ça vous chante, mais racontez-moi ce qui s'est passé au Petit Hall dans les moindres détails.

Andras leva un sourcil. Le tic nerveux d'Ashley faisant tourner sa cuillère dans sa tasse lui mettait les nerfs en pelote.

— Dois-je rappeler à Mademoiselle que c'est la sixième fois que je lui narre les faits ?

— Pas grave, répliqua-t-elle.

Andras sentit la moutarde lui monter au nez.

— Si, c'est grave. Il s'avère que je ne suis pas un perroquet.

Ashley arrêta d'agiter frénétiquement sa cuillère et le considéra, stupéfaite.

— Et si je puis me permettre, continua Andras, plaquant un sourire sur sa figure rougeaude, au lieu de ressasser l'événement, nous ferions mieux de trouver un moyen de faire sortir Mlle Marjane de son lit. Elle va finir par tomber malade si elle continue à... à végéter de la sorte.

Ashley considéra Andras, le majordome que Marjane adorait. Elle venait de se comporter comme une dinde. Elle but une gorgée de thé.

— Pardon, Andras, je suis désolée, vous avez raison.

Une autre gorgée.

— Elle sait que c'est son anniversaire aujourd'hui ?

— Je ne crois pas, répondit Andras après un moment d'hésitation.

— Elle se fiche de tout... renchérit Ashley.

— Aucun doute là-dessus, acquiesça-t-il.

— Mais si on lui disait qu'une course est organisée ce soir, est-ce qu'elle s'en ficherait toujours ?

Une lueur scintilla dans l'œil du majordome.

— Une course ? Vous êtes sûre ? J'ai conduit Jack à l'entraînement et personne ne m'a…

— La décision a été prise hier, s'amusa Ashley. Mats l'a proposé à sa mère pour changer les idées de tout le monde, et l'Édile a accepté. Il ne doit pas s'attendre à ce que Marjane concoure.

— Allons-y ! décréta Andras en quittant le salon d'un pas décidé.

* * *

Marjane regardait le plafond. À quel moment cette peinture avait-elle noirci ? Elle essaya de se rappeler quand sa chambre avait été peinte pour la dernière fois. Son père était vivant, la dernière fois.

— Mademoiselle Marjane… murmura une voix à côté d'elle, et Marjane poussa un cri étranglé.

Elle n'avait pas entendu Andras et Ashley entrer. Jack était en train de lui léchouiller le doigt et une douleur aiguë la réveilla pour de bon : surpris lui aussi, son corkan venait de lui planter un croc dans l'index. Elle leva les yeux sur Ashley qui se tenait droite, et remarqua ses yeux clos, ses mâchoires serrées. Confuse, Marjane observa son index sur lequel une perle couleur rubis grossissait. L'odeur du sang se répandait dans la pièce et Ashley luttait pour garder ses crocs en place.

Ce fut un électrochoc. Marjane s'assit sur son lit et fit signe à Andras. Il avait déjà saisi une bouteille de parfum et en aspergea Ashley qui se mit à éternuer en poussant des petits jappements ridicules. Marjane, elle, suça son doigt, et la plaie arrêta aussitôt de goutter.

— Trop forte… fit-elle à Ashley lorsque celle-ci rouvrit les yeux.

Ashley sourit d'un air penaud.

— Désolée, pas facile de me contrôler quand tu saignes… Oh, le coup du parfum ! Grandiose !

— Andras et moi, on tente d'améliorer ma maîtrise des crocs, et on a une technique bien rodée.

— Je vois ça !

— Et est-ce que Mademoiselle Marjane pense être rodée pour la course de ce soir ? badina Andras qui avait entrepris d'ouvrir les volets sans sa permission.

Le soleil entra à flots dans la chambre et Marjane fronça les sourcils. Un instant éblouie, elle eut du mal à faire le point. Ses draps étaient chiffonnés, des vêtements étaient pliés sur la chaise de son bureau. Les gamelles à moitié pleines de Jack étaient posées au pied de son lit.

Elle attrapa son reflet dans le miroir posé sur son étagère : les cheveux sales et emmêlés, les traits creusés, les yeux gonflés, collés, elle avait l'air malade. Elle se redressa tout à fait, avec l'impression tenace de sortir d'un long rêve brumeux. Non, un brouillard épais, plutôt, et un cauchemar.

— Une… une course ? bégaya-t-elle, s'accrochant au présent comme à une bouée.

Ne pas sombrer, ne pas ressasser, le manque, la vacuité, partout.

— L'Édile organise une course de corkans ce soir au coucher du soleil, expliqua Ashley. Mats y sera, tu peux le pulvériser.

— Si Mademoiselle le souhaite, elle peut même sortir ensuite. Je pourrais l'accompagner… proposa Andras.

Sortir ? Marjane le dévisagea sans comprendre.

— C'est votre anniversaire… précisa-t-il d'une voix douce. Vous avez atteint l'âge, Marjane.

Sous le coup de l'émotion, il avait avalé le « mademoiselle » qu'il accolait systématiquement à son prénom. Marjane crut que l'oxygène de la pièce avait soudain disparu. C'était la seule explication possible à l'étouffement qui venait de la saisir. Elle examina son majordome comme si elle le voyait pour la première fois, comprit enfin le sens de ses paroles, et réussit à aspirer une grande goulée d'air. Cette « délivrance » espérée depuis dix-sept ans avait un goût répugnant. C'était une pauvre, une misérable délivrance. Marjane éclata en sanglots.

Ashley allait s'avancer vers son amie mais le large corps d'Andras lui barra le passage. Le majordome s'assit sur le lit qui couina sous son poids et enlaça Marjane qui l'étreignit.

— Là… là… chuchota-t-il en caressant ses longs cheveux ébène.

Marjane laissa les larmes et le chagrin sortir.

Elle se souvint d'Anton, le grand frère de Sonia, le jour où il était rentré de sa première sortie. Majeur. Il était hilare, sa chemise froissée et entrouverte. Un bouton avait sauté, ses cheveux étaient en bataille. Dans la Sixième Cour, il avait été entouré et assailli de questions. À côté, Mats frimait. Il avait deux ans de plus qu'eux, il était habitué. Marjane écoutait presque religieusement les secrets qu'Anton consentait à dévoiler : l'odeur de bière et de transpiration humaine dans les bars, les rues bondées, le soir, les filles qui se déhanchent. Elle éprouvait un mélange d'excitation et de peur. Bientôt, bientôt ce serait son tour…

Elle y était et ne sortirait pas. Elle ne découvrirait pas le monde pour fêter sa majorité. Cette perspective était risible. Futile. Elle n'en avait pas le courage.

Le majordome attendit qu'elle se calme, puis de sa grosse main, gesticula pour qu'Ashley le rejoigne. Cette dernière s'assit sur le lit et Andras lâcha Marjane, les yeux rougis, lui aussi.

— Je vais chercher du thé, dit-il en s'éclipsant.

Marjane s'essuya les joues et renifla un grand coup.

— C'est quoi cette histoire de course ?

Ashley se rapprocha et lui tendit un mouchoir.

— Mats a décrété qu'il s'ennuyait et l'Édile pense sans doute que la Résidence a besoin de se changer les idées. La môman de ton meilleur ami a donc accepté d'organiser ce soir une grande course sous le Dôme.

Dans la seconde, Ashley regretta ses paroles. Mentionner la « môman » et le Dôme… double faute. Quelle idiote elle faisait !

— Le… Le Dôme ? balbutia Marjane.

— Oui, il est reconstruit, s'empressa de préciser Ashley. Depuis hier. Je suis désolée, Marje, je n'aurais peut-être pas dû te proposer. Ils l'ont refait à l'identique et ont travaillé d'arrache-p…

— Quel genre de parcours ? l'interrompit Marjane.

Elle évita le regard d'Ashley. Elle savait que son amie voulait bien faire. Ashley était drôle et dévouée mais si maladroite, parfois… Marjane caressa Jack qui roula sur le dos, offrant son ventre à sa maîtresse, les quatre pattes en l'air, ses ailes sombres à la peau délicate dépliées sur le lit. L'abandon de l'animal l'apaisa.

Une course ce soir… Comment des humains avaient-ils pu pénétrer dans la Résidence, et fracasser le Dôme, qui plus est ? Non, pas le Dôme. La course, la course la sauverait.

— Le genre long et complexe, avec une dizaine de participants et des circuits distincts, j'imagine, expliqua Ashley avec un entrain qui sonnait faux. En fait, Marje, j'ai peu d'infos : reconnaissance cinq minutes à l'avance, pas une de plus.

Les ninns étaient par essence violents mais passaient leur vie à tenter de dompter leur nature. Ils s'appliquaient à devenir des êtres raffinés, muselant l'animal en eux… Sauf dans certaines circonstances codifiées. La bête embusquée avait alors l'autorisation de dévoiler son vrai visage, et surtout, ses crocs. La course de corkans en faisait partie.

— Tu veux courir, Jack ? demanda Marjane en se penchant sur son corkan.

L'animal fouetta l'air de sa queue osseuse, s'étira, fit le dos rond, et s'envola près de la fenêtre, où il s'agita et roucoula doucement.

— Il veut courir ! conclut Ashley, soulagée.

Sur le seuil de la porte, son corkan perché sur l'épaule droite, Marjane hésita. Aurait-elle la force de s'immerger dans la course ? Ashley lui prit la main et Andras lui tapota l'épaule d'un air confiant.

— Vous revenez avec le trophée et je prépare un dîner somptueux, lâcha-t-il le plus naturellement du monde.

Marjane parvint à sourire et les griffes de Jack

s'enfoncèrent dans sa peau. Elle fit un petit coucou de la main à Andras avant de disparaître.

Ashley l'avait prévenue : « Tout le monde va te lorgner avec un petit air tristoune, ne fais pas attention. » Néanmoins, remonter l'artère vers le Dôme et supporter ces regards navrés lui souleva le cœur. Marjane ne voulait pas de la pitié des gens. Elle préférait qu'on lui foute la paix. Au milieu du trajet, elle accéléra et Ashley dut trotter pour suivre ses grandes foulées.

— Ça va ? s'enquit-elle.

— Oui. En fait, je te remercie. Aussi bizarre que ça puisse paraître, ça me fait du bien d'être dehors... avoua Marjane.

Sur son épaule, Jack roucoula. Il était avec elle, heureux d'avoir quitté la chambre à l'atmosphère désolée.

— Tu sais que Lev est venu prendre de tes nouvelles ? questionna Ashley.

— Non, Andras ne m'a rien dit.

Marjane regarda droit devant elle. Lev... Son père lui avait fait remarquer qu'il avait un « sévère béguin » pour elle ce soir-là. Elle pinça les lèvres.

— Ne m'en veux pas, Ashley, je n'ai pas envie d'en parler. C'est trop frais.

— T'inquiète, chacun réagit comme il peut. À ta place, je serais une flaque incapable de bouger. Je t'admire, sourit Ashley en attrapant le bras de son amie.

Le ciel au-dessus du Dôme prenait une teinte bleu-vert, la nuit accourait, victorieuse. La place de Lutèce avait été évacuée, désormais entourée par une épaisse palissade de bois qui en dissimulait le centre. Des gradins étaient disposés autour de la piste et les spectateurs affluaient. Ceux qui étaient déjà assis pouvaient voir l'intérieur de l'arène.

— Je vais t'inscrire ! lança Ashley qui s'exécuta aussitôt. Accroché à son épaule, Jack feula.

— On a le temps, Jack, calme-toi…

Marjane le grattouilla sous le menton et le corkan frotta sa tête contre sa paume. Elle chercha des yeux les concurrents et les inspecta d'un œil professionnel. Ils étaient huit, installés devant la loge masquée par un lourd rideau noir en bordure de piste. Des vieux, des jeunes, des aguerris. Le Conseiller Luka Danglas, fin et grisonnant, toujours emprunté, avec Hiro, son corkan jaune, qu'il inscrivait à toutes les courses sans les gagner – Bryn, la mère d'Ashley, travaillait pour lui. Il était le seul membre du Consistoire à courir, et s'en fichait. Il avait l'air exténué, le teint plus blafard que d'habitude.

Marjane se souvint que Luka Danglas passait beaucoup de temps à s'entretenir avec son père, ces derniers temps. Ils s'étaient considérablement rapprochés. La mort de son père devait l'avoir remué, lui aussi, malgré son âge avancé qui aurait dû le prémunir contre tout (quoi ? Trois cents, quatre cents ans ?).

Elle avisa aussi Merry, identifiable à sa touffe de cheveux couleur myrtille. Sa corkane à la fourrure mauve et moirée était bien trop douce pour l'emporter, même si elle était véloce et volontaire. Et Maya, une grande blonde, très amie avec Merry. Elle paraissait une quarantaine d'années, avec un nez trop long et des yeux rapprochés d'un bleu étincelant. Sereine, elle était assise sur une caisse qui traînait, et cajotait sa corkane, Speranza.

Marjane leur adressa un signe de tête auquel ils répondirent avec la même sobriété.

Puis elle étudia les autres. Certains lui étaient inconnus mais elle ne les craignait pas. Elle avait confiance en Jack.

Marjane continua à observer la foule qui se massait. La tension, tangible, augmentait à chaque seconde.

Enfin, elle l'aperçut.

Adossé aux gradins, la moitié de son corps dans l'ombre, sa femelle Kiko posée sur son avant-bras, Mats patientait. Il dévisageait Marjane comme un loup devant un faon.

4
LA COURSE

Marjane en eut le souffle coupé. Il était si hargneux, si cynique, ce regard ! Elle venait de perdre son père. Mats était-il vraiment devenu comme sa mère : un être glacial dépourvu d'empathie ? Elle frissonna.

Les haut-parleurs éparpillés dans les gradins grésillèrent.

— **Les concurrents sont priés de regagner la loge principale…**

Marjane chassa son angoisse et sa déception, les remisa dans un coin éloigné de son cerveau. Elle devait être ici et maintenant. Elle contourna la piste et rejoignit la loge, espace confiné aménagé en bord de piste dans lequel les concurrents se retrouvaient avant le départ, leur corkan sur l'épaule.

— Bonsoir, Marjane, dit Luka Danglas de sa voix suave. Content de te revoir.

Avant qu'elle ait pu répondre, le rideau se soulevait derrière elle et Marjane sut que Mats était entré : sa présence hostile lui brûlait la nuque.

— Parle pour toi, Conseiller ! lança-t-il.

En d'autres temps peut-être, Marjane aurait répliqué.

Pas aujourd'hui. Même concentrée sur la course, elle évoluait dans une sorte de brume irréelle dont elle ne souhaitait pas sortir. Surtout pour se disputer avec Mats. Elle l'ignora donc et caressa Jack dont la queue fouettait l'air dans un mouvement de balancier saccadé.

— En tout cas, Luka parle pour moi, précisa Maya. Tu es courageuse d'être venue, Marjane.

— Inconsciente, tu veux dire, reprit Mats.

— Par Lothia, il suffit, Mats ! cingla Luka dont l'autorité était indéniable.

Jack feula et découvrit ses dents pointues, exprimant l'émotion de sa maîtresse. La connexion s'établissait déjà entre eux, sans que Marjane la contrôle. Leur lien était si fort qu'il commençait à se nouer avant la course. Elle devait rester vigilante.

— **Reconnaissance dans soixante secondes.**

Des vibrations d'excitation émanaient de Jack.

— **Pas le droit de communier avant le coup de sifflet… Tenez-vous prêts !**

Les concurrents se rassemblèrent, les corkans grognèrent. Marjane se plaça en bout de ligne, devant le rideau noir, à côté de Maya. Elle essuya ses mains moites sur son jean. Elle n'avait pas couru depuis trois mois, et n'avait pas communié avec Jack depuis. Lors de la dernière course, son père était là, dans les gradins, qui l'encourageait, elle était une fois de plus arrivée deuxième et…

— **La piste est ouverte. Vous avez cinq minutes !**

Le rideau s'ouvrit sur l'arène. La palissade finissait de coulisser pour dégager la piste, les barrières de bois formaient un large cercle et la séparaient des gradins. Sur un parterre de sciure fraîche qui exhalait des relents résineux, une foule d'instruments et d'obstacles avaient été disposés.

On distinguait des barres en métal, des pointes, des tunnels, des cerceaux, des hélices… Chaque installation portait un numéro, que Marjane devait prendre soin de retenir.

Les concurrents s'éparpillèrent. Marjane remarqua les trois jurés installés sur le bord de la piste, à la même distance les uns des autres, formant un triangle équilatéral. Toujours les mêmes : deux femmes et un homme âgés qui avaient jadis couru. Ils étaient attentifs, munis de jumelles, et faisaient respecter les règles à la lettre. Ils étaient en mesure d'éliminer Jack… ou d'appeler la pelle pour ramasser son corps.

Ça n'arriverait pas.

Marjane s'avança jusqu'au centre et ne put s'empêcher de lever le nez vers le Dôme intact au-dessus d'elle, copie conforme de l'ancien. Un croc de Jack doucement enfoncé dans son menton la rappela à l'ordre.

— Concentration, Jack, oui, tu as raison… murmura-t-elle.

Elle dénombra seize obstacles. Près d'elle s'élevait une cheminée de métal, sorte de tube d'environ deux mètres de haut pourvu d'une ouverture à sa base. Marjane devina qu'elle abritait un réseau de barres métalliques entrelacées jusqu'au sommet. C'était le numéro 4. Elle se tourna sur sa gauche et aperçut le numéro 5 : trois cercles de métal aiguisés sur les rebords, qui se chevauchaient de façon aléatoire. Elle tressaillit.

Impossible, elle avait mal vu ! Le souffle court, Marjane vérifia ses soupçons : à droite, un carré enflammé rapetissait et s'élargissait à un rythme indéterminé. Plus loin, une série de lames disposées en étoiles tournaient. Marjane sentit ses genoux fléchir : elle était en reconnaissance… sur un parcours de classe 5 ! Bon sang, Ashley ne s'était-elle pas renseignée ? Et Andras ? Ils ne devaient pas savoir ! Jamais Marjane ne participait aux parcours de classe 5, dangereux pour les corkans. Trop d'entre eux en ressortaient blessés, au mieux. Les cas dramatiques ne se comptaient plus. Elle s'agrippa à un obstacle et chercha Ashley parmi les spectateurs. Assise au premier rang, livide, cette dernière lui faisait signe de sortir.

« N'y va pas ! » articula-t-elle sans un son.

Oh ça, Marjane était d'accord ! Hors de question de jouer la vie de Jack ! Elle s'apprêta donc à quitter l'arène, mais Jack roucoula à son oreille. Le lien se tissait malgré elle et à sa grande surprise, elle ressentit son envie de courir.

— **Quatre minutes !**

Marjane resta debout, indécise. Non, le risque était trop important. Elle traversa la piste en direction des gradins, et par réflexe, enregistra les obstacles. Numéro 7 : quatre haches suspendues par le manche oscillant comme le balancier d'une horloge ancienne. Numéro 15, toile d'araignée en trois dimensions tissée en fils barbelés, avec marquages à toucher pour valider l'obstacle.

Jack ne tenait pas en place et feulait pour signifier son mécontentement. Marjane continua, poings serrés. Elle devait le sortir de là. Mais il lui léchouilla le lobe de l'oreille, suppliant, et elle hésita.

Elle ne voulait pas perdre Jack, compagnon adoré, cadeau de son père, sorte de lien ténu qui continuait à exister entre elle et lui. Mais elle ne voulait pas contraindre son corkan non plus. Elle s'arrêta devant l'obstacle 12. Jack n'avait jamais émis le souhait de courir en classe 5. Pourquoi avait-il l'air d'y tenir autant aujourd'hui ? Qu'est-ce qui changeait ? Elle inspira. Elle devait lui faire confiance.

Tout sauf le maintenir captif comme elle vivait depuis toujours, enfermée dans une prison dorée, asservie aux règles de son père et de la communauté ninn.

Marjane piétina sur place une poignée de secondes, envahie par le doute. Pour ne pas devenir l'incarnation de ce qu'elle exécrait, elle devait respecter le vœu de son corkan. *Quel qu'en soit le prix.*

Elle rebroussa chemin.

Jack roucoula de nouveau et se frotta contre son cou. Il ne devrait pas quitter la piste et serait obligé de terminer le parcours, sinon il serait éliminé. Il n'aurait plus jamais le droit de courir. Marjane se redressa, les yeux brouillés par les larmes, et quadrilla la piste avec méticulosité, s'efforçant de retenir les obstacles, leurs numéros, d'anticiper la façon dont Jack pourrait les aborder.

— **Deux minutes.**

Les jambes de Marjane tremblaient. La fébrilité de Jack, elle, augmentait. Ses ailes restaient maintenant à moitié déployées, comme si le corkan, tendu, était sur le point de s'envoler.

— **Une minute.**

Marjane se dépêcha de retourner au centre de l'arène, ouvrit grands les yeux et tourna lentement sur elle-même pour embrasser la piste dans sa totalité. Elle ne voyait plus les gens, elle était seule avec Jack, concentrée.

— **Attention, la reconnaissance s'arrête dans dix secondes. Regagnez la loge. Dix, neuf…**

Marjane courut jusqu'aux barrières et les franchit au moment où la voix terminait son compte à rebours. Mats arriva juste derrière elle et la bouscula pour passer la limite en temps voulu. Elle reprit son souffle sans un regard pour lui et chassa la sensation tenace de ses mains sur son dos.

— **Nous allons procéder au tirage au sort.**

La nuit tombait et la lumière au-dessus du Dôme diminuait d'intensité.

Sofia Dambre brandit un large récipient de métal martelé. Marjane s'approcha sans que l'Édile paraisse remarquer sa présence. Les concurrents s'attroupèrent. Ils entreraient en même temps sur la piste, se frôleraient, se croiseraient, essaieraient de ne pas se gêner... Au signal, ils plongèrent tous la main dans le pot, et en ressortirent chacun un bout de papier plié en huit : leur feuille de route, unique. Elle indiquait l'ordre dans lequel ils allaient affronter les obstacles. Le premier à franchir la ligne d'arrivée aurait gagné.

C'était l'unique objectif de Marjane : franchir cette ligne d'arrivée. Peu importait le classement, tant que Jack était en un seul morceau.

Elle déplia la feuille sans pouvoir arrêter les spasmes nerveux qui secouaient ses longs doigts, si semblables à ceux de son père. « Parcours numéro 8. Ordre de passage des obstacles : 4 – 12 – 2 – 5 – 9 – 1 – 14 – 3 – 16 – 7 – 10 – 11 – 6 – 8 – 13 – 15. Tout manquement ou inversion vaudra élimination. »

— **Rejoignez vos places et procédez à la communion. Départ dans deux minutes.**

Il ne fallait pas rater ce moment crucial. Marjane avisa le poteau qui portait l'étendard 8. Il était au bout de la ligne de départ. Elle s'y précipita, s'assit sur la chaise disposée à son intention, s'installa bien droite, Jack toujours sur son épaule, et s'efforça d'effacer le monde autour d'elle. *4 – 12 – 2 – 5 – 9 – 1 – 14 – 3 – 16 – 7 – 10 – 11 – 6 – 8 – 13 – 15*, se répéta-t-elle. Il s'agissait désormais d'oublier son corps pour s'immiscer dans celui de Jack. Ne faire qu'un avec son corkan.

Marjane ferma les yeux. Les bruits autour d'elle s'atténuèrent, avalés par une bouche invisible. Elle prit une dernière fois conscience de son dos droit, de ses cuisses sur la chaise en bois, et après une longue inspiration, les raya de ses sensations. Tout disparut.

Elle était dans un néant sombre et familier, elle n'avait pas peur. Elle appelait Jack en esprit, et lui l'appelait. Elle visualisa mentalement les moustaches noires, les grands yeux nacrés, les ailes ébène, la fourrure marbrée, le poil doux. Elle ne savait pas comment le corkan procédait, mais lorsque la communion était lancée, Marjane baignait dans ce noir nébuleux et informe, puis, peu à peu, était aspirée, transformée en nuée de particules lumineuses qui dansaient en volutes jusqu'au corkan pour se fondre en lui. 4 – 12 – 2 – 5 – 9 – 1 – 14 – 3 – 16 – 7… Jack, maintenant, avait capté la projection mentale de sa maîtresse et l'attirait. 10 – 11 – 6 – 8 – 13 – 15… La difficulté de cette symbiose était de réussir à se projeter de façon totale en Jack et de rester elle-même. Être un et deux. L'appel de Jack gagna de l'ampleur, Marjane se dilua et fut enfin propulsée dans le corps du petit animal.

Bientôt, elle commença à percevoir comme s'ils étaient siens le minuscule cœur de Jack, les griffes tranchantes qu'il rentrait et sortait avec nervosité. Il lui sembla qu'elle agitait, elle aussi, sa queue osseuse pour cingler l'air. 4 – 12 – 2 – 5 – 9 – 1 – 14 – 3 – 16 – 7 – 10 – 11 – 6 – 8 – 13 – 15. Marjane eut chaud, tourna son museau vers la piste. Un feulement rauque sortit de sa gorge. Les fines membranes de ses ailes le démangeaient, alors Jack les ouvrit et Marjane eut la sensation de déployer ses ailes, elle aussi. Les couleurs, soudain, étaient saturées, avec des dominantes rouges et jaunes ; les odeurs plus marquées, celles de la transpiration, du métal chaud, du sang. Mais aucune nuance colorée, cette fois. Seuls des accents ferreux emplissaient les narines frémissantes. Un parfum musqué emplissait l'air, ainsi que l'effluve des autres corkans en train de communier avec leurs maîtres. 4 – 12 – 2 – 5 – 9 – 1 – 14 – 3 – 16 – 7 – 10 – 11 – 6 – 8 – 13 – 15. Jack quitta l'épaule de Marjane et bondit sur le poteau qui lui était destiné. Il leva son museau et une fragrance familière pénétra ses narines : celle de Mats. Elle était brute, forte. Dans cet état de transe propre à la communion, Marjane n'aurait su dire si elle était agréable ou non, mais elle avait un parfum d'enfance, d'innocence, et d'animalité voire de brutalité mêlées. Jack roucoula et la vibration de sa gorge, de leur gorge, signifiait : « Reste avec moi, on y va… » Marjane sourit malgré l'angoisse qui l'étreignait. 4 – 12 – 2 – 5 – 9 – 1 – 14 – 3 – 16 – 7 – 10 – 11 – 6 – 8 – 13 – 15, se répéta-t-elle une dernière fois.

La sonnerie résonna.

Ils s'élancèrent, et la foule se mit à hurler.

Jack grimpa en flèche, ondulant au rythme de ses battements d'ailes, et Marjane ressentit l'euphorie du vol, l'excitation du défi qui coulait dans son corps musculeux. *Quatre*, lui souffla-t-elle, implantant le chiffre, limpide, dans l'esprit de Jack. Le Dôme s'approcha, immense dans les yeux nacrés du corkan, puis Jack fit volte-face et se laissa tomber en piqué vers le premier obstacle, les membranes collées aux flancs. L'air vibrait autour de lui, fouettait sa fourrure. Il avait parfaitement mémorisé la cheminée. Un éclair vert et un corkan passa à pleine vitesse sous eux. Manquant Jack de peu, il décrivit une boucle pour affronter son obstacle. Jack resta concentré, ouvrit ses ailes pour ralentir, prit une courte inspiration et s'engouffra dans le haut de la cheminée. Aussitôt le tapage s'atténua comme si le corkan s'était enfoui dans du coton, ses pupilles s'élargirent brutalement, et Jack rabattit ses ailes pour traverser l'enchevêtrement de barres de métal. Il se faufila, se contorsionna, glissa. Agrippée à sa chaise, Marjane sentit le métal appuyer sur ses côtes et son ventre mais Jack poursuivit, plus rapide qu'un serpent, et sinua jusqu'à la sortie d'où il jaillit sans s'arrêter et repartit. *Douze*... Jack hésita et Marjane s'efforça de lui montrer mentalement le tunnel gris, horizontal, en bordure de piste. Il accéléra, vrilla pour éviter de justesse le corkan de Merry qui ressortait d'un grand cercle, et sous les acclamations déchaînées des spectateurs, se hâta de rejoindre le tunnel. L'intérieur était parsemé de fines pointes aiguisées. Jack devait le traverser d'une traite, sans bouger les ailes. Il prit donc son élan et plongea. Il était presque parvenu au bout lorsqu'un cri strident retentit : un corkan venait de se blesser. Jack sursauta et dévia de sa trajectoire. Une pointe acérée érafla sa cuisse droite et Marjane ressentit la douleur cuisante. Jack gronda et sa maîtresse s'efforça de lui envoyer une vague de sérénité, souriant sur sa chaise. Elle était avec lui, ils allaient y arriver... Jack se rétablit d'un habile coup d'épaule et poursuivit sa traversée sans se plaindre. Dès qu'il fut sorti, il fit demi-tour. Il savait qu'il devait voler à tire-d'aile vers le numéro 2.

Jack et Marjane franchirent les douze obstacles suivants sans encombre. Ils faillirent entrer en collision avec Speranza mais Jack l'esquiva : sa fourrure frôla le ventre de sa congénère. C'était moins une.

La course s'effectuait au milieu d'un boucan épouvantable, où chacun encourageait son favori, braillait et se dressait pour mieux voir, poussant des exclamations enragées ou inquiètes. La vraie nature des ninns exultait. Mais ni Jack ni Marjane n'accordaient d'importance au brouhaha qui les enveloppait.

L'avant-dernier... songea Marjane. Jack calcula le temps nécessaire pour passer entre les cercles coupants, ralentit, puis accéléra à la dernière seconde et se jeta dans le feu. Il les franchit sans accroc, à part quelques poils roussis, et continua, arrimé mentalement à Marjane, guidé, encouragé par elle.

Plus qu'un. Marjane n'avait pas ouvert les yeux une seule fois, en symbiose parfaite avec Jack. Elle était au plus près de lui. Ne pas le lâcher un instant, être en phase avec chacun de ses mouvements, de son ressenti. Elle ne savait pas à quelle place ils se classaient et s'en fichait. Elle ne désirait qu'une chose : que Jack sorte de l'arène vivant.

Un « oh ! » fusa du public et Maya gémit tandis que les poils de Jack se dressaient sur son arrière-train, armada d'infimes aiguilles picotant sa peau. Speranza était blessée. Une autre clameur dans le public. Morte ?

Jack perdit le fil de sa concentration et dévia en zigzaguant devant lui. Il ne devait pas quitter l'arène ! La panique le gagna et le tumulte explosa à ses oreilles. Il couina, perdu. Marjane serra les dents. Elle devait prendre les rênes, même si elle redoutait cette manœuvre dangereuse, pouvant se fondre en Jack jusqu'à s'y perdre. Si elle ne le faisait pas, c'était terminé. Elle prit sa décision en un battement de cils et s'oublia, écrasa sa personnalité pour s'immerger plus profondément en Jack. Marjane devint corkan, être vif doté de cette vision aiguë du monde, porté par un instinct infaillible et des sens affûtés. Elle eut chaud et se mit à pleurer de douleur, le flanc à vif, désorientée par le vacarme du public. Impossible de réfléchir, les pensées construites n'étaient plus son langage, elle avait envie, besoin, peur. Elle ne pouvait analyser et prévoir, elle devait *être*. Dans l'ombre de leur esprit symbiotique, elle tâtonna à la recherche de Jack, de sa conscience palpitante.

Le tout prit une seconde.

Aussitôt qu'elle trouva Jack tassé en lui-même, elle l'entoura de sa présence réconfortante et en même temps, l'obligea à tourner à gauche. Elle lui fit effectuer un demi-tour en un looping serré, et rétablit sa trajectoire droit sur l'obstacle numéro 15, la toile d'araignée barbelée. *Le dernier,* imposa-t-elle à l'esprit de Jack. Un flot de reconnaissance émana du corkan. Il se tendit vers son objectif.

Marjane eut un haut-le-cœur et un coup de marteau déchira sa tête. Elle laissa Jack reprendre le contrôle et s'obligea à réintégrer ses pensées, ses souvenirs, son corps posé sur la chaise. Une fine pellicule de transpiration recouvrait son visage, son crâne carillonnait sans discontinuer, et une migraine grandissante courait derrière ses orbites et sa nuque. Elle ouvrit les paupières, le souffle court, les referma, repartit avec Jack.

Il devait se poser sur la toile d'araignée, la parcourir en long et en large afin de toucher cinq points roses fluorescents que les jurés ne quittaient pas des yeux. Il n'avait pas le droit de s'envoler entre chaque marque et devait filer sur les barbelés. Jack lança ses pattes en avant pour atterrir, et réussit à ne pas s'écorcher. Il grimpa prudemment jusqu'au premier rond que lui indiquait Marjane, situé sur le sommet de la toile, plaça sa patte gauche dessus, redescendit en direction du deuxième, posant avec précaution ses coussinets sur le métal coupant. Il parcourut ainsi la toile avec minutie, furtif, résolu, et n'était plus qu'à une dizaine de centimètres du dernier point, les ailes déjà entrouvertes pour repartir, quand la toile vibra avec violence.

Jack rebondit, décrocha et dégringola, roulé en boule, s'éraflant sur les barbelés. Marjane sentit sa peau se déchirer et sa fourrure se maculer de sang. Une de ses membranes se déchiqueta. Fulgurante, la douleur irradia et Marjane gémit à son tour, pliée en deux sur le rebord de la piste dont elle n'avait plus conscience.

Jack se rattrapa *in extremis* à un barbelé dont la pointe lui crevait la chair, les pattes arrière suspendues à quelques millimètres du sol. Il s'agrippa et Marjane l'encouragea à remonter tout de suite, le museau en l'air. Elle reconnut l'odeur de Kiko avant de repérer l'animal : la corkane de Mats avait atterri au centre de la toile. La rudesse avec laquelle elle s'était posée dessus avait produit une brutale vibration et l'onde de choc avait projeté Jack hors de l'obstacle. À l'aide de ses griffes acérées, Jack s'accrocha et entreprit de grimper à nouveau vers le cinquième point. Le sang chaud dégoulinait sur son flanc et Marjane, poings fermés, la tête morcelée, entendait les gouttes s'écraser sur le sol.

Hors d'eux, les spectateurs continuaient de beugler, alléchés par l'odeur du sang, même animal, le stress, la souffrance, la fin imminente qui désignerait le vainqueur ; l'appétit grandissait, les crocs sortaient sans crier gare. Étourdie, Marjane bascula dans son propre corps et abandonna Jack, qui continua malgré tout, décidé. Elle leva les yeux sur le public affamé et elle sentit ses crocs commencer à la chatouiller. Elle s'asséna une gifle retentissante et la migraine éclata de plus belle. *Concentrée ! Jack !* Elle grimaça, se cala dans sa chaise et le rejoignit. Il venait de poser la patte sur le dernier rond rose. Il allait quitter l'obstacle pour galoper vers la ligne d'arrivée quand une douleur atroce lui laboura le dos : les canines pointues de Kiko venaient de s'y planter. Jack grogna, roula sur lui-même, écrasa la corkane dans sa galipette, et sans attendre un deuxième assaut, se lança dans le vide. Ses ailes, salement amochées, ne réussirent pas à amortir la chute. Lorsqu'il toucha le sol dans une glissade au milieu de la sciure, une de ses pattes arrière craqua et Marjane hurla avec son corkan.

Jack se releva au moment où Kiko atterrissait devant lui, babines retroussées. Il resta immobile, crispé, puis, ramassé sur lui-même, recula et envoya ses griffes en avant, mais jamais assez près pour érafler la femelle. Kiko avançait, Jack reculait. Marjane ne comprenait rien. Que fabriquait Kiko ? Avait-elle un compte à régler avec Jack ou bien Mats obligeait-il sa corkane à le mutiler ? Pas le temps de réfléchir. Marjane pressa Jack d'écarter Kiko mais le corkan renâcla : sa conscience était saturée de colère et de tristesse. Son museau fut de nouveau entaillé et Marjane décida d'en finir. Elle s'immisça un peu plus dans l'esprit et le corps de Jack. Et pour la première fois, elle le sentit lutter *contre* elle, tenter de la repousser.

Le corkan ne voulait pas blesser sa congénère. Sa détermination était inébranlable. Il n'était pas d'accord, il rejetait Marjane. Pourtant, cette course devait s'achever. Le cœur de Jack battait fort, bousculé, épuisé, son sang continuait de dégouliner. Il s'affaiblissait à chaque instant. Marjane en avait mal mais elle n'avait pas le choix. Elle inspira un grand coup, écarta l'esprit de son corkan et prit possession de son corps à l'agonie. Elle fit rouler les muscles des épaules, vérifia que le corps lui obéissait, qu'il était *sien*. Jack feula, Marjane sortit les griffes de sa patte antérieure droite. Jack résista mais Marjane se contracta tout entière, et le força à faire saillir ses griffes. Elle banda les muscles de sa patte, et visa l'œil.

Jack couina en même temps que Kiko. Marjane le détourna déjà de la vision d'horreur et le dirigea vers la ligne d'arrivée. Jack batailla, l'œil de Kiko revenait encore et encore dans son esprit affolé mais Marjane fut la plus forte et Jack se traîna dans la sciure, empli de peine et de douleur, les pattes glissant sur le sol trop lisse de la place de Lutèce, sous les huées et les applaudissements. Kiko appela à l'aide et Jack voulut se retourner mais Marjane l'en empêcha, pleurant à chaudes larmes à présent, et elle le poussa vers la ligne d'arrivée, un pas, un autre, un autre, encore un autre. Au moment où Jack franchissait enfin la ligne, une ombre passa au-dessus de lui : Kiko venait de bondir pour passer devant.

Jack s'effondra sur le sol, Marjane quitta aussitôt son esprit pour réintégrer son corps et courut vers lui. Lorsqu'elle arriva à la ligne, Jack était allongé par terre et léchait l'œil sanguinolent de Kiko. Cette dernière léchait l'aile lacérée de Jack en tremblant.

Leurs deux petits corps emmêlés et vibrants se guérissaient mutuellement.

Mats arriva hors d'haleine. Sans prendre la peine d'analyser ce qui se peignait sur son visage, Marjane, furieuse, lui lança son poing dans la figure. Le bruit sec résonna sous le Dôme malgré les cris et la clameur des spectateurs qui se levaient pour quitter l'arène.

— **Les concurrents sont priés de rejoindre la loge pour l'annonce des scores…**

— Marjane ! appela une voix d'homme, grave et inquiète.

Marjane n'écoutait pas. Elle se baissa, prit délicatement

Jack dans ses mains, non sans avoir caressé la douce fourrure sanglante de Kiko, et quitta l'arène en courant.

— Marje !

Marjane ne ralentit pas, vite rejointe par Ashley qui fendait la foule en lançant des « Pardon ! Pardon ! » angoissés. Mêlant ses boucles blondes aux cheveux noirs de son amie, elle se pencha sur Jack qui tremblait sans discontinuer.

— Je suis désolée… balbutia-t-elle mortifiée. Ils ne m'ont pas dit, pour la classe 5, je suis vraiment désolée, Marje, si j'avais su…

Marjane ne desserrait pas les mâchoires. La haine l'envahissait tellement qu'elle en bégaya.

— Mats est malade, il est…

— Luka t'appelle ! l'informa Ashley qui regardait pardessus son épaule.

— Je m'en fous ! grogna Marjane accélérant.

Elles contournèrent l'arène en petites foulées et l'appréhension de Marjane grandit : Jack pourrait-il s'en sortir malgré la quantité de sang perdu ? Et voler ? Son aile était dans un état pitoyable, la membrane en lambeaux…

Elle remonta au pas de course une des artères, grimpa à la hâte des dizaines de marches, les muscles endoloris, traversa une cour sous la lune à moitié pleine, lança ses chaussures dans le noir et poursuivit pieds nus, cavalant désormais pour rejoindre Andras.

Il avait déjà soigné Jack, il pourrait l'aider. Si jamais Jack… Si jamais… Elle tuerait Mats.

Non, Jack allait vivre.

Marjane dévala un escalier hélicoïdal, Ashley, pieds nus elle aussi, lui tint une lourde porte blindée par laquelle elles s'engouffrèrent, et elles remontèrent enfin le couloir qui menait à son appartement.

Marjane y pénétra comme une furie, le cœur au bord des lèvres… et s'arrêta net.

Dans le corridor, une console était renversée, le coupe-papier d'Andras gisait à terre, un voile orangé flottait dans l'air.

Et au milieu du salon, Sofia Dambre enlaçait Andras, les crocs plantés dans la gorge du majordome.

5
LE COFFRE-FORT

Une bouffée de haine submergea Marjane et ses crocs lui déchirèrent les lèvres.

— Lâchez-le ! ordonna-t-elle sans reconnaître sa voix, rauque et tranchante.

Surprise, l'Édile se releva et se reprit aussitôt. Du sang dégoulinait sur son menton poudré. Andras geignit, essaya de relever la tête mais Sofia Dambre lui appliqua une pichenette sur le front qui le fit chanceler. Un grondement sourd sortit de la gorge de Marjane sans qu'elle puisse le contrôler.

— Ou quoi ? sourit l'Édile.

Marjane posa délicatement Jack par terre et ramassa le coupe-papier d'Andras. Le grondement ne s'arrêtait plus, elle grondait en parlant.

— Ou je vous tue.

Elle serrait si fort le coupe-papier que les jointures de ses mains avaient blanchi. Sofia Dambre la considéra, yeux plissés, puis se redressa, Andras toujours dans les bras.

— Tu oserais t'en prendre à ton Édile ?

— Ici et maintenant, vous n'êtes plus Édile, vous n'êtes

qu'une sale voleuse qui attaque mon majordome, cingla Marjane.

— Mademoiselle Marjane… souffla Andras, livide. Faites attention à…

Tout alla très vite. Sofia Dambre leva la main pour frapper Andras et Marjane, hors d'elle, lança le coupe-papier. La lame fusa, traversa le couloir en un éclair et se ficha droit dans l'avant-bras de l'Édile. Cette dernière resta sidérée, l'œil rivé à la lame enfoncée aux deux tiers dans sa chair, et Marjane lui sauta dessus. D'un geste vif, elle agrippa les cheveux de Sofia Dambre et la fit basculer en arrière. Andras s'écroula à sa suite dans un bruit sourd. Enragée, Marjane bondit, attrapa une carafe en cristal, la brisa sur une commode, fondit sur l'Édile et brandit le tesson tranchant au-dessus de sa figure.

— Disparaissez. Tout de suite !

— On ne menace pas impunément l'Édile au sein de la Résidence ! la prévint Sofia Dambre.

Un rictus déformant son visage, elle recula pour mettre de la distance entre elles avant de se relever.

Ashley, blême, s'était réfugiée à l'abri du portemanteau, fossilisée dans l'entrée. À l'approche du plus haut personnage de la Résidence, qui marchait à reculons pour rester face à Marjane, elle se tassa pour se cacher. L'Édile ne la remarqua même pas.

— Sortez ou je jure que je vous égorge… gronda Marjane qui voyait désormais des taches noires dans l'air.

Sofia Dambre atteignit la porte, trouva la poignée et s'y accrocha, toujours face à Marjane.

— Tu regretteras ce que tu viens de faire, petite sotte !

Incapable de se maîtriser, Marjane balança son tesson. Il se fracassa sur la porte par laquelle l'Édile venait de s'enfuir.

Hébétée, Marjane se ressaisit et courut auprès d'Andras. La gorge du majordome était ouverte et du sang en coulait à flots, dégageant des nappes orangées vaporeuses.

— Andras ! cria Marjane. Andras, vous m'entendez ?

— Une bonne saignée, au Moyen Âge, était considérée comme le summum de la modernité médicale… articula le majordome avec difficulté.

— Le coagulant ! intervint Ashley qui s'était approchée à pas précautionneux. Tu dois avoir du coagulant dans ta pharmacie, dépêche-toi !

— La pharma… la pharmacie… bredouilla Marjane en montant les escaliers quatre à quatre jusqu'à la salle de bains.

Elle fouilla dans le placard, renversa tubes et comprimés, trouva un des précieux sachets et redescendit en trombe. Sans prendre la peine de le diluer dans l'eau, elle en versa directement le contenu sur la plaie d'Andras, comprima sa gorge, et compta jusqu'à trente, hypnotisée par le sang qui s'échappait de la plaie béante. Bizarrement, tout ce sang n'éveillait pas sa soif. Il appartenait à Andras. Il était trop familier, trop…

— Vingt-huit, vingt-neuf, trente…

Le sang aurait dû s'arrêter mais il continuait de s'écouler, encore et encore, et formait de petits affluents carmin qui inondaient ses mains.

— Va en chercher un autre ! la pressa Ashley.

— Appuie bien sur sa gorge, ne le touche p… Enfin, fais attention ! lança Marjane à son amie dont les yeux luisaient.

— T'inquiète, j'assure… murmura Ashley.

Ses canines, en effet, restaient invisibles.

Cette fois, Marjane prit la boîte et arrosa la blessure d'Andras de poudre bleue. Le temps qu'elle prenne la place d'Ashley, le débit du sang diminuait.

— Ça marche... soupira-t-elle.

Par prudence, elle laissa ses mains en place.

— Comment va Jack ?

Ashley avait pris soin de poser le corkan sur une chauffeuse. Elle se pencha sur lui.

— Euh... pas très bien, je crois.

Marjane ôta ses paumes et constata, soulagée, que le sang avait cessé de fuir le corps d'Andras.

— Aide-moi, on va le mettre dans le bureau de mon père, il y a un divan.

Quelques secondes plus tard, Andras était allongé sur un canapé en cuir noir et emmitouflé dans une couverture. Ashley fonça lui préparer un cocktail vitaminé. Marjane, elle, courut désinfecter les plaies de Jack en parlant toute seule. Ses mains tremblaient tandis qu'elle se rejouait la scène avec l'Édile. Sofia Dambre avait complètement perdu la tête, comment avait-elle pu s'en prendre à Andras ? Elle était sur le point de le tuer ! Et Marjane ? Elle venait d'attaquer l'Édile ! Bon sang, qu'est-ce qui lui avait pris de brandir ce tesson ? Quand cesserait-elle d'être débordée par ses émotions ? Elle était incapable de se contrôler, son père avait raison ! Son père qui ne pourrait plus jamais la défendre et la laissait entre les griffes de cette malade... Les larmes recommencèrent à couler. De rage, d'impuissance. Marjane grogna pour les contenir. Une envie sourde la rongeait : celle de vouloir saigner l'Édile, la voir souffrir et supplier, elle si hautaine, si désagréable.

Ses dents pointues dépassaient toujours de ses lèvres tandis qu'elle se concentrait pour nettoyer et bander maladroitement les profondes blessures de Jack. Il se laissa faire, grelottant, yeux clos.

Lorsqu'elle revint dans le bureau, Jack emmailloté dans un de ses pulls en cachemire, Andras avait repris connaissance.

— Nous avons peu de temps, mademoiselle Marjane… croassa-t-il.

— Taisez-vous, vous allez vous fatiguer.

— Elle va revenir. Nous devons partir.

— Partir ? L'Édile est en tort, elle n'oserait pas s'en prendre à Marjane, qui vient de perdre son père, en prime ! contra Ashley, outrée.

Mais Andras avait raison et Marjane le savait.

— J'ai fait n'importe quoi, Andras…

— Ce n'importe quoi m'a sauvé.

— Qu'est-ce qu'on fait ? poursuivit Marjane sans prêter attention aux propos de son majordome. Qu'est-ce qu'elle voulait ? On va où ? Je…

— Rassemblez des affaires de première nécessité dans un sac, sans oublier d'emporter le coagulant et la boîte noire, celle avec les herbes.

— OK, et vous ?

— Je vous suis, mais d'abord, si vous le permettez, je vais inspecter le bureau de votre père. L'Édile a insisté pour y pénétrer à plusieurs reprises. Il y a ici quelque chose qui la jette hors de ses gonds.

— Allez-y, fouillez tout ce que vous voulez, mais avant, je vous en supplie, soignez Jack, il va très mal, précisa Marjane en tendant l'animal au majordome. Moi, je prépare nos bagages !

Marjane monta en trombe dans sa chambre et remplit à la hâte un sac avec des vêtements de rechange, son ordinateur, une photo de son père, son miroir, une trousse de toilette et d'autres bricoles prises au hasard. Puis elle se rua dehors et grimpa un étage supplémentaire pour parvenir à la chambre d'Andras, nichée sous les toits. Elle hésita et se résolut à pousser la porte.

Entrer lui fit l'effet d'une gifle. Elle n'était pas venue ici depuis si longtemps... L'espace sous les toits était le sanctuaire d'Andras. Elle y passait souvent, enfant, quand son père était absent, qu'elle avait un problème, du chagrin, ou juste envie d'une histoire. Andras lui lisait un livre, lui racontait une anecdote, l'écoutait. Ils riaient, papotaient, lançaient des couteaux. Et puis, Marjane avait grandi. Un jour, son père lui avait expliqué qu'il serait désormais inconvenant d'ennuyer Andras. Elle devait respecter sa vie privée et le vouvoyer par la même occasion. Bien sûr, si elle le lui demandait, Andras la laisserait visiter ses quartiers : elle était la maîtresse de maison. Cependant, elle devait être consciente qu'il ne le ferait pas par plaisir, mais par obligation. Bouleversée, Marjane avait pris ses distances, persuadée que si elle réapparaissait sous les toits, Andras se sentirait contraint d'être aimable et disponible. Elle avait pleuré, appris à lui dire « vous », et n'était plus jamais revenue.

Trois fois plus petite que sa chambre à elle, la pièce était impeccable, d'aspect monacal : un lit, une commode ventripotente, un bureau avec une chaise, une étagère remplie de livres et une photo d'Andras jeune. Il posait sur la plage. Il n'avait pas de double menton, à l'époque, et déjà sa belle carrure. Sur la table de nuit, Marjane avisa une autre photographie et retint son souffle en s'approchant : il s'agissait d'une photo mal cadrée, prise de guingois. Andras, en veston immaculé, portait dans ses bras une petite fille brune aux cheveux longs d'environ cinq ans. Le majordome se tenait sur la terrasse de leur appartement, à la Résidence, sous un ciel radieux. Il était fier, heureux. Son large sourire le prouvait. Marjane ne se souvenait pas d'avoir jamais vu Andras sourire avec autant de franchise et de naturel. La petite fille, elle, s'accrochait à la veste blanche du majordome, agrippée de ses mains potelées. Elle respirait la joie de vivre, cette fillette brune. Marjane observa la photo, subjuguée. Elle ne l'avait jamais vue. Une photo d'elle et Andras ! Qui l'avait prise ? Son père ? Non, ce n'était pas son genre… Qui alors ?

L'urgence de la situation se rappela à son bon souvenir et Marjane se secoua. Elle fourra les deux photos dans le sac, attrapa les vêtements soigneusement pliés dans la commode et les enfourna avec le contenu du bureau qu'elle versa en vrac dans le bagage plein à craquer. Puis elle repartit, le dos courbé, et débarqua échevelée dans le salon.

— J'ai tout ! Enfin, tout ce que j'ai pu emporter…

— Il y a tellement de papiers qu'on ne sait pas où donner de la tête ! répliqua Ashley, perchée sur un escabeau.

La tête penchée sur le côté, elle étudiait les dossiers de Marcus de Beaune rangés dans une imposante bibliothèque en merisier. La masse compacte de classeurs atteignait le plafond.

— Comptes 1940-1980, Conseils, Élections, Banque, Achats, Immeubles province…

— Ce qui est précieux sera plutôt du côté de son bureau, précisa Andras, mais on ne sait jamais.

— Finissez votre boisson, vous ! rétorqua Ashley qui se sentait inutile.

Sous l'œil attentif de Marjane, Andras but quelques gorgées du liquide visqueux et déploya un effort surhumain pour ne pas vomir.

— C'est horrible…

— Désolée, je me suis trompée, j'ai mis tous les ingrédients habituels sans trop réfléchir et j'ai incorporé une poche de sang.

Andras fit la grimace et se tourna vers Marjane.

— Mademoiselle, m'autorisez-vous à ouvrir le coffre de Monsieur ?

— Vous connaissez le code ?

— Non… répondit le majordome qui se pencha sur le coffre en métal encastré dans le mur.

— Où est Jack ?

— Sur le canapé, il a pris la place d'Andras, sourit Ashley.

— Il va s'en sortir, ajouta le majordome. Il a besoin de beaucoup de repos, ce qui n'est pas gagné, mais ça devrait aller. Voyons ce coffre…

Marjane et Ashley se dévisagèrent, paupières mi-closes. Comment Andras comptait-il s'y prendre sans le code ? Il avait commencé à taper sur les touches en relief.

— Ça ne devrait pas être sorcier… murmura-t-il pour lui-même.

— Qu'est-ce que… commença Ashley.

— Chut ! fit-il, agacé.

Dans le silence du bureau, le majordome appliqué essaya une combinaison, puis une autre, comme s'il composait un numéro de téléphone à rallonge.

D'un seul coup, la serrure claqua et la porte s'ouvrit.

— Ben, enfin, Andras ! s'exclama Ashley, soufflée.

— Le code correspond à votre date de naissance, mademoiselle Marjane ! se réjouit-il. Vous avez pris les herbes ?

En même temps qu'il parlait, il vidait le coffre sur le bureau avec des gestes gauches. Dedans, des pochettes cartonnées scellées.

— Oui, répondit Marjane qui n'en revenait toujours pas, et presque toutes vos affai…

Elle fut interrompue par la sonnerie de son portable, qui claironnait dans sa poche. Elle ne reconnut pas le numéro, hésita, décrocha.

— Marjane, c'est Mats ! Ma mère arrive chez toi avec cinquante gardes !

— C'est encore une de tes blagues pourries ?

— Dépêche-toi, *dégage* ! la pressa-t-il avant de raccrocher.

Exsangue, Marjane leva les yeux vers Andras.

— L'Édile vient nous arrêter…

— Quoi ? ! glapit Ashley.

Fiévreux, Andras replaça dans le coffre quelques pochettes prises au hasard sur le bureau et le referma.

— Filons !

Marjane attrapa Ashley par la manche et la poussa devant elle, glissa les pochettes dans un sac à dos suspendu dans l'entrée, et installa Jack du mieux qu'elle put sur ce monceau de paperasse. Elle passa la lanière du gros sac de voyage sur son épaule, et courbée sous le poids, s'enfuit dans le couloir sombre, soutenant Andras qui peinait, encore affaibli.

— Et moi ? couina Ashley, affolée. Je fais quoi ?

— Rentre chez toi ! Elle ne t'a pas vue. Surtout, tu ne dis rien, RIEN ! Tu n'étais pas là, OK ?

Dans la Première Cour, elles se séparèrent. Ashley voulut embrasser Marjane mais cette dernière cavala en lui envoyant un baiser.

— Ne dis pas de bêtise pour m'aider, hein ? Je t'appelle dès que je peux !

Ashley regarda s'éloigner la silhouette grotesque de Marjane tenant Andras d'une poigne de fer, boursouflée par les sacs. Elle était abasourdie. Pourquoi l'Édile avait-elle agressé Andras ? Qu'y avait-il dans le coffre ? Marjane venait de se sauver comme une voleuse ! Tu parles d'un anniversaire de majorité : le grand saut version gore. Marjane ne méritait pas ça. Pourvu qu'elle tienne le coup, se surprit-elle à penser. Pourvu qu'elle reste en vie, qu'elle ne fasse rien de… Des pas précipités et des éclats de voix dans un bâtiment tout proche la tirèrent de ses pensées. Ashley essuya ses larmes d'un coup de manche et déguerpit sous une enfilade d'arcades pour rentrer chez elle au plus vite.

Marjane se rua vers la porte la plus proche.

— Non, marmonna Andras, elle aura prévenu les gardes, prenez la Quatrième Cour, je connais un passage…

Marjane acquiesça et obliqua. Sa respiration était saccadée mais elle continua de courir, guettant le moindre bruit suspect. Il était presque minuit. Si le sous-sol de la Résidence devait fourmiller de fêtards déambulant sur la place de Lutèce et ses environs, l'extérieur était calme. Elle avait enfilé des baskets, dont les semelles souples étouffaient ses pas.

— Là-bas ! montra Andras d'un doigt tendu.

Il désignait un épais mur en pierre de Paris, fait de larges et hauts blocs beiges. Marjane vint buter dessus, sourcils froncés.

— La deuxième rangée en partant du haut, troisième pierre sur la gauche, appuyez dessus…

La jeune fille s'exécuta et une porte se découpa dans le mur.

— Par ici ! hurla-t-on derrière eux. Ils s'enfuient !

— Vite, poussez, la porte est lourde !

Marjane s'adossa et pesa de tout son poids sur la pierre froide, poings serrés. Dans un crissement, la porte finit par tourner sur ses gonds et s'ouvrit sur l'obscurité d'un tunnel. Marjane et Andras y plongèrent. La porte se referma et un silence absolu s'abattit sur eux.

— Ne perdons pas de temps !

Marjane s'enfonça dans les ténèbres et lutta contre son instinct qui voulait la faire tâtonner pour ne pas risquer de heurter un obstacle. Le terrain descendait en pente douce et elle eut le sentiment de plonger dans une souricière. Ses sacs cognaient contre les parois rêches et Jack gémissait, malmené dans son sac à dos.

— Désolée, Jack, marmonna-t-elle, à bout de souffle.

— Attention, on devrait bientôt arriver à des march…

Trop tard, Andras s'affaissa et Marjane le rattrapa à la dernière seconde.

Le son derrière eux s'amplifia soudain, les voix s'éclaircirent.

— La porte Sept… murmura Andras pendant qu'ils grimpaient un escalier en colimaçon.

Le sac raclait les murs qui s'effritaient à leur passage.

— Il n'y a pas de porte Sept, Andras ! souffla Marjane paniquée.

À cet instant précis, elle heurta un nouveau mur. Andras prit appui sur son épaule, tendit sa paume vers la pierre, glissa sa main pour trouver un emplacement, et récita une étrange formule. Le mur de pierre se descella.

— Vous parlez l'adama ? s'étrangla Marjane qui l'attira au milieu d'un square cerné par la végétation.

Sans trouver la force de répondre, Andras désigna une direction. Marjane fit le tour d'un bâtiment en pierre qu'elle ne prit même pas la peine de détailler, descendit un escalier, jeta ses sacs par-dessus la balustrade, aida le majordome à la franchir, et l'imita, la transpiration dégoulinant dans son dos. Puis elle claudiqua sur l'allée de graviers, contourna deux gigantesques marronniers, et avisa enfin une grille. Concentrée sur son objectif, le corps meurtri par sa course effrénée, elle y boitilla, fit la courte échelle à Andras, et finit par escalader, elle aussi. Elle se retourna.

Au-dessus d'eux, immense, écrasante, se dressait la tour Saint-Jacques. La porte Sept y était dissimulée.

— Par Lothia…

— Vite, je crois qu'un bus est en train de partir ! la pressa Andras.

Une dame en fourrure qui promenait son chihuahua sur le trottoir poussa un cri aigu en les voyant faire irruption du square.

— Qu'est-ce que… fit-elle, scandalisée.

— Bonsoir, chère madame ! lança Andras, et il poussa Marjane devant lui.

D'un coup d'œil, Andras désigna le bus à l'arrêt cinq mètres plus loin. Ce devait être le dernier départ. Sans demander son reste, Marjane bifurqua dans cette direction en clopinant sous le poids de ses fardeaux.

— S'il vous plaît ! hurla-t-elle.

Le chauffeur fermait déjà les portes mais les rouvrit. Marjane et Andras grimpèrent à bord.

Le bus s'ébranla avec un ronflement de mammouth. Personne n'était apparu à la sortie du square.

Ils étaient sauvés. Pour l'instant.

6
LE LION DE PIERRE

Mats rongeait une petite peau qui cernait l'ongle de son index. Lorsqu'il s'en aperçut, il s'arrêta et quitta son lit moelleux. Incapable de rester en place, il remonta le couloir jusqu'à la cuisine en faisant craquer les jointures de ses doigts, et ouvrit le réfrigérateur. Le froid l'enveloppa et il se pencha sans rien voir, absorbé dans ses pensées.

Au sortir de la course, il avait récupéré Kiko à moitié mourante. Et Marjane, toujours si policée, si détestablement lisse, lui avait envoyé son poing dans la figure. Il n'en revenait toujours pas. Qu'est-ce qui avait dérapé ?

Lorsque sa corkane avait atteint la ligne d'arrivée, Mats avait couru à sa rencontre, horrifié par sa douleur, qu'il partageait. Il avait cherché sa mère pour obtenir des précisions mais elle n'était plus là. Elle s'était éclipsée et n'avait pas été témoin de ce surprenant final. Curieux : Sofia Dambre se fichait royalement des courses de corkans mais mettait un point d'honneur à assister à celles auxquelles son fils participait, et qu'il était bien sûr censé gagner. Les corkans étaient des animaux rarissimes, qui provenaient de deux élevages : l'un basé en Inde, l'autre en Italie. Il était donc de bon ton pour une famille aisée d'afficher un corkan dans son patrimoine, et Mats n'était pas dupe : sa mère lui avait offert Kiko pour le prestige. Lui l'adorait, tout simplement.

Il n'avait pas réagi lorsque Marjane l'avait frappé. Pourtant, d'habitude, dès qu'il était près d'elle, il était submergé par des bouffées de haine incontrôlable. Il avait envie de la blesser, de lui faire mal, il avait envie de…

Pas cette fois. Il était trop K.-O. Il avait pris le trophée qu'on lui tendait, serré des mains, et foncé chez le corkaniste. Kiko était restée là-bas. Le corkaniste n'était pas sûr qu'elle récupérerait son œil.

Mats finit par attraper une poche de sang et un plat dans lequel trônait un poulet froid, referma la porte du frigo. L'apport bénéfique du sang l'aiderait à réfléchir et relèverait le goût des aliments, trop insipides, sinon. Il marcha lentement jusqu'au salon, son assiette à la main.

Sa mère n'était pas là non plus lorsqu'il était rentré sans Kiko. À peine s'était-il demandé ce qu'elle fabriquait qu'elle avait débarqué… et dans quel état ! Mats l'avait tout juste reconnue : décoiffée, tachée de sang, elle gesticulait et bégayait de rage. Elle avait perdu ses nerfs.

Il déchira la viande et but une gorgée de sang dont la saveur poivrée inonda sa bouche.

Quand il l'avait interrogée, elle avait vomi un flot de paroles incompréhensibles, charabia hystérique accompagné de grands moulinets des bras. Au milieu de ce fatras à faire peur, Mats avait pu saisir les mots « lui qui est mort », « petite garce morveuse ». Par un bizarre éclair de lucidité, il avait compris que la petite garce morveuse en question n'était autre que Marjane. Quel exploit avait-elle accompli pour faire *à ce point* sortir l'Édile de ses gonds ?

Éberlué par ce déchaînement, Mats aurait souhaité en savoir plus mais sa mère était ingérable. Il lui avait apporté un verre d'eau fraîche et elle l'avait fait valser à travers le salon. Enfin, elle avait fini par reprendre ses esprits, et s'était retranchée dans son bureau insonorisé. Ce détail avait renforcé l'intuition de Mats : la situation allait vite se corser pour Marjane.

L'os de la cuisse éclata sous ses dents.

Pourquoi l'avait-il appelée ? Il n'arrivait pas à s'expliquer la sensation singulière qui l'avait pris à la gorge. Prévenir Marjane avait été un réflexe de survie.

Cette réaction n'avait aucun sens. Marjane était sortie de sa vie depuis belle lurette, depuis leur enfance pour être exact. Il n'arrivait plus à se souvenir pourquoi mais sa mère lui avait interdit de lui parler, et il avait obéi. Marjane avait eu beau insister, le supplier, le questionner, il avait tenu bon, parce que sa mère le lui demandait. Sofia Dambre était la lionne de la Résidence mais elle était avant tout sa mère. Elle était intransigeante car elle connaissait le monde, sa dureté. Elle n'avait eu de cesse de préparer Mats à l'affronter.

Lors de sa première sortie, le jour de sa majorité, il était allé dans un bar squatté par des étudiants. L'ambiance était électrique, la bière coulait à flots. Mats était fasciné : approcher enfin les humains, des hommes, des femmes, des inconnus, être témoin de leurs jeux de séduction, de leurs regards, de leur soif, à eux aussi. D'amour, de caresses, de reconnaissance, d'attention. Les ninns avaient soif de sang, mais les humains avaient leurs propres démons ; Mats avait été heureux de le constater. Certes, les ninns étaient sur le déclin, comme le rappelait sa mère. Ils devaient rester vigilants, armés pour survivre dans un monde qu'ils ne dominaient plus. Mais les humains portaient de multiples fêlures, eux aussi, ils étaient fragiles. Les ninns pouvaient encore gagner. Garder leur place. Vers 4 heures du matin, une bagarre avait éclaté. Les ninns qui accompagnaient Mats s'étaient enfuis à la vue du sang, terrorisés à l'idée de ne pas se maîtriser. Lui avait joyeusement sauté dans la mêlée, frappant, faisant voler en éclats des chaises, des tables, brisant des verres à moitié remplis, éclaboussant tout au passage, cassant des pommettes, pulvérisant des nez, broyant des bras. Il avait ri pendant qu'il se fracturait le poing à force de cogner, et goûté cette parenthèse de pure violence. Libéré. Ses crocs ? Ils étaient restés sages. Pas un instant il n'avait perdu le contrôle. Les coups de cravache de sa mère l'avaient immunisé contre toute sortie intempestive.

Oh oui, elle était dure. Sofia Dambre pouvait être abominable. Mais ses méthodes archaïques fonctionnaient à merveille. Et depuis le temps, son fils avait appris à lui faire confiance.

Mats avala le dernier morceau de poulet, lécha le sang qui coagulait sur l'ouverture de la poche, et posa son assiette sur une table basse.

Marjane avait disparu. Où était-elle, à présent ?

Le tic-tac d'une horloge s'égrenait, seul bruit audible à part sa respiration à lui, ample, profonde. Avec un soupir, il s'étala de tout son long sur un des divans couleur crème et laissa sa tête retomber en arrière. Il voyait la pièce à l'envers, à présent. Un secrétaire d'époque était arrimé au plafond, les quatre fers en l'air, surmonté d'une lampe Art déco en forme de corolle qui pendait dans le vide. Dans cette vision nouvelle de la pièce, les rideaux flottaient en apesanteur et les chaises s'agrippaient au plafond lambrissé.

Une image remonta à la surface de sa mémoire. Il se revit, en haut d'un toboggan, dans une des cours de la Résidence, sous un ciel délavé où des nuages paresseux flottaient. Marjane avait deux nattes épaisses qui lui tombaient sur les épaules, nouées par un ruban rouge. « Sa couleur préférée » avait un jour expliqué Andras, le majordome. Marjane avait l'habitude de descendre le toboggan sur le dos, tête en bas. Andras la réceptionnait comme un ballon de rugby. Mats, plus conventionnel, avait fini par céder à la curiosité, et sur une impulsion, s'était élancé. Il avait brusquement découvert le monde sens dessus dessous : les nuages où marcher, l'herbe folle qui pousse entre les pavés transformés en toit saugrenu. Il s'était obligé à garder les yeux ouverts, l'estomac remontant dans ses talons, et Andras l'avait rattrapé. Marjane riait à gorge déployée.

Mats reprit le dessus. La nostalgie était un poison, elle amollissait. Il ne voulait pas se laisser attendrir par ces moments de joie goûtés avec elle. Ce passé doucereux était révolu. Mats était devenu fort. Il avait rayé Marjane de sa vie, et pour être franc, il l'exécrait.

Alors pourquoi l'avait-il appelée ?

La sonnette retentit et il se redressa d'un coup pour aller ouvrir la porte. Trop tard. Michelle, la cuisinière, venait de laisser entrer Lev. Mats observa la silhouette longiligne et élégante qui s'approchait à pas souples. Elle détonnait avec celle, replète, de Michelle.

— Madame vous attend dans son bureau… susurra cette dernière sur un ton obséquieux.

Lev lui sourit froidement et se dirigea vers le bureau comme s'il était chez lui. Lors d'affaires délicates, Sofia Dambre avait l'habitude de fixer les rendez-vous dans son bureau privé, et Mats voyait parfois débarquer des personnalités influentes dans leur salon, dont Lev, doué et intelligent. Soldat hors pair, il avait dénoué et réglé bien des conflits, d'après l'Édile. Mats n'y avait jamais accordé beaucoup d'attention.

Aujourd'hui, c'était différent.

Toujours assis sur le rebord du canapé, il vit Lev glisser une mèche de ses cheveux longs presque blancs derrière son oreille alors qu'il passait devant lui.

— Bonjour, jeune garçon, dit Lev de sa voix de basse.

Mats hocha la tête en guise de salut mais Lev ne le regardait déjà plus : il frappa trois petits coups secs à la porte du bureau et la poussa sans attendre.

— Ah ! Voici mon nouveau chef de la sécurité ! se réjouit Sofia Dambre dont la voix parvint aux oreilles de Mats.

La porte se referma sans bruit et avec elle, le peu d'informations qu'il pouvait grappiller. Lev Abiad, nouveau chef de la sécurité ? Sa mère avait donc limogé Léon Zerguiev ? Qu'est-ce qu'elle tramait ?

Mats décida d'aller prendre l'air.

— Je sors, Michelle ! Ne m'attendez pas, je rentrerai tard ! lança-t-il sur le seuil de l'appartement.

Il avait besoin d'être au calme, sous le ciel de la nuit. La situation prenait une tournure dérangeante. Poursuivie par une escouade, Marjane en réchappait et Zerguiev sautait comme un pétard. Qu'est-ce qu'elle avait bien pu faire, bon sang ? Mats n'avait pas éprouvé une telle curiosité depuis des années. Il fallait qu'il sache ce qui se passait dans ce bureau.

Coûte que coûte.

* * *

Marjane avait réussi à trouver deux sièges libres. Elle s'était installée côté couloir pour encadrer Andras mais, hypnotisée, ne quittait pas la fenêtre des yeux, celle contre laquelle il s'appuyait. Il y avait tant de gens, de lumières, de vie ! Elle regardait autour d'elle, fascinée : les néons, les devantures, les arbres et les bâtiments lui faisaient tourner la tête, elle avait l'impression d'avoir mis le pied dans un autre monde, coloré, riche, bruyant : la musique d'un concert au fond d'un restaurant, le moteur des voitures qui accélèrent, les klaxons, les voix qui s'interpellent, les rires… Les cafés étaient encore pleins à craquer, et des grappes de gens se déversaient des théâtres, éclairés par des rouges sanglants, des jaunes et des bleus électriques. Le bus dépassa le théâtre du Châtelet et ses arches imposantes, puis s'engagea sur le pont au Change. Marjane retint un cri : la Seine assombrie par la nuit se déroulait en un large ruban noir et argenté ; à perte de vue, des ponts éclairés, surmontés de lampadaires, de colonnes, se campaient bien droits, les pieds dans l'eau de jais, et des monuments majestueux jalonnaient les deux rives. La tour Eiffel illuminée apparut. Son phare tournait avec la régularité d'une horloge et crevait le ciel noir, faisceau surréaliste qui surgissait de son œil fixe. Marjane luttait contre une nausée tenace qui s'agrippait à son estomac comme un parasite. Elle parvint presque à la chasser lorsqu'elle remarqua la Conciergerie et sa silhouette de château de conte de fées. Elle s'imagina figurante dans un de ces films projetés en cours, quand elle étudiait la capitale humaine et ses habitants. Tous ces détails vus dans les livres devenaient réalité !

— Mademoiselle Marjane…

Andras lui pressa le bras et la ramena au présent. Il souriait malgré son extrême fatigue.

— Bienvenue dans le monde, mademoiselle.

— Merci, Andras…

Oui, la peur était présente, lovée au creux de son ventre. Mais Paris s'échinait à la lui faire oublier. Même le froid dans ses mains et sa gorge avait en partie disparu. Cette peur avait été laminée par la beauté de la ville, la vie dans laquelle Marjane s'immergeait enfin.

Le bus s'arrêtait, déposait un passager, en avalait d'autres, même à cette heure tardive. Des groupes, des vieux, des endimanchés, des fatigués montaient, s'asseyaient ou s'endormaient, la tête ballottant sur leur poitrine.

Un léger ronflement émana soudain du sac à dos et Marjane pressa Jack à travers la toile. Personne n'avait d'animal domestique dans le bus. Que se passerait-il si on lui demandait d'ouvrir son sac ? Et qu'on y découvrait un *corkan* ?

Le bus sortit de l'île de la Cité pour retraverser la Seine, et Notre-Dame apparut sur la gauche, flanquée de ses deux tours carrées. Tout en continuant à l'admirer, Marjane repensa à la tour Saint-Jacques. Elle se pencha sur l'oreille d'Andras.

— La porte Sept…

— … est cachée dans la tour Lothia, oui, souffla-t-il. Celle que les humains appellent la tour Saint-Jacques.

Marjane en eut des frissons. Chaque ninn adorait Lothia, figure emblématique de la communauté parisienne.

— Qui vous a parlé de cette porte ?

— Votre père. Il avait confiance en moi, mademoiselle…

— Raison pour laquelle il vous a appris notre langue ?

— Quelques mots… Je suppose, oui.

Marjane médita sur cette révélation étrange : Andras, simple humain, en savait plus qu'elle. Que connaissait-il d'autre ? Quel lien lui et son père avaient-ils entretenu ?

Comme s'il partageait son malaise, Jack s'agita dans son sac à dos.

— C'est le prochain arrêt… siffla Andras.

Le bus ralentissait déjà. Marjane se harnacha de nouveau, et bardée de sacs, guida le majordome chancelant vers la sortie. Des passagers les dévisageaient mais aucun ne leur proposa d'aide. Au moment où le bus freinait, Marjane rebondit sur un homme mince qui la toisa d'un air mauvais.

— Vous ne pouvez pas faire attention ?

— Pardon… bégaya-t-elle.

Une fois sur le trottoir, elle se sentit moins à l'étroit. Le bus s'éloigna.

— Et maintenant ?

— On remonte cette rue, indiqua Andras d'une voix faible, et on tourne dans la deuxième à gauche.

— On est où, ici ?

— Dans le 5e arrondissement.

Le silence nocturne était entrecoupé par les pas des rares passants qui se répercutaient sur la façade des immeubles haussmanniens. La place devant eux était bordée de hautes grilles noires et un jardin immense.

— Le Luxembourg, précisa Andras. Il y a beaucoup de statues là-bas.

Sans prêter attention à cette curieuse remarque, Marjane avança à pas lents, éreintée. Andras était blanc et creusé, il transpirait. Le voir en si piteux état la bouleversa. Brusquement, les questions tambourinèrent pour sortir.

— Comment on va faire, Andras ? On ne peut plus rentrer, n'est-ce pas ? La Résidence, c'est fini pour moi. Pour vous aussi. Peut-être même qu'ils vont nous traquer !

— Chut. Nous devons être prudents, mademoiselle, nous parlerons après...

Mais Marjane n'arrivait plus à se contrôler.

— Comment on va manger ?

— J'ai pris de l'argent liquide dans le coffre de Monsieur.

— Ça ne va jamais suffire !

— Je vous assure que si. Essayez de vous calmer, ce n'est pas le moment de nous faire remarquer.

— Désolée... souffla-t-elle.

Le sac avec toutes leurs affaires lui cisaillait l'épaule. De sa main libre, Marjane tâtait constamment le sac à dos dans lequel se terrait Jack. Le corkan ne remuait plus beaucoup. Marjane eut soudain affreusement peur. De perdre Andras, de perdre Jack, de mourir, de ne plus jamais revoir Ashley, la Résidence, de connaître le même sort que son père. Elle était terrorisée à l'idée que les hommes en cagoule ne la débusquent et l'exécutent... Tout raisonnement devint impossible. Elle fut incapable d'avancer.

— Mademoiselle ?

Ils s'étaient arrêtés devant un café fermé. Par la grande baie vitrée, on distinguait des chaises tressées empilées les unes sur les autres, des tables vides.

— Je... Andras, on ne va pas y arriver. On ne va pas s'en sortir !

— Si votre père était là, il serait furieux de…

— Justement, il n'est pas là ! Il a disparu, je suis seule depuis dix jours et je fais n'importe quoi ! Je suis majeure aujourd'hui et je réussis à me faire chasser de la Résidence ! À être une hors-la-loi ! Si mon père savait ça, il me tuerait mais dommage : il est mort ! Qu'est-ce que j'ai fait ? gémit-elle. Qu'est-ce que je vais faire…

Elle avait assuré tant qu'il y avait urgence, mais maintenant, elle perdait pied. Elle n'avait *jamais* enfreint les lois. Elle avait trop peur de décevoir son père. Là, c'était un festival. Ils n'avaient même pas acheté de ticket pour prendre le bus, nota-t-elle en se demandant comment ce genre d'idées débiles pouvait la traverser à un moment pareil.

Elle s'appuya sur la vitre du café, les jambes flageolantes.

— Ce n'est pas très gentil pour moi, murmura Andras.

Marjane le dévisagea sans comprendre.

— De dire que vous êtes seule.

Marjane bafouilla un mot d'excuse et éclata de nouveau en sanglots.

— Ils vont nous chercher, nous pister, nous ramener à la Résidence, je suis une criminelle et ils peuvent me juger, me… Et je ne sais même pas pourquoi !

— Moi non plus mais nous allons le découvrir, je vous le promets, la rassura le majordome malgré sa faiblesse grandissante. Vous n'êtes responsable de rien, j'en suis persuadé. Nous devons comprendre qui a tué votre père, d'où venaient ces hommes et ce que cherchait l'Édile. Dès que nous aurons élucidé les raisons de cette mascarade, nous mettrons les faits au jour. L'Édile sera acculée.

Marjane renifla bruyamment.

— Vous croyez ?

Dans son dos, Jack remua et elle entendit un faible roucoulement. On aurait dit que le corkan lisait dans ses pensées, comprenait ses émotions. Qu'il cherchait, lui aussi, à l'apaiser.

— Dépêchons-nous, mademoiselle, la pria Andras d'une voix enrouée, je ne me sens pas au mieux de ma forme.

Il avait encore pâli. Marjane passa vite le gros bras de son majordome autour de ses épaules, et ils s'engagèrent clopin-clopant dans l'impasse Royer-Collard. Ils s'enfoncèrent jusqu'au jardin cerné d'une grille noire, tout au bout. Andras désigna la porte.

— On va où, exactement ?

— Chez une vieille amie à moi.

Marjane fit le code qu'Andras lui donnait de mémoire, et observa son majordome à la dérobée. Elle n'avait jamais pensé qu'il pouvait avoir des amis. Il était le pivot de leur maison, dévoué à cent pour cent à elle et à son père. Il n'avait pas le temps d'avoir une vie à lui… si ? Marjane se sentit rougir : ça, c'était de la réflexion bien égoïste… Réflexion qui en fit surgir une autre : Andras avait raison, elle n'était pas seule. Il était là, blessé, mais à ses côtés. C'était lui qui la sauvait, pas son père. Enfin, lui et Mats. Pourquoi Mats l'avait-il appelée ? Avait-il pété un plomb ? Eu un sursaut de… quoi ? Amitié ? Conscience ? Pitié ? Elle le frappait après la course et il la prévenait ? Ce type était vraiment dérangé. Marjane le revit, riant, quand ils étaient petits. Elle l'adorait tellement à cette époque-là… son estomac s'alourdit comme si elle avait avalé un parpaing.

Après la cour arborée, ils franchirent un porche. Une autre cour s'ouvrait derrière, entourée d'un dédale d'immeubles, de pelouses impeccables, d'arbustes, et d'ateliers d'artistes imbriqués les uns dans les autres. Des statues de pierre étaient disséminées un peu partout, représentant des danseuses, des chasseurs, des femmes-poissons, une fourmi, un nain goguenard et des chimères. Andras s'arrêta en bas d'un escalier menant vers un immeuble de cinq étages. Deux lions de pierre aux yeux globuleux en gardaient l'entrée.

— Andras Otets, je peux entrer ?

Marjane aurait voulu demander à qui il parlait : Andras n'avait appuyé sur aucun interphone. Et pour cause : il n'y en avait pas. Mais elle n'en eut pas le temps. L'un des lions en pierre tourna sa tête vers Andras, s'ébroua en faisant voler sa crinière minérale, et répondit d'une voix si caverneuse qu'elle résonna dans la poitrine de Marjane :

— Entre, mon ami, Soura est au troisième étage. Elle sera heureuse de te revoir !

7
LITHOQUOI ?

Marjane avait encore la mâchoire au niveau du nombril lorsque l'ascenseur s'arrêta dans un hoquet au troisième étage, où elle dut aider Andras à en faire coulisser les portes grillagées. Elle n'avait jamais vu un ascenseur pareil. À la Résidence, tout était ultra-moderne. Les ascenseurs étaient en verre ou en bois laqué. Celui-ci grinçait et… Mais ce n'était pas le pire, non. Le pire, c'était ce lion en pierre qui causait.

Andras précéda la jeune fille et frappa à l'unique porte du palier. Des bruits de pas lourds résonnèrent, la serrure cliqueta et une étrange créature les dévisagea. Elle faisait la taille d'un homme et se baladait en bermuda, torse nu. Mais sa tête était celle d'un oiseau, large, sérieuse, des crocs sortaient de son bec puissant, ses jambes se terminaient par deux serres acérées, et des ailes aux plumes rouges étaient repliées dans son dos. Marjane s'agrippa à Andras.

— Salut Andras, content de te revoir, ça fait un bail.

— Bonsoir Garu, tu vas bien ?

La créature exhiba sa main gauche. Il y manquait l'annulaire.

— Je me suis crashé au moment de l'aube, il y a un mois…

Il s'effaça pour les laisser entrer.

— Laisse-moi deviner, tu avais bu ?

— Pas trop… mentit très mal la créature nommée Garu.

— Voici Marjane, enchaîna Andras en faisant semblant de le croire.

— Oh, *LA* Marjane ? s'écria l'homme-oiseau-à-dents en agitant ses ailes.

Il empoigna l'énorme sac sans demander la permission. Marjane se tassa sur elle-même et serra un peu plus le bras d'Andras.

— Oui, LA Marjane… sourit Andras.

Marjane rêvait. Ou bien, on l'avait droguée. Ou elle était morte et entrait au paradis. OK, dans ce cas, on avait oublié de la prévenir, et en guise de paradis, elle avait atterri dans un zoo de fous furieux où on faisait collection de déguisements ridicules. Rien de tout cela n'était possible. Personne n'était préparé à ce festival de bizarreries. Marjane n'arrivait même plus à déglutir. En franchissant les murs de la Résidence, elle croyait découvrir les humains, ce mystère insondable dont elle rêvait depuis toujours, et voilà qu'elle tombait nez à nez avec… *ça* !

Ils remontèrent un couloir dont le parquet verni craquait. Qu'est-ce que c'était que ces *choses* qui parlaient, bougeaient, riaient avec Andras ? ! Pourquoi n'avait-elle jamais eu connaissance de l'existence de ces créatures ?

Car il y en avait d'autres ! Partout !

Tout au long de l'immense couloir, des portes étaient fermées, d'autres laissaient voir des alcôves chaleureuses, des salons cosy ou des tables autour desquelles papotaient des dizaines de… quoi ? Gens ? Monstres ? Non, décidément, « *choses* » faisait très bien l'affaire ! Marjane, les yeux au bord de quitter leurs orbites, y distingua un homme à tête de faucon faisant un bras de fer avec un homme à tête de mouton, une sorte de garçon avec des pattes de biche qui chantait faux en s'accompagnant à la mandoline, un petit dragon très laid avec trois narines et une langue pendante qui jouait aux échecs contre sa deuxième tête, deux femmes-poissons qui buvaient des cocktails rose fluo, et un centaure qui soufflait dans un saxo.

Hypnotisée, elle ne prêtait plus attention au bavardage d'Andras et de Garu, qui se gondolaient en fond sonore. Tout était si... décalé. Les lumières étaient tamisées, l'atmosphère gaie, ponctuée de rires et de gloussements. Les murs étaient tantôt carmin, tantôt bleus, tantôt blancs rehaussés de papyrus. Marjane en eut bientôt le tournis et ferma les yeux, accrochée au bras d'Andras comme une tique.

Garu traversa un rideau de perles blanches qui tintèrent, et Marjane s'y engouffra, aussi petite que possible. Elle découvrit un étrange tableau. La pièce était vaste – trop pour être contenue dans un immeuble –, sombre, et ensevelie sous la végétation. De la terre, des feuilles et des pierres couvraient le sol, des plantes et des arbres magnifiques étendaient leurs feuilles ovales ou effilées, certains troncs trouaient le plafond et s'épanouissaient à l'étage supérieur sans être gênés dans leur croissance, leurs racines disparaissant sous l'humus. Il flottait une odeur de sous-bois enivrante et Marjane décela le chant d'un ruisseau invisible.

Mais où était-elle ?

Elle laissa errer son regard, fascinée, et s'immobilisa soudain. Au fond, adossée à une rocaille d'au moins deux mètres de haut où des galets ronds se mêlaient à des mousses vert pétant, une femme sirotait un verre de vin, un livre à la main. Marjane plissa les yeux et se mordit la lèvre inférieure. Cette femme n'en était pas vraiment une : les cheveux longs et roux, elle était vêtue d'un pull noir qui soulignait ses formes généreuses. À partir de la taille, son corps ondulait, couvert d'écailles. Elle arborait une interminable queue de serpent dont le bout s'agitait parfois.

— Soura… dit Andras en faisant une révérence.

Marjane l'imita aussitôt, façonnée par une vie de protocole ninnesque. La créature releva la tête, posa son livre à plat, ouvert à la bonne page, et sourit, relevant sur le sommet de sa tête la paire de lunettes qui ornait son nez.

— Andras, mon ami, voici une visite pour le moins impromptue.

Sa voix était grave et une langue fourchue sortait par intermittence de sa bouche.

— Oui, Soura, pardon d'arriver à l'improviste mais je rencontre quelques difficultés et j'ai pensé que tu pourrais peut-être m'aider.

— Tu es blessé, nota-t-elle en fronçant les sourcils. Garu, voudrais-tu aller chercher Damona et préparer un thé pour notre ami, ainsi que cette jeune fille… ajouta Soura, tournant deux yeux jaunes aux pupilles fendues à la verticale vers Marjane.

Sa queue se contracta tandis qu'elle se penchait en avant.

— Approche, mon enfant, une odeur de sang flotte autour de toi mais il ne s'agit pas du tien… plutôt de celui d'un animal affaibli.

Sa queue écailleuse fouetta l'air et ses narines frémirent. Marjane ne sut si elle était victime d'une hallucination mais elle eut la nette impression que la mâchoire de Soura se dilatait. Dans le sac à dos, Jack remua et Marjane leva des yeux épouvantés vers la femme-serpent.

— Approche ! siffla celle-ci.

— Non ! répliqua Marjane, tremblante.

Jack, lui, se débattait et couinait à l'intérieur du sac à dos.

— Soura, je te présente Marjane, répéta Andras d'une voix forcée, puisque personne ne l'avait entendu. Son corkan est blessé et je comptais sur toi pour le soigner.

La lueur disparut dans les yeux de Soura et ses mâchoires se détendirent. Marjane attrapa son sac et le serra contre elle.

— Un corkan, vraiment ? Je n'en ai jamais vu ! sourit la femme-serpent. Me le montrerais-tu, jeune Marjane ?

Cette dernière se figea, ne sachant que faire. Et si cette horrible femme mangeait Jack ? Ou l'étouffait dans son corps sinueux ?

— Allez-y, Marjane, n'ayez crainte… Soura ne lui fera aucun mal, dit Andras.

Sa voix était faible, maintenant, et avant que quiconque ait pu réagir, le majordome s'écroula sur le sol.

Ce fut le branle-bas de combat, Garu accourut, suivi d'une femme qui lui arrivait à la hanche. Blonde, elle possédait deux cornes plantées sur le crâne. Une pléiade de gnomes de dix centimètres de haut, chargés de minuscules bourses en feutrine, la talonnaient. Ils se ruèrent sur Andras, allongé en un rien de temps sur une couverture. Marjane resta debout, hagarde, incapable de se frayer un chemin au milieu de ce monde affairé. Mais elle se secoua lorsqu'un tissu frais et doux frôla son avant-bras. Ce n'était pas un tissu, c'était la femme-serpent qui lui apportait une chaise.

— Assieds-toi, jeune fille. Présente-moi ton corkan.

Marjane se laissa tomber sur la chaise et leva les yeux

vers la femme. Elle avait repris son aspect humain (enfin, façon de parler) et lui souriait.

— Ils vont le soigner, n'est-ce pas ? Andras ?

Le zip de la fermeture Éclair crissa. Marjane plongea la main dans le sac pour en retirer Jack.

— Oui, n'aie crainte, répondit Soura. La jeune femme que tu vois là-bas, avec ses cornes, Damona, est guérisseuse. Ses lutins sont très efficaces et ont l'habitude de soign… Oh, quelle adorable boule de poils ! s'écria-t-elle en découvrant Jack, yeux mi-clos, qui tremblait.

Soura tendit les mains. Ses ongles étaient longs et effilés. Marjane eut un haut-le-corps en déposant Jack dans ses deux paumes jointes.

— Tu as peur ? chuchota Soura. Je te fais peur ?

Le cœur de Marjane cognait, elle était épuisée.

— Oui… répondit-elle et sous la violence de l'émotion, ses crocs déchirèrent ses lèvres.

Soura fit semblant de ne rien remarquer et caressa la douce fourrure de Jack. Le corkan cligna des paupières, balança sa tête sur le côté… et se rendormit dans les deux longues mains. Marjane sentit sa tête lourde, elle aussi.

— Tu me le confies, jeune ninn ?

Les yeux de Soura étaient deux petits soleils étincelants pulsant une lumière chaude, ils enveloppaient Marjane comme une couette réconfortante, douillette.

— Quoi ? ânonna-t-elle.

— Je te promets de ne pas lui faire de mal, tu me le confies ?

Marjane lutta contre l'engourdissement qui l'assaillait.

— Je ne veux pas… je ne crois pas… Si…

Le sortilège fut le plus fort. Elle sombra.

* * *

Marjane était pendue au-dessus d'un gouffre, abîme de ténèbres sans fin qui cherchait à la happer. Mats l'agrippait de toutes ses forces, il ne voulait pas la laisser tomber, parce que si Marjane lâchait et disparaissait, il mourrait. Il en avait la certitude. Son souffle saccadé exhalait des nuages de buée. Sous la paume de sa main gauche, la pierre effritée de la falaise entaillait sa chair mais ce qu'il sentait surtout, c'était sa transpiration, la moiteur de sa main et celle de Marjane qui, inexorablement, glissait. Elle leva ses yeux noirs vers lui. Il n'y avait pas de reproche dans son regard. Juste de la tristesse, une tristesse infinie. Marjane dégringola sans un cri.

Mats se réveilla en sueur. L'espace d'une seconde, il ne reconnut pas sa chambre et eut l'impression de se tenir encore au bord du précipice. Il frissonna, percevant son immensité soulignée par une rafale glaciale, incapable de supporter l'angoisse qui l'étouffait. Puis il se ressaisit et s'ancra enfin dans la réalité.

Il n'avait pas fermé ses volets, l'aurore pénétrait dans la pièce de sa lueur timide, comme une voleuse. Ce rêve était pitoyable. Il se détestait d'avoir pu manifester une telle faiblesse… et cet élan pour Marjane !

Il se pinça l'avant-bras jusqu'au sang pour se punir.

Qu'est-ce qui lui prenait ? Depuis la course, il déraillait. Il avait mal à la tête. Il se frotta les joues et se rappela les événements de la veille. Kiko, Lev, sa mère enragée, son coup de fil à Marjane. Elle l'agaçait tellement, collée à sa copine Ashley, irréprochable, jamais un mot plus haut que l'autre.

Sauf le coup de poing d'hier. Elle avait cogné si fort qu'il en avait vu des petites étoiles. Ça lui ressemblait peu. Il se demanda comment allait Kiko, se promit d'aller chez le corkaniste le jour même. Revint à la course, à Marjane.

Sur une impulsion, il se leva. Il était torse nu, en caleçon, les cheveux décoiffés, les yeux gonflés du trop peu de sommeil. Mais il ne pouvait faire autrement, il devait… savoir. Il ouvrit la porte de sa chambre avec mille précautions et resta immobile sur le seuil. Sa mère avait laissé la porte de sa chambre entrebâillée et dormait, comme le prouvait son souffle régulier. Si elle n'avait pas fermé sa porte comme à son habitude, c'est qu'elle était sur ses gardes.

Raison de plus pour y aller…

Michelle n'arriverait que dans une heure. C'était le moment ou jamais.

Mats se fit le plus léger possible, chose ardue vue sa carrure. Il s'arrêta un mètre avant la chambre de l'Édile pour écouter. Surtout, ne pas la réveiller. Le bureau lui était interdit, il le savait et n'avait jamais enfreint la règle. Il devrait assurer ou… Il n'osa imaginer ce qui adviendrait si sa mère le prenait sur le fait.

Le doute l'assaillit un instant, alors qu'il hésitait, figé dans une position grotesque. Pourquoi voulait-il en savoir plus, au juste ? Pour Marjane ? Bien sûr que non ! Simplement, il en avait marre d'être tenu à l'écart des décisions de premier ordre qui se prenaient sous son toit. Ras le bol d'être traité comme un gamin par sa mère, ou par cet arrogant de Lev. Rien à voir avec ce rêve idiot ou avec *elle*. Marjane pouvait crever, il s'en foutait. Rassuré, il continua.

Il se pencha en avant. La respiration de sa mère était

pareille au battement d'un métronome. Il poussa la porte entrouverte du bout des doigts, et découvrit une chevelure blonde emmêlée qui dépassait de la couette.

Mats entrait en territoire étranger. Être confronté à l'intimité de sa mère lui était devenu insupportable et jamais il n'entrait ici ; il attendait qu'elle soit dans le salon ou dans les pièces communes pour lui parler. En prime, endormie, les cheveux en bataille, Sofia Dambre dégageait une vulnérabilité inédite. Cette tête hirsute décontenançait Mats : sa mère ne quittait sa chambre que lorsqu'elle était habillée, coiffée, impeccable. Maîtrisée.

Les sens aux aguets, Mats se cala d'instinct sur la régularité de la respiration maternelle. Il attendit, puis se décida à poser un pied sur le parquet qui craqua. Il se pétrifia. S'il continuait à être aussi maladroit, sa mère se réveillerait. Ses paumes de mains devinrent moites. Avec douceur, il posa un pied après l'autre, ne quittant pas le lit des yeux.

Les clefs étaient dans la table de nuit. Il le savait depuis toujours mais n'avait jamais cherché à ouvrir le bureau. Prudent, concentré, il toucha enfin la table de chevet. Sofia Dambre maugréa un mot inintelligible et remua sous sa couette. Qu'est-ce qu'il lui débiterait si elle ouvrait les yeux pour le découvrir là ? Il n'avait même pas pris le temps d'inventer un mensonge ! Il tendit le bras, doigts écartés, atteignit la poignée du tiroir, là, à quelques centimètres du crâne de sa mère, et tira le plus doucement possible. Le tiroir coulissa. Dedans, il y avait des livres, des stylos, des élastiques à cheveux, un carnet, des clefs. Il jeta un dernier coup d'œil à sa mère et saisit le trousseau en s'efforçant de ne pas le faire tinter. Lorsqu'il l'eut bien en main, il referma le tiroir, fit demi-tour et quitta la chambre sans bruit.

Sofia Dambre ouvrit les yeux.

* * *

Des voix murmuraient, près de Marjane. Où était-elle ? Le chant d'un cours d'eau lui parvint aux oreilles et la vérité la frappa de plein fouet : elle était chez la femme-serpent avec Andras, avait échappé de justesse aux soldats de la Résidence. Elle était orpheline, fuyarde, abandonnée. Le visage de son père s'imprima sur ses paupières. Lui qui se targuait de respecter la loi, mieux, qui la façonnait… comme il aurait été déçu. Marjane ne pouvait pas lui demander pardon. Elle n'avait pas de mère vers qui se tourner, elle n'en avait jamais eu. La Résidence était son univers. En dehors de ses murs infranchissables, personne, aucun ami, aucun contact. Elle errait dans Paris avec pour seul objectif d'échapper à l'Édile. Marjane subissait l'étrange enchaînement des événements, impuissante. Alors elle garda les yeux bien clos et fit semblant que la sordide réalité ne la rattrapait pas.

— Pauvre Marcus ! Quelle hérésie… La situation prend une tournure que je n'aime pas.

Comment sa vie avait-elle pu déraper aussi brusqu…

Les voix venaient de parler de son père. Marjane tendit l'oreille et ses idées noires se ratatinèrent dans un coin.

— … ne comprends pas comment vous avez pu passer à côté d'une information aussi cruciale !

Marjane reconnut la voix grave de Soura.

— Ces disparitions ont agité les populations parallèles pendant des semaines !

— M. de Beaune ne m'en a rien dit et je n'ai pas lu une ligne à ce sujet dans les journaux de la Résidence. Ça ne signifie pas pour autant qu'ils étaient dans l'ignorance.

Andras avait repris connaissance. Son timbre était clair, habituel. Il allait mieux et Marjane se sentit soulagée. Mais de quelles disparitions parlaient-ils ? Et qu'étaient les « populations parallèles » ?

— Ne fais pas ton modeste, Andras. Tu as su t'intégrer avec brio dans leur communauté. Si cette histoire avait éclaté dans la Résidence, elle te serait revenue aux oreilles par un biais ou un autre.

Toujours recroquevillée sur elle-même, Marjane nota que l'immeuble était désormais silencieux. Plus de rires, ni de musique, plus de verres qui s'entrechoquent ou de discussions houleuses, de grognements, de vie. Une tranquillité feutrée flottait partout.

— Il faut que j'aie des informations, pourtant ! s'impatienta Andras. Savoir ce que cherchait l'Édile, trouver un moyen de la contrer, que Marjane réintègre la Résidence ou qu'elle puisse au moins avoir le choix… Elle ne va pas rester dehors toute sa vie ! C'est trop dangereux, en tant que solitaire et encore plus en tant que fugitive ! Le souci, c'est que j'ai peu de choses à me mettre sous la dent. Et cette histoire de crypte ? Ça ne te dit rien ?

Il employait un ton familier avec la femme-serpent, ils étaient deux amis de longue date, c'était certain. Comment Andras, humain, avait-il pu rencontrer cette créature ?

— Non, répondit Soura. La crypte… Ça ne m'évoque rien. S'agit-il d'un code ? D'une faction ninn adverse ?

— C'est peu probable, répliqua le majordome. Les ninns de Paris sont parmi les plus puissants. Personne n'oserait les défier sur leur territoire.

— Certes et pourtant, quelqu'un l'a fait, non ? souligna Soura.

Andras soupira.

— Je peux me renseigner, reprit la femme-serpent. Néanmoins, avec un nom pareil, on a probablement affaire à une organisation souterraine, ce qui sera compliqué pour moi. Les lithomorphes n'explorent pas ce genre de terrains, tu le sais.

Litho-*quoi* ? se demanda Marjane.

— Oui, bien sûr. Que me conseilles-tu ?

Marjane ne comprenait rien et commençait à trépigner intérieurement.

— Si tu t'en sens capable, tu peux toujours aller poser une question à la Cité. Mais tu devras être prudent, c'est un endroit de perdition et de malheur. Surtout si tu y vas avec elle. Elle est spéciale, tu as raison, mais bien plus, et différemment de ce que tu crois.

Marjane ouvrit les yeux et chercha Andras. Il était assis sur un plaid, adossé à la rocaille. Soura, elle, était allongée sur un transat à rayures, un haut de maillot de bain en tricot en guise d'unique vêtement. La vision de la femme-serpent apprêtée comme sur la plage de Saint-Tropez laissa Marjane bouche bée.

— En attendant, il me semble préférable de vous installer dans l'autre appartement, il est plus sûr.

— On ne reste pas ? intervint Marjane, déçue.

— Tiens ! La belle endormie se réveille ! gloussa Soura.

Quelque chose effleura l'épaule de Marjane. Jack fourra ses moustaches dans son cou et roucoula.

— Oh ! Il est guéri ? s'exclama-t-elle.

Des bandages propres entouraient l'aile de Jack, sa cuisse, et une partie de son abdomen.

— Oui, il doit se reposer pour récupérer et finir de cicatriser, mais tout danger est écarté. Et toi, comment te sens-tu, Marjane ?

— Mieux, merci, je crois que j'avais besoin de dormir… admit-elle en papouillant Jack qui vint se lover contre elle.

Les vertèbres de sa queue osseuse s'entrechoquèrent de bonheur.

— Alors, insista Marjane. On ne reste pas ?

— Non, mademoiselle, répondit Andras. Cet immeuble est un territoire neutre, et nous sommes des fugitifs. Nous mettrions la communauté lithomorphe en danger, et je n'y tiens pas.

— Par ailleurs, renchérit Soura, l'appartement que je vous prête n'est certes pas idéal car vous devrez le partager, mais vous pourrez vous y reposer, vous aurez un pied-à-terre. Certains des colocataires sont libres de leurs mouvements. Ils pourront vous prêter main-forte nuit et jour, ce qui n'est pas le cas ici.

Marjane ne put s'empêcher de faire une moue.

— Je suis sûre que tu t'y plairas, Marjane, ajouta Soura. Garu viendra vous rendre visite et vous accompagnera si vous avez besoin d'aide. C'est mieux pour vous. Et pour nous.

— Merci, murmura Marjane qui se sentit impolie d'insister autant.

Andras eut l'air soulagé.

— Nous devons y aller ! conclut-il en se levant.

Marjane ne discuta pas. Elle venait d'absorber une quantité d'informations astronomique et n'avait qu'une hâte : être seule avec lui pour le bombarder de questions. Le fait que le majordome donnait les ordres allait de soi : il était en territoire connu, lui… Elle se leva et constata que leurs deux sacs étaient prêts, posés à ses pieds. Andras attrapa le plus lourd. Marjane fit mine de l'arrêter.

— Tss, tss, tss ! l'interrompit Andras. Celui-ci est pour moi : je suis comme neuf !

Jack se faufila dans le petit sac à dos et en un clin d'œil, ils furent prêts. Soura quitta son transat et tendit une clef à Andras.

— Garu sera là ce soir, sans faute.

— Merci, Soura.

Andras se pencha et fit un élégant baisemain à la femme-serpent qui conserva la main du majordome pendant quelques secondes dans la sienne. Marjane était partie devant. Elle voulut faire marche arrière pour lui dire au revoir à son tour mais Andras l'attrapa au passage et l'obligea à rejoindre à grands pas le rideau de perles. Un oiseau lança des trilles flûtés dehors, sifflant la fin de la nuit.

— Dépêchons-nous, la pressa Andras.

Marjane franchit le rideau. Et se retourna.

Soura avait disparu.

Au milieu de la salle, une statue d'albâtre à la longue chevelure ondoyante, au sourire mélancolique et au corps de serpent était tournée vers elle, une main levée comme si elle la saluait.

8
QUAI SAINT-MICHEL

Mats traversa le salon au pas de course comme si le trousseau lui brûlait les doigts. Devant la porte du bureau, il glissa avec fébrilité la clef cerclée de plastique rouge dans la serrure, et le battant chuinta en raclant l'épaisse moquette. Il se précipita jusqu'à la large table dans l'angle opposé, ne sachant quoi ni comment chercher.

Des piles de papiers s'amoncelaient près d'un ordinateur portable, des rangées de dossiers couvraient les murs. Une feuille trônait sur le sous-main en cuir du bureau. Mats la prit. Sa main tremblait si fort que ses yeux ne réussirent d'abord pas à déchiffrer les lettres. Puis il lui fallut former des mots, et enfin, donner un sens à ces mots.

Il s'agissait d'une note rédigée par l'Édile, portant son sceau personnel, un document officiel, donc, destiné au nouveau chef de la sécurité, Lev Abiad.

Ordre était donné de traquer et de supprimer les Gris. Mats observa ce mot sans comprendre. Les Gris ? Qu'est-ce que ça voulait dire ?

Un frôlement. Dans le salon.

Mats reposa la feuille à sa place et bondit au milieu de

la pièce, l'air de scruter un peu partout sans s'attacher à un objet précis. Sa mère apparut alors, en chemise de nuit.

Elle ne prononça pas un mot et le dévisagea. Il essaya de paraître surpris. C'était compliqué parce qu'il était complètement embrouillé : il avait peur de trahir son inquiétude, il ne comprenait pas cette note, il avait l'intime conviction que pourtant, elle était primordiale, mais parlait-elle de Marjane, d'autre chose, de quoi dans ce cas, ou plutôt de qui, et en prime, il était en caleçon…

— Oh, désolé, j'espère que je ne t'ai pas réveillée ! s'écria-t-il. Je cherche mon portable, tu ne l'as pas vu ?

En réalité, il était enfoui dans la poche de son blouson, suspendu au portemanteau de sa chambre.

— Qu'est-ce que ton portable ferait dans mon bureau, Mats, bureau où je t'ai défendu de mettre les pieds ?

Mats décida de faire face.

— Je suis désolé, hier, tu étais dans un tel état. Je n'ai pas eu une seconde pour te parler. Et ce matin, en me levant, impossible de retrouver mon portable. Je me suis dit que tu l'avais peut-être… je ne sais pas, moi, consulté.

Ça lui était déjà arrivé. Il le savait, même si elle niait en bloc. Elle fouillait parfois dans ses affaires, espionnait ses messages, ses contacts. Elle afficha un visage outré. Elle aussi devait mentir, à présent, acculée par ses propres cachotteries. Ils étaient à égalité. Et le savaient tous les deux.

— Pourquoi est-ce que je ferais une chose pareille ? Tu as quelque chose à me cacher ?

Il s'approcha et dissimula ses paumes de mains luisantes de transpiration.

— Maman, je cherche juste mon portable.

— À 4 h 30 du matin ?

— Ce n'est pas ma faute si je ne dors pas ! Avec mon téléphone, je peux lire, jouer…

Il arrivait à sa hauteur. Il s'appliqua à lui décocher son plus beau sourire.

— Michelle n'est pas encore là. Je te prépare du café ou tu vas te recoucher ?

— Va te recoucher, toi, je me débrouille, lâcha Sofia Dambre.

Mats disparut, luttant contre le soupir de soulagement qui essayait de se frayer un chemin hors de sa gorge.

Il l'avait échappé belle.

Dès que son fils eut quitté la pièce, l'Édile se précipita vers son bureau. Le décor parut basculer et Sofia Dambre se retint au meuble pour ne pas vaciller. Il l'avait vu, il avait forcément vu l'ordre.

La seule question était : avait-il *compris* ?

* * *

Le jour se levait et la sérénité des rues bluffa Marjane. Bien sûr, on entendait le sifflement lointain d'un camion-poubelle et quelques passants trottaient, les uns allant se coucher, les autres prêts à attaquer une nouvelle journée. Mais dans l'ensemble, Paris était encore assoupi et ressemblait à la Belle au bois dormant avant que son prince ne débarque enfin.

Ils tournicotèrent dans des ruelles étroites, et débouchèrent sur le boulevard Saint-Michel qu'ils entreprirent de descendre. Marjane revoyait la statue d'albâtre au milieu de la pièce enchantée.

— Qui étaient ces gens ? se risqua-t-elle à voix basse, n'y tenant plus.

— Des lithomorphes, dit Andras sur le même ton de confidence. Du grec *lithos*, qui signifie « pierre ». Et *morphe*, « forme, apparence ».

— Des statues, donc, mais est-ce que toutes les statues bougent la nuit ? reprit Marjane après avoir digéré l'information.

— Une minorité d'entre elles, rectifia Andras qui s'amusait de ses yeux exorbités. Sinon, ce serait l'invasion.

— L'Édile sait qu'ils… qu'elles sont là ?

— Bien sûr, mais Sofia Dambre n'a aucune idée du lien que j'ai avec eux. Jamais elle ne pensera à venir vous chercher chez les lithomorphes.

— Pourquoi je ne connaissais pas l'existence de ces créatures ? enchaîna Marjane, à peine rassurée.

Andras pesa ses mots avant de répondre. Il ne devait pas trop en révéler, il ne voulait pas la vexer, et surtout, ils étaient dehors.

— Pour faire court, vous avez reçu une éducation défaillante. Les vôtres envisagent le monde à travers un prisme fait à leur image. Ils se considèrent supérieurs en tout et à tous. L'ampleur et la grandeur de la « Résidence » (il articula le mot sans le prononcer) le prouvent.

Marjane le dévisagea en faisant grimper ses sourcils.

— Allons, reprit Andras, le lieu est un brin grandiloquent, non ? Ces larges bâtiments, ces colonnes…

Marjane n'avait jamais vu la Résidence sous cet angle. C'était son quotidien, sa norme, le nid familier dans lequel elle se sentait en sécurité… enfin, jusqu'à il y a peu. Andras portait-il un regard humain, donc étranger et forcément distancié sur la Résidence, ou était-il objectif ?

— Pour mieux contrôler leurs ouailles, les vôtres les maintiennent dans l'ignorance la plus complète quant aux populations parallèles. Seuls les dirigeants et une poignée de privilégiés sont au courant de leur existence. Chez vous, plus on grandit, plus on s'approche des sphères du pouvoir, plus on accède à la connaissance. Vous qui êtes majeure depuis hier, vous ne savez donc rien des peuples parallèles. Vous avez le même niveau de connaissance qu'une humaine en ce domaine. Et encore, certains humains en savent beaucoup plus long que vous sur la question, sourit-il en se désignant du pouce.

— Andras, vous insinuez qu'on nous ment à la Résidence ?

— Par omission, oui, maintint-il.

— Mon père… connaissait-il ces peuples parallèles ? se risqua Marjane.

— Oui, mademoiselle. Il est même l'un de ceux qui ont le plus traité avec eux.

Andras hésita. La vérité ferait mal à Marjane, et elle avait eu son lot, ces derniers jours. Cependant, son devoir n'était-il pas de l'aider à décoder et à mieux appréhender son nouvel environnement ? Elle n'avait plus que lui pour l'éclairer.

— Pour être franc, votre père était ambassadeur de la Résidence auprès des populations parallèles.

Marjane eut l'impression qu'on venait de lui mettre un coup de pied dans les côtes.

— Mon père était ambassadeur et ne m'en a jamais parlé ? Il connaissait tout ça et a gardé le secret ? C'est une blague, Andras, hein ?

— Non, mademoiselle, et vous le savez… répliqua le

majordome d'une voix douce. Je n'ai aucun intérêt à vous blesser.

Marjane pinça les lèvres. Elle découvrait une partie non négligeable de la vie de son père, et la seule conclusion qu'elle pouvait en tirer, c'était que Marcus de Beaune ne lui avait pas fait confiance. Il l'avait traitée comme une fillette à maintenir dans sa petite cage dorée.

— Ne soyez pas déçue, votre père a tenu parole. Il avait interdiction de vous en parler avant votre majorité, et il vous aurait mise au courant dans quelques années, je le sais. Il vous aimait et n'appréciait pas de vous cacher des choses, il projetait de le faire, insista Andras que l'expression triste de Marjane remua.

— Il ne le fera plus… Et je ne savais même pas que nous avions des ambassadeurs à l'extérieur, d'ailleurs.

— Oh si, il existe toutes sortes d'ambassadeurs ! Auprès des peuples parallèles, des humains…

— Les humains savent que nous vivons ici ?

Décidément, Marjane avait porté des œillères pendant dix-sept ans ! Quand comptait-on les lui enlever ? Tous les habitants de la Résidence étaient-ils logés à la même enseigne ? Qui décidait qui savait, et quand savoir ?

Elle refoula ses larmes. Andras, lui, soupira, désolé de la voir si dépassée.

— Je vous promets de vous offrir un cours de rattrapage bientôt, proposa-t-il. Le plus tôt sera le mieux, en réalité.

— Pourquoi ?

— Parce que nous risquons de rencontrer de nombreux membres de ces populations parallèles dans les prochains jours.

Tout en parlant, Marjane ne cessait de regarder autour d'elle. Les fenêtres des immeubles haussmanniens s'éclairaient peu à peu, des silhouettes passaient devant, des camions de livraison sillonnaient la rue et les arbres poussaient haut. Le flanc du boulevard s'ouvrit sur la droite et dévoila la place de la Sorbonne. Marjane, qui avançait vite sur le trottoir opposé, se pencha pour en lire le nom.

— Je vous ferai faire une visite quand cette « histoire » sera terminée, proposa Andras qui comprenait sa curiosité.

Marjane était enfin dehors, et devait courir se terrer. Quelle injustice !

— Il y en a beaucoup d'autres, des populations parallèles ? demanda-t-elle pour changer de sujet. Cette histoire de Cité, là… C'est de ça que Soura parlait ?

— Ne prononcez pas ce nom si fort ! la rabroua-t-il. À Paris, et qui plus est en plein cœur historique, les murs peuvent avoir des oreilles, *au sens propre du terme…*

Marjane en resta coite. Andras venait de lui intimer l'ordre de se taire. Lui d'habitude si discret et prévenant.

Elle considérait Andras comme un membre indispensable de son entourage. Il la faisait réviser, lui préparait ses repas et s'enquérait de sa journée. Mais que lui demandait-elle, elle ? Elle ne connaissait rien de lui.

Andras discutait souvent en tête à tête avec Marcus de Beaune, et visiblement, ce dernier partageait avec lui un savoir d'initié. Sa confiance était absolue. À elle, son père racontait ses voyages (enfin, quand il était là), donnait de l'argent de poche, posait des questions sur ses résultats scolaires, ses concerts. Elle lui en posait aussi, parfois, au dîner. Surtout sur sa mère dont il ne voulait pas parler. Mais à Andras ? Jamais. Elle était habituée à ce qu'Andras l'écoute. Point barre. Une magnifique relation à sens unique…

— Pardon, dit-elle, et ce pardon était bien plus vaste qu'Andras ne le comprit.

Une autre question la titillait : pourquoi Soura et Andras étaient-ils si proches ? Quelle était leur histoire ?

OK, elle n'avait pas le droit de s'immiscer dans la vie privée de son majordome, ni d'aller dans ses quartiers. Mais son père n'était plus là. Elle pouvait quand même l'interroger sur deux ou trois petits trucs moins « personnels », non ?

— Qui est-elle ?

De sa main ouverte, elle mima la queue sinueuse d'un serpent.

— Elle est l'une des sept…

— Des sept quoi ?

— Des sept Reines.

Marjane fronça les sourcils pour signifier à Andras que sa réponse était insuffisante mais le majordome embraya sur un autre sujet.

— Nous devons aussi vous acheter un téléphone. L'ancien risque d'être tracé, ce genre de procédé est courant. Il serait utile de joindre votre amie Ashley pour savoir ce qui se passe… *là-bas*, chuchota Andras, énigmatique. J'espère juste qu'elle saura tenir sa langue comme elle l'a promis.

— Tout le monde pense qu'Ashley est décérébrée parce que c'est la reine de la gaffe, mais j'ai confiance en elle. Je la connais mieux que n'importe qui, et pour les secrets, elle assure toujours.

Andras acquiesça l'air de dire « comme il vous plaira, Votre Majesté » et Marjane esquissa un sourire. Ils atteignirent la place Saint-Michel. Ronde, elle s'ouvrait sur le ciel et la Seine, flanquée d'une fontaine gardée par deux chimères ailées, dont la queue enroulée se terminait par un crochet venimeux. S'animaient-elles au coucher du soleil, elles aussi ? Marjane frissonna à cette idée.

— Dépêchons, nous ne devons pas rester à découvert, la bouscula Andras.

Marjane pensait traverser la Seine, et s'en délectait par avance : toucher les coffres des bouquinistes, admirer l'eau et ses remous paresseux… Mais Andras tourna à droite, quai Saint-Michel. Et pila net.

Marjane, qui le suivait de près, heurta son large dos. La lumière bleue d'un gyrophare l'aveugla un instant et Marjane comprit qu'une ambulance était garée devant eux, à l'angle. Des pompiers s'agitaient à côté d'un scooter renversé, au milieu de bris de pare-brise et d'une mare de sang en train de coaguler. Les volutes jaune citron qui en émanaient assaillirent brusquement Marjane. Avant qu'elle comprenne ce qui lui arrivait, ses canines sortirent, démesurées, et dépassèrent de ses lèvres comme celles d'un loup aux babines retroussées.

Andras lui saisit le bras et l'entraîna sans ménagement sur le trottoir. Les pupilles dilatées par la terreur, Marjane croisa le regard d'un pompier qui sautait en bas du camion. Elle baissa la tête, les jambes flageolantes, et essaya à tout prix de rentrer ses crocs.

— Mademoiselle ? entendit-elle derrière elle.

L'affolement la gagnait quand soudain, elle se sentit aspirée, comme si son esprit se fragmentait en minuscules grains de poussière, comme si… Jack ! Jack l'appelait pour communier avec elle ! Elle s'appuya sur Andras et rejoignit Jack, qui accueillit son esprit dans un cocon doux et chaud. L'effet fut immédiat : elle se détendit et ses crocs reprirent leur place. Jack la laissa repartir.

Elle s'arrêta et fit face malgré la poigne d'Andras qui tentait de la protéger.

— Oui ?

Le pompier se tenait devant elle, il les avait suivis.

— Je… balbutia-t-il en rougissant. Je suis désolé, j'ai cru que…

— Que ? insista Marjane qui affichait un sourire le plus naturel possible malgré ses poings serrés.

Pour la première fois de sa vie, elle parlait à un humain autre qu'Andras ! Le petit bonhomme désagréable du bus ne comptait pas. Et elle avait failli lui dévoiler sa nature ! L'homme, bâti comme un taureau, se gratta le cou d'un geste maladroit.

— Désolé de vous avoir embêtée, vous savez, parfois, on voit des trucs tellement moches qu'on finit par halluciner. Je dois être fatigué… s'excusa-t-il.

D'un revers de manche, il essuya son front dégoulinant de sueur et inspira, tête en arrière. Marjane aperçut sa carotide, large comme une autoroute. Elle battait vite et fort, gorgée de vie.

— Je comprends, bon courage ! lança-t-elle en faisant demi-tour.

Elle essaya de réprimer les tremblements de ses bras et s'agrippa à Andras. Elle eut à peine le temps de lever le nez vers Notre-Dame, de l'autre côté de la Seine : ses crocs la démangeaient de nouveau. Andras s'arrêta au numéro 3 devant une porte verte. Dessus, on pouvait lire un S et un A entrelacés dans les méandres du fer forgé. Le majordome extirpa de la poche de son pantalon la lourde clef en bronze que lui avait confiée Soura, et fit claquer la serrure. Une fois la porte donnant sur la rue refermée, Marjane soupira. Dans son dos, Jack donna un coup de patte sur la toile enduite.

Andras passa la main dans ses cheveux pour se recoiffer, et sourit à Marjane.

— On peut dire qu'on a eu chaud…

— Merci Jack… dit-elle, à bout de forces. Il m'a appelée pour communier, Andras, et je me suis laissée faire. Bien sûr, se reprit-elle illico, c'est interdit en dehors des courses, mais…

Andras lui tapota l'épaule.

— On n'est plus à ça près. Si ça peut vous permettre de faire face à un pompier haut comme un ours polaire sans avoir vos crocs dehors, je vote pour !

L'entrée où ils se trouvaient était banale, avec un paillasson usé sur un vieux carrelage à motifs et une flopée de boîtes aux lettres clouées au mur. Une porte en métal leur barrait la route.

— N'empêche, reprit-elle tandis qu'Andras brandissait de nouveau sa clef, c'est bizarre, non ? Jamais Jack n'a tenté de communier en dehors des courses ! Il sait que c'est défendu !

Jack roucoula dans le sac à dos.

— Il l'a fait exprès ! s'étonna Marjane qui n'en revenait pas. Il a senti que je paniquais et il a voulu m'aider !

Andras tapa sur sa semelle avec la grosse clef : trois coups brefs, deux coups lents, quatre coups brefs. Puis il se redressa. Dans ses doigts, la clef se mit soudain à se contorsionner. Elle brilla et commença à rapetisser tandis que des dents pointues émergeaient de sa tranche. Sitôt la transformation achevée, Andras la glissa dans la seconde serrure et poussa la porte ouverte devant Marjane.

— Si vous voulez mon avis, les vôtres étudient bien trop peu ces petites bêtes. On les réduit à des jouets rares et précieux, mais elles possèdent sûrement d'autres vertus. Qui sait, sortir de la Résidence provoque peut-être des remous dans votre relation ?

Marjane acquiesça, et perdit le fil de ses pensées, impressionnée par l'endroit dans lequel ils venaient de pénétrer.

Le hall n'avait plus rien à voir avec l'entrée miteuse : il était colossal et occupait toute la largeur du bâtiment. Tapissé de beige, il était surmonté d'un lustre en cristal gros comme une voiture. Aucun ascenseur mais un escalier démesuré qui longeait le mur, recouvert d'un épais tapis grenat, et grimpait en tournant paresseusement sur lui-même. Des fenêtres donnaient sur une minuscule cour et le perçaient à intervalles réguliers, ajoutant à la luminosité de l'endroit. Marjane se tourna pour regarder celles qui s'ouvraient sur la Seine… mais il n'y en avait pas. La façade était un trompe-l'œil.

Quelqu'un descendait les marches en foulées souples.

Celui qui venait à leur rencontre apparut enfin, sautillant depuis le premier étage. C'était un humain, Marjane en était sûre, mais il était… différent. Elle était incapable de dire *en quoi.* Il était grand, portait un pantalon de lin gris foncé et des sneakers fluo. Un t-shirt gris, dont les manches courtes laissaient voir sa peau mate, soulignait ses épaules et sa silhouette massive. Marjane remarqua le tatouage sur son avant-bras : un arbre plein de feuilles dont les racines entrecroisées formaient une étoile. Une barbe fournie mangeait son visage, dans lequel des yeux espiègles brillaient.

Par la carrure athlétique, on aurait dit un troll des bois, enfin, tels que Marjane les imaginait si jamais… Mais les trolls de bois n'existaient pas, si ? Par les manières, on aurait dit un prince.

— Andras, je suppose ?

La voix de l'inconnu était en parfaite harmonie avec son physique : grave, vibrante, mais aussi, chantante et élégante. Andras hocha la tête, soulagé d'être parvenu à destination. L'homme en gris tendit le bras pour les laisser passer devant lui, vers l'escalier.

— Bienvenue !

Marjane suivit Andras et l'entendit répliquer :

— Et tu dois être Borvo.

Son silence valait approbation. Andras se retourna pour faire face au grand homme châtain et parut intrigué.

— Tu es druide, n'est-ce pas ?

Borvo hocha la tête et leur fit signe de monter.

En toute simplicité ? *Druide* ?

9
L'APPARTEMENT

— Je vous fais visiter ! annonça Borvo, et son timbre grave résonna dans le sternum de Marjane.

Le monumental escalier hélicoïdal s'arrêtait sur des paliers comprenant plus ou moins de portes. Le premier était constitué d'un grand salon de style rococo : dorures, moulures, petits angelots grassouillets, mobilier tarabiscoté, cœurs rouges et flèches assorties, miroirs et plaids moelleux couleur crème.

Andras resta de marbre mais devant cette débauche de froufrous, Marjane haussa un sourcil réprobateur. Borvo précisa :

— Le salon est commun mais disons que Kereb est plus enclin que nous à le décorer. Et comme il a une furieuse tendance à aimer ce qui est cucul…

— Je suis pétrifié mais je t'entends, grand dadais ! intervint une voix étouffée venant de nulle part.

Marjane dévisagea Borvo qui réprimait un sourire.

— Le petit ange avec des grosses fesses qui se prend pour un yogi, au-dessus de la cheminée… lâcha-t-il en guise d'explication.

Marjane aperçut une statuette de chérubin bien en chair

qui arborait deux ailes minuscules. Il aurait paru normal s'il n'avait pas pris une pose de moine bouddhiste, assis en lotus, au lieu des usuelles postures angéliques.

— Mes grosses fesses vont te botter le derrière, mangeur de gui ! reprit la voix furibarde.

Cette fois, Borvo éclata d'un rire sonore qui fit trembler les murs.

— Je t'attends ce soir, mon ange… susurra-t-il.

Poussant Marjane à quitter la pièce, il ajouta :

— Kereb est le plus grossier personnage que je connaisse mais il n'est pas méchant. Nous continuons ?

Au deuxième étage, une immense cuisine garnie de casseroles, de bocaux, et d'un attirail digne d'un chef étoilé fit saliver Marjane.

— Sitôt que nous aurons posé nos affaires, je vous prépare un petit en-cas, dit Andras. Nous en avons besoin tous les deux.

Borvo occupait le troisième étage. Il ne les fit pas entrer dans sa chambre mais leur montra son bureau attenant, qui tenait plus de l'atelier-bibliothèque : une quantité invraisemblable de livres, des télescopes, des ouvrages d'astronomie, des traités de magie, une paillasse garnie d'éprouvettes et de substances colorées, des ustensiles en tout genre, et un sublime plafond en bois décoré de motifs étoilés. Sur le palier, en repartant, Borvo désigna une petite porte d'un coup de menton :

— La chambre de Kereb, mais il préfère dormir au milieu du grand salon.

Il l'entrouvrit et Marjane eut mal aux yeux de tout ce rose, ces fleurs au parfum capiteux, ces rideaux à fanfreluches et la profusion de miroirs dorés.

Le dernier étage comportait trois chambres. La première,

vide, fut attribuée à Marjane. Elle était exiguë comparée à celle de la Résidence, mais lui plut autant que si on lui avait offert un royaume. Le plafond était peint en bleu, rehaussé de nuages blancs et duveteux. Les meubles sentaient bon la cire : un lit à baldaquin, un bureau, une chaise, une armoire pour ranger ses affaires, et une petite salle de bains. Les deux fenêtres s'ouvraient sur un enchevêtrement de toits en zinc. Aucune vue, donc, mais le ciel dès qu'elle levait le nez. Elle qui pensait errer dans les rues de Paris se voyait offrir un paradis.

— Elle est splendide !

— Content que ça te plaise.

Marjane sortit Jack de son sac et le déposa avec mille précautions sur l'oreiller. Le corkan roucoula faiblement et se roula en boule sans demander son reste.

Marjane accompagna Andras et Borvo pour découvrir la chambre du majordome. Elle était de taille équivalente, mais plus sobre : murs blancs, lit en fer, secrétaire, table, chaise en bois, et commode. Il y régnait une atmosphère similaire à celle que Marjane avait redécouverte, sous les toits de la Résidence. Elle sentait la peinture fraîche.

— Est-elle à ton goût ? demanda Borvo devant l'air impassible d'Andras.

— Remercie Soura pour moi…

Waouh ! La lithomorphe avait donc fait aménager une chambre pour Andras, en quoi… une nuit ?

Marjane regarda son majordome poser son sac. Il allait dormir dans la pièce d'à côté sans qu'elle ait à quémander. Cette perspective la ravissait. Car ce que son père ignorait, c'est qu'Andras ne regagnait pas toujours ses quartiers, à la Résidence. Pendant des années, lorsque Marcus de Beaune était en déplacement, Andras avait été autorisé à dormir dans la chambre d'ami attenante au salon. Mais à douze ans, Marjane était censée être autonome. Andras avait donc regagné le dernier étage, et aménagé la chambre d'ami en salle de musculation pour Marcus de Beaune. Une nuit, Marjane avait enchaîné une série de cauchemars et s'était réveillée, terrorisée par le silence de l'appartement. Incapable de poser un orteil en dehors de sa couette, elle y avait lu jusqu'au matin, tendant l'oreille au moindre craquement. Dès qu'elle avait entendu Andras s'affairer dans la cuisine, elle s'y était précipitée, épuisée, et l'avait supplié de rester dormir dans la chambre d'ami. Andras ne le pouvait pas : Monsieur l'avait défendu. Mais il avait une idée : il pouvait peut-être dormir sur le canapé... La nuit suivante, vers 3 heures du matin, Marjane s'était glissée dans le salon à pas de loup, persuadée qu'Andras n'y serait pas – il aurait attendu qu'elle s'endorme et serait gentiment retourné dans ses appartements. Mais lorsqu'elle approcha du divan, elle distingua une de ses grosses mains qui pendait, à quelques centimètres du tapis. Enroulé dans un plaid en laine, son majordome avait tenu sa promesse. Depuis, chaque fois qu'elle le lui demandait, Andras squattait le canapé du gigantesque salon.

— Qui vit dans la chambre voisine ? osa Marjane que la curiosité titillait.

Pour la première fois, l'air jovial s'évanouit une seconde du visage de Borvo.

— Je ne suis pas sûr que...

— Vous hébergez quelqu'un de dangereux ? réagit Andras sur-le-champ.

— Eh bien, pour elle non, mais pour toi... hésita Borvo qui était passé au tutoiement pour l'occasion.

— Je ne veux surtout pas te vexer, mais je dois vérifier, Borvo. Emmène-nous, tu veux bien ? dit Andras d'une voix douce.

* * *

Ashley aimait se lancer des défis personnels. Elle se contrôlait mais n'était pas stupide : son self-control manquait de pratique. Que se passerait-il si elle rencontrait un bel humain au sourire ravageur ? Qu'il se coupait par inadvertance juste sous son nez ? Planterait-elle ses crocs dans sa gorge ? Bien sûr, pour l'instant, elle ne sortait jamais de la Résidence seule pendant longtemps. Les principales incursions dans le monde humain avaient lieu en groupe et l'autonomie était acquise de manière progressive. Mais elle ne voulait pas dépendre d'autrui *ad vitam aeternam*. Elle s'efforçait donc de se préparer à tout affronter. Pour progresser, elle s'astreignait à franchir des étapes, aussi modestes soient-elles, et se fixait des objectifs précis. L'un d'entre eux était de quitter la Résidence à l'aurore, direction la boulangerie. À cette heure-là, les rues étaient assez désertes et le magasin ouvrait tôt.

Aujourd'hui, Ashley était obligée de se fouetter intérieurement pour y aller. La fuite affolée de Marjane l'avait retournée. Elle n'avait abordé la chose avec personne, même pas avec sa mère, et imaginer son amie dans la capitale, poursuivie par une horde de gardes, la faisait frémir. Pourtant, pour ne pas éveiller les soupçons, il fallait bien continuer à vivre le plus normalement possible, qu'elle trace sa route comme si de rien n'était.

Le ciel était limpide, la journée promettait d'être belle. Ashley s'habilla et embrassa sa mère qui préparait du café.

— Mission boulangerie : Ashley 7 – humains 0 !

— Sois prudente, ma chérie ! lança Bryn en riant.

Quelques secondes plus tard, Ashley traversait le couloir de son immeuble en petites foulées, à la fois pressée et fébrile à l'idée de passer « de l'autre côté », et d'acheter un pain au chocolat humain (qu'elle ne finirait sûrement pas, étant donné son peu de goût). Quand elle était anxieuse, c'était plus fort qu'elle, il fallait qu'elle ait l'impression de maîtriser *quelque chose*. Et la scène apocalyptique à laquelle elle avait assisté hier était le comble de l'angoisse.

Marjane pouvait être impulsive, mais hier, c'était le pompon !

Heureusement que l'Édile ne l'avait pas vue, sinon, Ashley aurait dû, elle aussi, fuir le nid douillet de la Résidence… Elle s'en voulut de cette pensée égocentrique. N'empêche, c'était vrai. Elle soupira en pressant le pas. Sans Marjane, le quotidien risquait de devenir ultra-déprimant. Si Ashley traînait avec leur bande, c'était en grande partie grâce à Marjane, fille de Conseiller. Ashley était parfois idiote, non, pardon, « écervelée » comme ses profs aimaient à le lui répéter, mais pas au point de croire qu'elle côtoyait les cercles sélects grâce à son joli minois.

Ashley croisa plusieurs personnes dans la cour de son immeuble, se dirigea vers la porte Cinq, et pénétra dans la Première Cour avec un pincement au cœur. C'était la préférée de Marjane, qui avait assisté à un nombre incalculable de couchers de soleil, ici, bien plus beaux que ceux de la Sixième Cour, d'après elle. « Les bâtiment sont très hauts, ils cachent la vue », répétait son amie. Lorsqu'elles étaient entrées à la Spéciale, la Sixième Cour en était le domaine privilégié. Tous les élèves s'y retrouvaient et profitaient des bancs. Au programme : révisions, papotage, flirt. Quand

Ashley avait eu son aventure avec Anton, Marjane avait déserté la Sixième Cour. Elle n'était pas fâchée. Simplement, elle allait dans un autre endroit, où elle rêvassait à la vie qu'elle aurait le jour de ses dix-sept ans, disait-elle. À l'heure du coucher de soleil, elle s'allongeait sur un carré de pelouse verte, Jack roulé en boule sur le ventre, et contemplait le ciel. Ashley la cherchait ? Elle savait où la trouver : Première Cour.

Des oiseaux chantaient, dissimulés dans les arbres. Ashley passa la main dans ses cheveux couleur blé mûr et se redressa. Elles allaient s'en sortir.

Soudain, elle s'immobilisa, incapable de se rappeler ce qu'elle faisait là, ni ce qu'elle cherchait. Elle rêvait ? ! Elle vérifia que personne n'était en vue (une chance), et s'approcha de la vision d'horreur, le cœur battant. Comment ces machins avaient-ils pu fleurir sur tous les troncs d'arbres, les bancs, les murs… *Partout* ?

Ashley s'agrippa les mains pour les empêcher de trembler et fit les derniers pas qui la séparaient de l'affiche la plus proche.

Dessus, une photo de Marjane, souriante, avec Jack, probablement prise lors d'une course. On pouvait y lire : « Marjane de Beaune est soupçonnée d'avoir fait assassiner son père. Toute personne ayant des informations à nous communiquer qui pourraient permettre de la retrouver est priée de s'adresser à la Garde. » Ashley crut qu'elle allait s'évanouir. Marjane ? Assassiner son père ? Qu'est-ce que c'était que ce mensonge ? Comment…

C'est alors qu'un hurlement strident déchira le silence ouaté du petit matin. Le cri provenait de la porte Cinq.

* * *

Sur le palier, Borvo frappa à la dernière porte, peinte en noir.

Un verrou cliqueta, et le druide passa le premier. Marjane fut aussitôt enveloppée par l'atmosphère chargée d'humidité. À quelques mètres d'eux, une silhouette se découpa. L'homme était difficile à distinguer car la pièce était plongée dans l'obscurité, les murs noirs et les fenêtres occultées par du papier opaque. La porte claqua en se refermant, mais Marjane eut le temps d'apercevoir une gigantesque baignoire, posée au milieu.

— Des visiteurs pour moi ? Comme c'est gentil !

La voix était pareille à du miel : douce, caressante. Marjane se rendit compte qu'en réalité, deux lampes bleutées étaient posées à chaque extrémité de la baignoire, et ses yeux s'habituèrent à la pénombre sans tarder. La pièce était trois fois plus grande que sa chambre. Et presque vide. Une table et une chaise contre un mur constituaient le seul mobilier.

— Entrez, entrez, ne soyez pas timides !

Borvo grommela quelque chose d'inaudible et un sentiment de malaise étreignit Marjane.

L'homme s'avançait.

Des traces de pas humides maculaient le parquet sombre. Il sortait visiblement de la baignoire, torse nu, la taille emmaillotée dans une longue serviette de bain.

Bientôt, les faibles lumières éclairèrent son visage, et il était si beau que Marjane en eut le souffle coupé. Sa peau était dorée, ses muscles se dessinaient avec la précision et la finesse de ceux d'un athlète de haut niveau. Ses cheveux blonds tombaient sur ses épaules, et mettaient en valeur une mâchoire carrée, un nez droit et…

Marjane s'arrêta sur ses yeux.

Il n'en avait pas. À la place, il y avait… de l'eau. Le sentiment de malaise se décupla.

— Écarte l'homme, dit la créature aux yeux d'eau avec une voix devenue rauque.

Borvo se tendit. Toute son attitude montrait qu'il était sur ses gardes. Il éloigna Andras de quelques pas et saisit le manche d'un couteau passé derrière sa ceinture.

— Maîtrise-toi, Drack, d'accord ? Je suis là en cas de besoin.

— Je sais… grinça le dénommé Drack.

Marjane était partagée entre une répulsion physique et une attirance aussi forte. La peau fine de Drack sentait la mer. Il avançait maintenant vers elle avec une démarche de fauve, sûr de lui, et Marjane devait lutter pour ne pas aller à la rencontre de ces cheveux au goût de sel, de ce torse qu'elle devinait brûlant. Sa respiration s'accéléra.

Brusquement, la pièce disparut.

Le soleil était haut dans le ciel et ses rayons drus frappaient fort. Le sol pierreux exhalait une chaleur incandescente, des buissons d'épineux poussaient dans la terre sèche, et l'air embaumait un parfum résineux, sauvage et suave. Près d'elle, un torrent chantait. Drack s'approcha encore, jusqu'à la toucher presque. Ses yeux d'eau avaient disparu pour laisser place à des pupilles bleu-mauve, un regard électrique. Il sourit, ouvrit les mains et prit les siennes. Son contact la fit vibrer. Soudain, Marjane eut soif. Oui, elle eut soif de cet inconnu, de son sang qu'elle devinait lumineux et…

Elle se ressaisit et se retrouva catapultée dans la pièce

noire. Pourquoi était-elle partie en pleine garrigue ? Drack était juste devant elle, les mains posées sur ses avant-bras. Ses yeux étaient à nouveau d'eau.

Ce regard vide, dénué de tout… comme il était glaçant ! La tentation était grande de se pelotonner sur elle-même, de courir se cacher derrière Andras.

Le sourire de Drack se figea. Il inclina la tête sur le côté, sourcils froncés, et dévisagea Marjane avec curiosité.

— Qui es-tu ? demanda-t-il perplexe. Non, *qu'es*-tu ?

Le malaise revint, démultiplié. Drack était dangereux, Marjane en était sûre. Ses crocs la démangèrent et cette fois, elle ne fit rien pour les empêcher de sortir. Deux canines blanches et effilées répondirent à Drack, qui eut un léger mouvement de recul.

— Au temps pour moi, j'ai cru que tu étais humaine.

— Ça n'est pas le cas, Dieu merci… intervint Borvo qui rangea sa dague. Je ne t'aurais jamais laissé l'approcher si elle avait été humaine ! Le sevrage n'est pas encore au point, on dirait. Je crois même qu'il n'est pas près de se terminer, mon ami.

— Allons-y ! dit Andras, tout pâle.

Marjane se retourna une dernière fois pour voir Drack laisser tomber sa serviette sur le sol et plonger son corps renversant dans la baignoire. Il ne la regardait pas, mais elle sut qu'il souriait.

Ils émergeaient de l'obscurité et la lumière du couloir leur fit mal aux yeux.

— Borvo, qu'est-ce que c'est que cette créature ? s'étrangla Andras.

— Marjane ne craint rien. Pour toi, c'est une autre affaire, convint le druide. Drack est un génie des eaux.

— Mais encore ? demanda Marjane qui pensait bien que ça ne s'arrêtait pas là.

— Un génie des eaux qui mange de la chair humaine. Il est en… cure de désintoxication, en gros. Tu es ninn, donc tu ne crains rien. Andras, en revanche… Disons qu'il vaut mieux fermer ta porte à clef la nuit.

Andras acquiesça.

— Je saurai me débrouiller, pas de souci.

Marjane aurait voulu répliquer qu'elle préférait le savoir sous bonne garde mais son téléphone sonna. Elle le sortit de sa poche par réflexe et aussitôt, Andras l'arrêta.

— Ne décrochez pas !

— C'est Ashley, dit-elle en scrutant son écran.

— Elle vous laissera un message.

Ils restèrent tous les trois sur le palier d'où l'on voyait le sol, tout en bas, son dallage noir et blanc que Marjane n'avait pas remarqué en entrant. Elle avait besoin de dormir. La sonnerie de son téléphone déchira à nouveau le silence et se répercuta sur les hauts murs de l'immeuble. Enfin, l'engin se tut.

— Je vous laisse, d'accord ? dit alors Borvo. J'ai à faire.

— Pardon, bien sûr, mille mercis ! répondit Andras.

Il attendit que Borvo ait rejoint son étage et se retourna vers Marjane.

— Elle a laissé un message ?

Marjane opina. Tous deux se penchèrent sur le téléphone pour écouter. La voix d'Ashley était anormalement aiguë.

— Marjane, rappelle-moi s'il te plaît. J'ai besoin que tu me dises que tout va bien, fais-moi signe !

Marjane haussa les épaules et écouta le deuxième message.

Toujours Ashley, qui parlait avec un débit de mitraillette.

— Marjane, c'est encore moi, excuse, je suis super mal. J'ai plein de trucs à te dire, mais surtout, tu dois faire très attention, tu m'entends ? Tu vois qui est Jade ? La fille qui avait toujours 20 sur 20 dans toutes les matières ? Elle est sortie de la Résidence hier soir pour faire du shopping avec Astrid, la rouquine. Ni l'une ni l'autre ne sont rentrées. Marjane, on vient de retrouver leurs corps démembrés à l'entrée de la porte Cinq… Rappelle-moi, je t'en supplie !

10
LA PISTE

Mats comprit enfin où ses pas le menaient. Il avait marché au hasard, goûtant le soleil de juillet sur sa peau dans les différentes cours de la Résidence. Puis il s'était enfoncé dans ses entrailles sans réfléchir.

Il arriva devant chez Marjane de Beaune.

La porte avait été défoncée et rafistolée à la hâte avec du carton. Il prit une inspiration, souleva un pan sur la partie basse dont le scotch s'était décollé, et se coula à l'intérieur.

Il n'avait pas mis les pieds ici depuis douze ans et le passé le prit à la gorge. Du mobilier avait changé, quelques tableaux aussi. Pourtant, l'atmosphère restait la même, malgré le désordre qui régnait partout.

Que venait-il chercher ? Qui avait ordonné d'enfoncer la porte et de ratisser chaque mètre carré ? Sa mère, bien sûr. Que cherchait-elle, *elle* ? Et surtout, l'avait-elle trouvé ? Il erra un instant entre les débris de vases et les fauteuils éventrés.

Il fit un tour dans le bureau de Marcus de Beaune. Les tiroirs étaient retournés, les dossiers fouillés, le coffre béant.

Marjane s'était enfuie avec Andras. Mats esquissa un

sourire en coin. L'Édile n'accordait aucune importance aux domestiques en général, alors à un majordome humain… Pour elle, Andras était un moucheron.

Mats grimpa les escaliers jusqu'au dernier étage. Le mince couloir était silencieux et ses pas résonnaient étrangement contre les murs vides. Il entra prudemment dans la chambre d'Andras, s'assit sur le lit qui grinça, et inspecta la pièce. Une étagère contenait des livres et quelques bibelots. Il y avait des romans humains, classiques pour la plupart : Zola, Hugo, Saint-Exupéry, Boulgakov… Quelques ouvrages de poésie. L'un d'eux attira son attention. Sa reliure de cuir marron ornée de lettres dorées laissait présager un beau livre. *Les Fleurs du mal* lut Mats en attrapant le volume par le haut. Il l'ouvrit au hasard et en même temps que l'odeur du vieux papier montait à ses narines, une photographie glissa par terre.

Elle représentait la statue d'une femme au corps de serpent.

Au dos, quelques mots d'une écriture fine dont l'encre bleue commençait à s'effacer : « Toujours là pour toi, mon ami, ta dette est payée. Soura. » Mats observa la page dont le cliché était tombé. Il s'agissait du poème *La Beauté* qui commençait par ces vers :

Je suis belle, ô mortels ! comme un rêve de pierre…

Soura ? Un amour de jeunesse peut-être ? Dans ce cas, que signifiait cette histoire de dette ? Il ouvrit méticuleusement tous les livres de l'étagère mais rien d'intéressant n'y figurait : un vieux ticket de cinéma et un billet de 100 francs. Il passa la main sous les tiroirs de la commode, jeta un œil derrière le miroir de la salle de bains, sous le matelas, bref, dans toutes les cachettes envisageables. Rien. Sa seule piste était la vieille photo.

Il redescendit, dépité, ralentit… et finit par céder à la tentation : entrer dans la chambre de Marjane. Elle était aussi saccagée que le rez-de-chaussée ; le lit était en vrac, les draps froissés, le bureau avait lui aussi été retourné, à part des vêtements pliés sur une chaise. Mais ce qui frappa le plus Mats, ce fut l'odeur. La pièce sentait Marjane, un parfum doux comme de la confiture de fraises. Il s'aperçut qu'il souriait et se pinça le dos de la main. Qu'est-ce qu'il foutait là ?

Soudain, un bruit le fit tressaillir.

Il y avait quelqu'un dans l'appartement.

Mats faillit descendre mais se ravisa et décida d'attendre dans la chambre de Marjane. Des pas légers dans l'escalier le firent reculer. Il scruta la pièce pour trouver un refuge mais il n'y avait rien, et les pas se rapprochaient. Mats se résolut à plonger sous le lit. Se faire prendre là serait ridicule…

À qui appartenaient les chaussures noires, fines et lustrées à quelques centimètres de son nez ? Mats respirait à minima et ne pouvait pas identifier l'odeur de l'intrus. Unique indice : il s'agissait d'un homme. Homme qui s'assit sur le lit de Marjane et… se mit à inspirer profondément.

— Non… dit une voix de basse que Mats reconnut aussitôt.

Lev.

Non, quoi ? Voilà la question que Mats aurait aimé poser au nouveau chef de la sécurité mais il resta tranquille. Finalement, Lev se leva et quitta la chambre.

Il n'était pas venu chercher de nouveaux indices. Il voulait juste se vautrer dans l'odeur de Marjane !

Une bouffée de colère souleva l'estomac de Mats tandis

qu'il s'extirpait de sous le lit, humilié. Par Lothia, qu'est-ce que c'était que ce foutoir ?

* * *

Des hommes grimés fracassent les vitres et éclatent les corps à l'arme lourde. Hurlements. Pleurs. Agonie. Marjane doit protéger son père coûte que coûte. Elle se place devant lui, les balles la traversent sans la blesser et atteignent Marcus de Beaune. Marjane se rue sur un homme, lui enlève sa cagoule mais dessous, il en porte une autre, et encore une autre, et une autre, jusqu'à la nausée.

Marjane se réveilla en larmes. Le jour baissait. Elle scruta le mobilier inconnu, se demanda où elle était. Le plafond peint lui fit revenir la mémoire. Sa fuite, Andras, les hommes en cagoule, la baie qui explose. Encore cette absence, une absence si tangible… Elle serra les poings jusqu'à ce que ses ongles entaillent sa paume. Elle voulait chasser le vide abyssal qui naissait dans son ventre chaque fois qu'elle pensait à son père, et se recroquevilla en position fœtale. Prendre le moins de place possible, comme les souvenirs qui lui lacéraient la tête. Son père avait-il prévu une surprise pour sa majorité ? Elle ne le saurait jamais.

Jack était roulé en boule à côté de son oreiller et dormait, imperturbable. Marjane caressa sa tête poilue et le corkan s'étira.

— Merci pour hier…

Il roucoula doucement.

— C'est un miracle que j'aie réussi à m'endormir… J'espère que je pourrai appeler Ashley aujourd'hui pour en savoir plus.

Jack cligna des yeux, ses grandes prunelles nacrées attendant la suite.

— Tu te rends compte ? Jade et Astrid ! Quelle horreur…

Qui était assez fou ou machiavélique pour tuer deux adolescentes ? Pourquoi la Résidence ne prenait-elle pas en main la riposte ? Parce qu'elle ne savait probablement pas contre qui riposter, tiens. L'homme blessé qu'ils avaient attrapé n'avait-il pas parlé ?

Jack déplia ses membranes noires, sur lesquelles plus aucun stigmate de sa récente blessure n'était visible. Damona, ou qui que ce soit chez les lithomorphes qui l'avait soigné, avait fait un travail remarquable. Marjane observa la fenêtre, la lumière jaunâtre qui se reflétait sur le toit.

— Est-ce que… commença Marjane.

Jack se leva et Marjane eut le sentiment qu'il avait compris. Il tendit ses pattes de devant, cambra son dos, puis sauta sur le rebord de la fenêtre.

— Tu sais ce que je voudrais ?

Jack agita sa queue osseuse et Marjane, béate, lui ouvrit la fenêtre. Devant elle s'étendait un enchevêtrement de toits en zinc et de cheminées qui bouchaient l'horizon. Le ciel du crépuscule miroitait au-dessus.

— Ne te fais surtout pas remarquer, Jack ! crut-elle bon d'ajouter alors qu'elle courait s'allonger sur son lit.

Elle s'abandonna dans la seconde et perçut la présence de Jack, bien plus prégnante qu'elle ne l'avait jamais été. Décidément, depuis leur fuite, leur lien s'était renforcé. Marjane sourit pendant qu'elle se dissolvait à l'intérieur du petit animal frémissant, et se réjouit de découvrir le monde « du dehors » à travers ses yeux : plus net, plus coloré, l'odeur métallique du zinc qui avait emmagasiné la chaleur de la journée, celle épaisse des pots d'échappement. Jack bondit, ses griffes ripant sur la surface en pente douce. Il dilata ses narines, et quand il fut certain que personne n'était en vue, se faufila jusqu'au toit le plus haut.

Depuis son lit, fondue en lui, Marjane poussa un cri étouffé.

Le soleil se couchait sur l'horizon, embrasant le ciel, et ses rayons dorés frappaient la façade de Notre-Dame dont la pierre blanche se parait d'or. Un brouhaha enveloppait tout : celui des passants et leurs discussions ininterrompues, des voitures et des bus qui grondent. La rumeur du monde.

Marjane était émerveillée. C'était ça, la vie ! Le bain humain auquel elle avait tant aspiré ! Si seulement elle pouvait effacer les dernières quarante-huit heures de sa mémoire, leur absurdité, leur cruauté, elle goûterait pour de bon ce moment... Un bruit tout proche la fit sursauter. Ce n'était qu'un pigeon à l'œil globuleux qui venait de se poser, mais Marjane craignit soudain que quelqu'un n'aperçoive Jack. Ce dernier leva le museau une dernière fois vers les deux tours drapées de lumière, fit demi-tour et rejoignit la fenêtre. Il avait résisté à l'envie de sauter sur le pigeon, nota Marjane.

Elle s'apprêtait à réintégrer son corps quand un flot d'images se superposa au décor de la chambre : les obstacles tranchants, la foule en délire lors de la course, Kiko qui rampait, blessée... Interloquée, Marjane se crispa, renonça à revenir en elle, et se replongea en Jack, yeux clos. Que lui disait-il ? Une autre image s'imprima : une silhouette malingre passa devant des barreaux gris. Marjane était enfermée à l'intérieur d'une cage où régnait une odeur de désinfectant. Concentrée, elle examina l'homme qui déambulait et reconnut… Ivar, le corkaniste ? La vision était si violente qu'elle quitta brutalement Jack. Elle ouvrit les yeux et s'assit, le souffle court.

Sur la couette, Jack l'observait de ses grandes prunelles blanchâtres.

— C'était quoi, Jack ? chuchota Marjane dont les mains tremblaient. Des souvenirs ?

Jack fit claquer les os de sa queue.

— Oui, des souvenirs, poursuivit Marjane, choquée, mais pas que… n'est-ce pas ? C'était toi, dans cette cage ?

Jack demeura impassible.

— Ou c'était…

Sa voix mourut. Jack roucoula et Marjane frissonna. Il l'avait mise en relation avec… Kiko. Bon sang, Jack avait brièvement projeté Marjane dans le corps de la corkane qui se faisait soigner à la Résidence ! Marjane avait vu par ses yeux ! Qu'est-ce qui se passait, par Lothia ?

Une idée aberrante naquit dans l'esprit enfiévré de Marjane : est-ce que Mats savait ? Pouvait-il, lui aussi, par le truchement de sa corkane, voir par les yeux de Jack ? Et du coup… savoir ce que faisait Marjane ? ! Paralysée à cette éventualité, elle fixa Jack comme s'il pouvait lui répondre. Le corkan lui rendit son regard.

Et entreprit de lécher ses coussinets.

Elle mordilla son pouce, soucieuse. Non, Jack devait être une exception. Sinon le phénomène serait connu de tous. Et puis, les communions étaient interdites en dehors des courses et les ninns étaient scrupuleux, tenta de se rassurer Marjane.

Elle embrassa la douce fourrure de son corkan et s'habilla en hâte. Affamée, elle se rendit à la cuisine.

Le mobilier en vieux chêne, les couteaux et les casseroles suspendus à côté de bouquets d'herbes sèches et de piments qui dégringolaient en guirlandes conféraient une ambiance chaleureuse à la pièce. Borvo était attablé avec Andras. Ce dernier, cintré dans une veste noire, se leva avec un sourire quand Marjane entra. Une délicieuse odeur de steak flottait dans l'air. La tension diminua dans ses épaules. Marjane sourit à son majordome… et oublia ses questions.

11
LE CORKANISTE

Mats traversa la salle d'attente déserte et toqua à la porte en verre fumé, au fond.

— Oui ?

— Ivar, c'est Mats Dambre…

La porte s'ouvrit sur une vaste pièce où des cages étaient disposées à intervalles réguliers. Petit homme maigrelet, Ivar le corkaniste sourit à Mats. Ses cernes bleus étaient visibles malgré les épaisses lunettes qui grossissaient ses yeux. Une exception chez les ninns qui possédaient toujours une vue perçante.

Mats remarqua la présence de Kiko, plus palpable, et fut aussitôt rassuré : elle reprenait des forces. Il suivit Ivar jusqu'à une cage spacieuse. Kiko avait collé son museau entre les barreaux et roucoula à l'approche de son maître. Mats crut qu'on le poignardait dans le ventre lorsqu'il découvrit sa paupière cousue. Le corkaniste libéra Kiko qui bondit sur le bras tendu de Mats et remonta jusqu'à son cou pour s'y lover.

— Je ne suis pas sûr qu'elle le récupère… admit le corkaniste sans ambages. Cependant, les corkans sont des êtres complexes et pleins de ressources. J'ai recousu par précaution, pour que le cristallin de l'œil ne s'altère pas. Il faudra revenir me voir dans deux mois. D'ici là, ni entraînement, ni course bien entendu.

Mats acquiesça distraitement. Par réflexe, il avait baissé la tête pour presser Kiko contre lui. Il se redressa, mal à l'aise d'être pris en flagrant délit de tendresse. Ivar passa devant lui sans commentaires et ils retournèrent à son bureau.

— Vous lui verserez tous les jours deux gouttes sur la couture de l'œil, pour humidifier et désinfecter.

Mats prit le collyre que le corkaniste lui tendait. Ils se dévisagèrent.

— Et… sinon ? questionna Ivar qui essayait de paraître naturel mais avait l'air de s'être assis sur une rangée de punaises. Rien de particulier ?

En guise de réponse, Mats haussa un sourcil.

— Je veux dire, s'empressa d'ajouter Ivar, avec Kiko ?

— Je ne comprends pas votre question… le contra Mats, sur la défensive.

Ivar s'adossa à son fauteuil de cuir et joignit les mains devant son nez.

— C'est la première fois que vous concouriez à une épreuve de classe 5, n'est-ce pas ?

Mats hocha la tête. Quel était le rapport ?

— Et… tout est normal ?

— Je suis désolé, Ivar, je ne vois pas où vous voulez en venir.

Ce désarroi parut rassurer le corkaniste.

— Plus les épreuves surmontées avec le corkan sont ardues, plus le lien avec le maître se resserre, explicita-t-il. Or la dernière course a été difficile et mouvementée. J'aimerais donc savoir si votre lien avec Kiko s'est modifié.

— Pas que je sache, mentit Mats.

— Très bien. Dans ce cas, rendez-vous dans deux mois, d'accord ? proposa Ivar en se levant. Et bien sûr, si quelque chose d'anormal advient d'ici là, vous me prévenez !

Mats serra la main du corkaniste et sortit. Nichée au creux de son bras, Kiko tremblait de tous ses membres. Comme si elle avait saisi la conversation. Mats la caressa en murmurant un « chuuut » tout doux.

Il n'avait pas rêvé. Kiko l'avait bel et bien appelé la nuit, depuis sa cage. Malgré l'interdiction. Et malgré la distance.

* * *

— Vous avez bien dormi ? s'enquit Andras qui s'affairait dans la cuisine.

— Comme une pierre ! Enfin, je veux dire... se reprit Marjane, navrée.

Borvo éclata de rire.

— Ne t'inquiète pas, Marjane, la rassura-t-il, tu n'es plus chez les lithomorphes, qui ne sont pas des créatures susceptibles par essence. Sauf Kereb, bien sûr...

— Mais il n'est pas là !

Andras frappa dans ses mains avant d'indiquer une chaise à Marjane.

— Borvo a réussi à nous trouver du sang ! dit-il en aspergeant un steak monumental.

— Merci, Borvo !

Il tendit l'assiette à Marjane qui se précipita dessus. Un mauve translucide s'en échappait. Marjane fut propulsée dans un bar aux lumières criardes. Les voix s'emmêlaient, la musique se déversait, grésillante, un parfum d'alcool fort et de sciure flottait dans l'air et un jeu de fléchettes accaparait les regards. Le mirage, d'une durée totale d'une demi-seconde, s'estompa.

— De rien, dit Borvo. J'ai eu de la chance : j'ai réussi à dégoter une poche tombée par mégarde d'un camion de Don du sang. Je ne voulais pas qu'Andras soit obligé de se vider pour te nourrir…

Marjane hoqueta.

— Jamais je ne boirai le sang d'Andras !

— Ce n'est pas toi qui lui as fait toutes ces cicatrices sur les mains ? s'enquit Borvo.

Marjane le fixa, ahurie.

— Ce n'est pas… Je n'ai… s'embrouilla-t-elle en rougissant.

— C'est un pacte, je suis adulte, et je le fais de bon cœur ! intercéda Andras.

— Tu es d'accord pour qu'elle te mange ?

— Mais enfin, je ne le mange pas ! Andras m'aide à contrôler mes crocs. De temps en temps, on prépare le matériel, il se fait une petite coupure, et j'essaie de me maîtriser. Si je n'y parviens pas, il m'asperge de parfum : on a découvert que ça créait une diversion sensorielle et qu'ensuite, je reprenais le dessus.

Marjane enfourna une énorme part de steak qui lui cloua le bec fort à propos. Car ce qu'elle oubliait de préciser, c'est que ces entraînements avaient commencé pour une bonne raison.

Personne n'était au courant de l'incident. Ni son père, ni Ashley. Personne, sauf Andras. Marjane n'était même pas encore à la Spéciale à l'époque, elle avait onze ans. Andras était en train de changer l'eau de sublimes pivoines fuchsia dans le salon. Par inadvertance, il avait fait tomber le vase. En ramassant les morceaux de porcelaine, il s'était coupé. Marjane gardait un souvenir très net de ce moment honteux : l'orange chatoyant qui s'était répandu dans l'air dès que l'épiderme s'était ouvert, l'attirance irrépressible qu'elle avait ressentie. Ses crocs avaient percé ses lèvres sans qu'elle s'en rende compte, et elle avait avancé vers Andras, hypnotisée, obnubilée par une chose et une seule : cet orange fabuleux qui sonnait comme une douce musique, ce sang qui perlait et qu'elle voulait lécher, flairer, goûter.

Andras avait été obligé de lui balancer un verre d'eau glacée à la figure pour qu'elle reprenne ses esprits. Trempée, elle avait compris ce qui venait de se produire, viré au cramoisi, et s'était enfuie en courant. Elle avait failli manger Andras ! Comment un truc aussi horrible avait pu arriver ? Elle s'était réfugiée dans sa chambre, en larmes. Dès leur plus jeune âge, les ninns s'exerçaient à se contrôler. À l'école, on les soumettait à des tests, on mettait sous leur nez sensible des gouttes de sang, puis des flacons entiers. Leurs crocs devaient rester en place. Sinon, pas de Spéciale. Certains étaient précoces, comme Ashley qui excellait dans le contrôle. Pas Marjane. Elle restait toujours en retrait, fantôme de petite fille sage et souriante. Mais à l'intérieur, elle était habitée par la peur d'échouer, torturée à l'idée que ses crocs pouvaient grandir à n'importe quel moment sans qu'elle sache les en empêcher. Et maintenant, elle manquait d'égorger son majordome…

Une poignée de minutes plus tard, Andras avait toqué à sa porte, le doigt enrubanné dans une gaze recouverte d'un pansement *waterproof*. Il était confus, mais pas autant qu'elle. Leurs séances d'entraînement avaient commencé juste après.

Marjane avait finalement vaincu l'appel du sang *la veille* de son entrée à la Spéciale, et avait pu continuer sa scolarité grâce à Andras et à ses zébrures. Mais la maîtrise des émotions demeurait un problème, et le soir de son premier concert, il avait fallu une gifle d'Andras pour qu'elle réussisse à entrer sur scène avec des canines de taille normale. Il y avait encore du boulot.

Elle reprit une bouchée de steak pour se donner une contenance et sourit.

— Je n'étais pas au courant, et en attendant, je ne voulais pas que tu meures de faim… rétorqua Borvo.

Il étudiait Marjane, fasciné par la taille des morceaux de viande qu'elle engloutissait.

— Oh, je ne serais pas morte ! répliqua Marjane. Pas par manque de sang, en tout cas.

Borvo fronça les sourcils.

— Ah bon ?

Andras préparait du thé en sifflotant et avait l'air de se ficher royalement de la conversation. Marjane hésita à révéler ces secrets, puis estima qu'elle n'avait plus de comptes à rendre à la Résidence qui la traquait.

— Eh bien, commença-t-elle, les ninns aiment le sang et le recherchent, mais pas comme dans les films, si vous voyez ce que je veux dire.

— Non, je ne vois pas, désolé… Et tu peux me tutoyer, jeune fille. Ici, pas de chichis.

— Le sang est plus que de la simple nourriture, reprit Marjane, la bouche pleine. Il est notre énergie vitale. Il ralentit notre métabolisme et nous permet de rester jeunes, de lutter contre presque toutes les maladies, de renouveler nos cellules plus vite et mieux, et ainsi, de développer nos capacités et nos sens sur des centaines d'années. C'est lui qui fait de nous les êtres exceptionnels que nous sommes.

— On dirait que tu récites une leçon, remarqua Borvo, perplexe.

Marjane s'arrêta de mâcher.

Andras versa une tasse de thé fumant à Borvo et vint au secours de Marjane.

— Tu as raison, les ninns apprennent par cœur leurs codes, leurs lois, leur histoire. Ils vouent un culte à leur peuple, et surtout à leur communauté ! Ce qui provoque parfois des situations ou des raisonnements… tordus. Mais en l'occurrence, Marjane dit vrai : le sang est leur élixir vital. Sans lui, l'espérance de vie chute brutalement, ils s'affaiblissent. Pour autant, un ninn qui refuserait de boire du sang humain survivrait. Mais vers cinquante ans, il aurait l'air d'en avoir quatre-vingt-dix et mourrait rapidement.

— Il n'y a pas une légende comme ça, chez vous ?

— Tu veux parler de Lothia ? s'étonna Marjane. Comment tu connais cette histoire ?

Andras leva un sourcil dubitatif et s'assit avec eux. Marjane n'avait jamais mangé à côté d'Andras. Elle avait l'impression de violer les règles de bienséance établies par son père. C'était plutôt agréable.

Borvo laissa exploser son rire aussi rocailleux que contagieux.

— Ne fais pas cette tête ! Certains de mes amis druides sont spécialisés dans l'étude de votre culture, et je ne divulguerai pas le secret. Les druides sont avides de science et de savoir, pas de pouvoir. Le côté élixir de l'hémoglobine, ça marche aussi avec le sang des animaux ?

Andras leva sa tasse dans sa direction et but, un sourire aux lèvres.

— Non. Il faut un cerf entier pour atteindre l'effet produit par une simple gorgée de sang humain.

— Et celui de tes congénères ?

— Je n'en sais rien, je n'en ai jamais bu.

— C'est une pratique… d'adulte, commenta Andras. En dehors des moments intimes et consentis, boire le sang de ses pairs est interdit. Mais je crois qu'il apporte aussi force et jouvence. La légende dit que, de cette façon, les ninns contemplent l'âme de leur partenaire.

Marjane rougit et aurait pu se baffer : avoir autant l'air d'une fillette effarouchée la mettait en rogne.

— Et tu n'es pas… morte, vérifia Borvo.

— Non, je respire, et on peut me tuer, même si c'est difficile. Les balles en argent et autres niaiseries, c'est de la fiction. Il faut bien qu'on se protège, alors on fait circuler n'importe quoi ! En revanche, un bon pieu dans le cœur est fatal, comme pour n'importe qui. Je ne suis pas immortelle, je mourrai un jour. Je ne suis pas non plus une cousine du lézard : j'ai le sang chaud et je peux avoir des enfants, enfin, plus tard, quand… bref.

— Intéressant. Tu pourrais m'aider à compléter mes carnets de notes… Et Lothia, alors ? Tu as le droit de me raconter ?

— J'imagine que oui, puisque tu as déjà entendu parler d'elle.

Marjane se servit une grande tasse de café et souffla dessus.

— Lothia vivait à la Résidence, la communauté de Paris, il y a environ quatre siècles. Je ne sais pas si tu es au courant, mais les ninns vivent en communautés. Ce sont nos patries. Il existe des lois très anciennes respectées dans le monde entier, comme par exemple l'interdiction de dévoiler ses crocs aux humains. En dehors de ça, la Résidence a ses propres lois, son gouvernement, elle est autonome et n'est soumise à aucune autre volonté que la sienne.

— Vous n'avez aucun lien entre communautés ? s'étonna Borvo.

— Certaines sont alliées, d'autres rivales voire ennemies. Tout dépend. Ce qui est sûr, c'est que chacune a ses artistes, son histoire, ses mythes. Chez nous, il y a Lothia. Son histoire est racontée en vers par Sayor d'Argasson, un auteur du XVIIe que la Résidence porte aux nues. *La complainte de L* est exposée dans une vitrine de la bibliothèque comme un trésor national.

— Si je comprends bien, chaque communauté est un minuscule pays, en gros ?

— Voilà. D'ailleurs, il est rare de pouvoir accéder à des ouvrages écrits par des ninns d'autres communautés. Moi, j'en ai lu quelques-uns, rapportés par mon père, mais on lit surtout nos auteurs, et les humains, bien sûr. Tout ça pour dire que Lothia était une très belle femme, courtisée, aimée, et qui régnait d'une main douce et ferme sur le peuple ninn. Mais voilà : elle tomba amoureuse d'un humain, un sculpteur.

— Il travaillait à la construction de l'église Saint-Jacques-de-la-Boucherie, plus particulièrement à son agrandissement, et à l'édification de sa tour… plus connue sous le nom de tour Saint-Jacques et seul vestige de l'église aujourd'hui, ajouta Andras.

Marjane se tourna vers lui, émue. Il lui rendit son regard. La porte Sept les avait sauvés.

— Folle d'amour pour cet humain, reprit Marjane, Lothia décida de quitter la Résidence et ses fonctions d'Édile. Elle devint solitaire et partit vivre avec son sculpteur parmi les humains. Mais elle craignait de lui dévoiler un jour sa vraie nature ou d'avoir soif de son sang. Alors, elle se fit… arracher les crocs.

Borvo aspira l'air avec sa bouche en grimaçant. Le druide était penché sur la table, brûlant de curiosité. Marjane n'aimait pas l'histoire de Lothia. Trop triste. Trop tragique.

— Elle partit. Et revint quelques mois plus tard, folle de chagrin et de désespoir. Elle était méconnaissable, l'ombre d'elle-même. Elle s'arrachait les cheveux par poignées, pleurait, criait, gémissait, et personne ne comprenait ce qui la rongeait de l'intérieur. Les médecins l'attachèrent, essayèrent de la soigner, en vain. Les ninns finirent par apprendre la vérité : malgré l'absence de crocs, sa soif était restée intacte, et démesurée. Un jour, n'y tenant plus, elle avait égorgé le sculpteur pour le vider de son sang.

Marjane fit une pause et but une gorgée de café chaud.

— Lothia disparut et la légende dit qu'elle se jeta du haut d'une tour.

— La tour Saint-Jacques, j'imagine, termina Borvo.

Marjane hocha la tête, et un silence ouaté recouvrit la cuisine. Les ninns étaient peu nombreux, leur communauté soudée. Les suicides étaient rarissimes, et souvent mal vus. Pourtant, l'histoire de Lothia avait traversé les siècles, toujours racontée avec la même ferveur, la même sympathie. Elle incarnait une figure romantique que les jeunes de la Résidence adulaient.

— Ah, j'allais oublier ! s'écria Borvo.

Il alla décrocher un panier en osier pendu à un clou. Marjane imagina le druide géant se baladant avec son panier et ses sneakers fluo dans les rues de Paris, et Lothia s'évapora. Borvo extirpa du panier un sac qui contenait un téléphone neuf.

— Tiens, tu peux l'utiliser, je t'ai inscrit ton nouveau numéro sur un post-it, et tu seras en appel masqué.

— Super !

Borvo se leva et débarrassa son assiette.

— Je ne sais pas si je dînerai ce soir, je dois jeûner quelques jours, laissa-t-il planer sans autre explication avant de quitter la pièce.

— Vous vous sentez un peu mieux ? demanda Andras, grave, une fois qu'ils se retrouvèrent seuls.

— Vrai ou moyen vrai ? répondit Marjane comme lorsqu'elle était petite.

Andras pinça les lèvres.

— Vrai… l'encouragea-t-il.

— Je suis vide, je voudrais voir papa, avoir emporté un souvenir de lui mais je n'en ai pas eu le temps, et j'ai peur d'être tuée ou de devoir fuir toute ma vie.

— Ça n'arrivera pas.

Andras se leva et commença à débarrasser.

— J'aimerais qu'Ashley vous donne le plus de détails possible sur ces meurtres. Je crains que ce ne soient pas les premiers…

— Comment ça ? interrogea Marjane, qui noua une tresse avec une grande mèche de cheveux pour s'occuper les mains.

— D'après Soura, plusieurs ninns isolés ont disparu.

— Je n'en ai jamais entendu parler.

— Moi non plus, convint Andras en enfournant une assiette sale dans le lave-vaisselle. Ces disparitions sont-elles liées aux hommes en cagoule ?

Marjane rêvait d'eux tout le temps et le simple fait de les évoquer la terrorisait.

— Je sais qu'ils vous effraient, mademoiselle, murmura Andras, mais nous devons les affronter, chercher à savoir qui ils sont. Ils sont peut-être la clef qui nous permettra de comprendre l'assassinat de Monsieur, ou ce que voulait l'Édile.

— Je sais…

L'image de son père s'apprêtant à souffler ses cent cinquante-sept bougies resurgit et Marjane sentit les battements affolés de son cœur.

12
LE DOSSIER

— De quoi vous souvenez-vous lors de l'attaque du Petit Hall ? insista Andras.

Marjane grignota l'intérieur de sa bouche pendant qu'elle laissait affluer les souvenirs.

— Pas grand-chose : du bruit, des cagoules noires, du cirage sur leur visage, tout qui explose…

Sa voix se brisa. Elle dévisagea Andras.

— J'étais à la porte, mademoiselle, j'ai dû m'abriter, et je n'ai rien vu avant d'intervenir. Ont-ils sciemment visé votre père ?

— Non, ils tiraient au hasard, n'importe comment, dit Marjane en pensant : « Quelle différence ? »

— Ils ont quand même pénétré dans la Résidence et réussi à se faufiler jusqu'au Dôme… poursuivit Andras qui réfléchissait.

L'assiette sale qu'il tenait à la main gouttait par terre.

Marjane comprit enfin le sens de sa phrase.

— Vous croyez qu'on leur a fourni des informations, sur le plan ?

Impensable. La communauté ninn était unie, et seuls trois ou quatre humains y habitaient. À l'instar d'Andras, ils étaient fidèles et n'auraient jamais introduit d'étrangers dans la Résidence. Pourtant, réalisa Marjane, *quelqu'un* avait forcément aidé les hommes en cagoule, de l'intérieur.

— Ils sont arrivés au bout de filins, ils savaient où ils allaient, ils savaient qu'il y avait une fête ! s'exclama-t-elle, l'estomac brusquement à l'envers. Bien sûr qu'on les a aidés, vous avez raison, Andras, il y a un traître à la Résidence !

* * *

Mats étudiait à la bibliothèque depuis 16 heures et à minuit passé, il était au bord de s'écrouler sur son livre. Les ninns dormaient peu et se couchaient au milieu de la nuit. La bibliothèque fermait donc ses portes à 2 heures du matin, comme la plupart des commerces de la Résidence (les bâtiments officiels, eux, restaient ouverts jusqu'à 22 heures). D'habitude, à cette heure tardive, la salle de lecture était bondée. Mais les diplômes étaient distribués, et tout le monde profitait de l'atmosphère estivale. Les antiques tables en bois étaient désertes, les lampes ne brillaient pour personne.

Aucun ouvrage de la bibliothèque, qui contenait pourtant des merveilles, ne mentionnait une quelconque Soura. En même temps, un prénom, même rare, et une photo de statue, c'était faiblard pour dénicher une piste.

Son portable vibra et le son se répercuta sur les hautes voûtes en pierre du bâtiment. Mats le consulta par acquit de conscience. Sa mère. Encore. Elle l'avait appelé sept fois, ce soir. Il se leva pour s'étirer et se dégourdir les jambes. La vieille ninn qui travaillait à trois tables de lui n'était plus là. Mats observa les environs : la grande salle de lecture était vide, comme le comptoir – le bibliothécaire avait dû partir à la réserve. Le silence de l'endroit l'écrasa un instant.

Il déambula au hasard entre les allées, ses pas résonnant dans le silence, et étudia les rayonnages d'un œil distrait. Sa mère le harcelait. Elle n'avait donc pas avalé son mensonge, le matin, dans le bureau, et elle était inquiète. Ou alors, il y avait autre chose ? Mats avait un mal fou à se concentrer, la note l'obsédait. Que signifiait « Gris » ? Il avait compulsé encyclopédies et ouvrages de médecine, mais sans succès. Son incapacité à décoder ce mystère l'exaspérait ! Comme un réflexe, il se mordit la langue jusqu'à sentir le goût du sang. *Moins que rien !*

Une porte grinça à l'autre bout de la bibliothèque et Mats s'immobilisa. Un épais volume sous le bras, la silhouette voûtée du bibliothécaire émergea d'une porte dérobée. La porte était encastrée dans le mur, indétectable pour celui qui en ignorait l'existence.

Pas si moins que rien, après tout, même si j'ai du bol… concéda Mats.

La suite du programme était limpide. Il allait fouiner là-dedans.

* * *

Marjane arpentait la cuisine, ses longs cheveux noirs volant avec rage à chaque demi-tour.

— Quel malade a aidé des humains à nous massacrer ? Pourquoi ?

— Rappelez-vous les paroles du dernier homme : « La crypte ne tiendra plus longtemps… » Ça sonnait comme un ultimatum. Aucun doute : cette crypte est leur moteur. Reste à savoir si elle constitue aussi celui du traître. Ce n'est pas obligatoire : on pourrait avoir utilisé ces hommes à d'autres fins. N'empêche, la crypte est notre indice majeur.

— Il est devenu quoi, d'ailleurs, l'humain qui a été attrapé ?

— Il a été interrogé mais personne n'a jamais su ce qu'il avait raconté, ni ce qu'on en avait fait, dit Andras en haussant les épaules.

Marjane n'avait jamais remarqué à quel point la Résidence regorgeait de secrets. Les populations parallèles, les druides, et maintenant, un prisonnier dont on n'entendait plus parler. Qu'allait-elle découvrir, encore ?

— Vous avez raison, notre seul indice valable, c'est la crypte. Ça fait mince… Vous croyez qu'on peut trouver, Andras ?

— Je l'espère, je vais tout faire pour.

— Vous pensez que des humains ont pu attaquer Jade et Astrid ?

— Vous allez bientôt demander des précisions à Ashley, ça devrait nous aider. Avant cela, je dois vous dire quelque chose d'important.

Andras claqua la porte du lave-vaisselle et se tourna vers Marjane, un peu trop solennel à son goût.

— Pendant que vous dormiez, j'ai épluché les papiers récupérés dans le coffre de votre père.

Marjane sentit ses gencives la démanger.

— Et ?

— Il y a là des titres de propriétés et quantité de documents intéressants pour vous, enfin je l'espère : il faut voir dans quelle mesure il est possible de vous réapproprier ces biens, vérifier que la Résidence ne peut pas les confisquer.

— Ah.

Marjane ne bougeait plus.

— Il y a autre chose… poursuivit Andras, qui se tenait toujours raide.

— Oui ?

— Une pochette scellée.

— Vous l'avez ouverte ?

— Non, je vous attendais.

Aussitôt, Marjane le précéda dans le couloir. Elle avait du mal à contenir son impatience. Qu'espérait-elle trouver ? Ses jambes étaient en coton. Son père lui avait peut-être laissé une lettre ? Une explication qui lui permettrait de prouver son innocence et de retourner à la Résidence ? Ou bien il levait enfin le voile sur le mystère de sa naissance ? Ne pas trop y croire, ne pas risquer d'être déçue…

Le majordome la conduisit dans sa chambre, où les papiers trônaient en piles distinctes sur son petit bureau impeccable. Andras saisit une pochette grise dont le rabat était scellé d'un ornement géométrique dessiné dans une épaisse cire rouge. Le motif représentait une porte arrondie avec une poignée en forme de cœur. Marjane décacheta l'enveloppe, et en tira trois feuilles jaunies. Certaines l'étaient moins que d'autres. Plus récentes.

D'abord, elle crut que sa vue était trouble, ce qui expliquait son incapacité à lire. Puis, elle plissa les yeux, releva la tête et tendit les feuilles à Andras. Il se pencha dessus, la bouche serrée en une mimique de concentration.

— C'est l'écriture de votre père, commenta-t-il.

— Certes, mais en quelle langue ? répliqua Marjane. Je n'ai jamais vu un truc pareil !

— Ce n'est pas la langue des ombres, n'est-ce pas ? Votre père m'a enseigné les rudiments de l'adama, j'en connais les lettres et je suis capable de déchiffrer certains mots, mais là, je suis perdu.

— Non, il s'agit d'autre chose.

Marcus de Beaune, brillant linguiste, était capable de traduire une trentaine de langues humaines. Il parlait l'adama couramment (et l'adama était le truc le plus compliqué à apprendre que Marjane ait jamais vu). Elle l'avait d'ailleurs étudié d'arrache-pied pour impressionner son père, qui s'amusait parfois à switcher dans la langue officielle des ninns en plein dîner, histoire de la tester. Résultat, elle le parlait mieux que la plupart des adultes et elle était formelle : ce texte n'était pas rédigé en adama.

— Certaines graphies sont similaires mais c'est tout, réitéra-t-elle. Une langue humaine, peut-être ?

— J'en doute, mademoiselle. Regardez l'alphabet. Il ne correspond à rien ! Votre père était ambassadeur auprès des peuples parallèles. Il a pu utiliser d'autres langues, voire les mélanger pour mieux brouiller les pistes et protéger son secret.

— Mais quel secret ? Pourquoi mon père a-t-il des documents scellés écrits dans un charabia incompréhensible ? pesta Marjane en examinant à nouveau les feuilles.

Elles étaient scindées en colonnes remplies de lettres alambiquées.

— Qu'est-ce que ça peut bien être ? Des comptes ?

— On pourrait peut-être demander de l'aide à Borvo, proposa Andras.

— Pourquoi ? Il est polyglotte ?

— Les druides sont des êtres de savoir. Quand bien même il ne connaîtrait pas cette langue, peut-être serait-il en mesure de la déchiffrer.

— Il est fort à ce point-là ? s'étonna Marjane.

— Vous parlez de qui ? dit une voix émanant du plafond.

Marjane leva les yeux et découvrit un angelot potelé, blondinet… et nu comme un ver, qui les regardait, les poings sur les hanches. Il voletait avec des ailes riquiqui, et tout son attirail rebondissait au rythme de ses battements d'ailes. Marjane vira au rouge cerise.

— Qu'est-ce que c'est que ces manières ! gronda Andras en le découvrant à son tour. Vous ne pouvez pas mettre un truc sur… sur… sur vos parties ? !

L'angelot éclata de rire.

— Eh bien, mon cœur, c'est la taille qui t'impressionne ?

Andras ouvrit des yeux exorbités.

— C'est la chambre d'Andras ! se formalisa Marjane qui n'osait pas lever les yeux vers l'angelot exhibitionniste.

— Il en a laissé la porte ouverte. Chez nous, porte ouverte signifie invitation à entrer. Il va falloir vous y habituer ! se défendit le lithomorphe.

— Kereb…

Marjane sursauta et se tourna vers la voix chaude qui venait de les interrompre. Drack était négligemment appuyé sur le chambranle de la porte.

— Oh, mon chou, tu es sorti de ton bain ?

— Kereb, ne prends pas ce ton-là avec moi, tu sais ce qui va se passer si je t'attrape…

Marjane ne put s'empêcher d'admirer le torse du génie des eaux, ses cheveux dorés mouillés qui gouttaient sur le sol. Cette fois, Drack avait fait l'effort d'enfiler un jean qui le moulait à la perfection… Marjane sentit un sourire béat se dessiner sur sa figure et pinça les lèvres pour le réprimer, plus écarlate que jamais. Elle avait atterri dans une maison de fous. Et commençait à devenir folle, elle aussi.

— Tu ne mangerais pas un lithomorphe ! s'offusqua Kereb en montant néanmoins de quelques centimètres pour se coller au plafond.

— Tu veux parier ? susurra Drack.

— Je ne crois pas, finit par lâcher l'angelot, très sérieux, à présent.

— Alors je vais compter jusqu'à trois et tu vas filer dans ton hideux salon. Un…

L'angelot ne demanda pas son reste et vola vers la porte. Drack étant embusqué dans l'encadrement, Kereb hésita à la franchir.

— Deux…

Kereb inspira et amorça une descente précipitée à coups d'ailes frénétiques. Aussitôt Drack fit mine de l'attraper. Kereb poussa un cri strident et s'enfuit.

— Sale type ! glapit-il.

Andras essaya de ne pas éclater de rire.

— Merci, Drack.

— De rien ! À présent, si vous voulez bien m'excuser… répondit le génie des eaux.

En s'éclipsant, il envoya un baiser de la main à Marjane dont le ventre se métamorphosa sur le coup en chocolat fondu. Le majordome s'épongea le front avec un mouchoir coincé dans sa poche de veste et alla fermer la porte dans un claquement qui fit trembler les murs.

— Où en étions-nous ?

— Mon père avait des talents insoupçonnés de linguiste… soupira Marjane. Et Borvo pourrait nous aider.

— Sauf si vous y voyez un inconvénient.

— Vous lui faites confiance ?

— Oui. Soura a confiance en lui, et moi en elle.

Marjane aurait donné une main pour connaître les raisons de cette « confiance ».

— Alors, demandons-lui, se résigna-t-elle.

— Je m'en occupe. De votre côté, essayez d'en apprendre le plus possible sur cette macabre découverte, et sur le reste. Surtout, ne dites pas à Ashley où nous sommes ! On pourrait lui extorquer cette information contre sa volonté.

Marjane promit.

— Ensuite, il faudra vous habiller chaudement. Nous irons demander audience à la Cité. Garu nous escortera, c'est plus prudent, de nuit.

— Andras, arrêtez de me parler comme si tout allait de soi, je ne comprends rien ! C'est quoi, la Cité ?

— Oh bien sûr, pardon ! La Cité désigne la ville où sont installées les sybars, ce qui signifie « cheveux flottants », dans leur langue. Autrement dit, les sirènes.

13
SORTIE DE NUIT

Marjane embrassa Jack roulé en boule sur son oreiller, et se retrancha dans sa salle de bains pour être tranquille. Ashley décrocha avec une voix suspicieuse.

— C'est moi, Ash, est-ce que tu savais qu'il y a *des sirènes en plein Paris* ? débita Marjane, surexcitée.

— Merde, Marje, tu m'as foutu une de ces trouilles ! Tu aurais pu me rappeler plus tôt ! J'étais sûre qu'on allait te retrouver découpée en rondelles comme Jade et Astrid ! Tu m'appelles en numéro masqué ? Et c'est quoi cette histoire de sirènes ?

— Aucune importance, retiens d'abord mon numéro.

Ashley promit de ne pas l'écrire et l'apprit par cœur.

— Je t'écoute ! la pressa Marjane.

— Oh la la, j'ai plein de trucs à te raconter, des trucs vraiment pas cool.

— Vas-y !

— Je ne sais pas par où commencer, Marje, c'est tellement atroce.

— Commence par Jade et Astrid.

— OK… soupira Ashley.

Marjane la visualisa en train de se tordre les mains dans tous les sens.

— Ce matin, je me suis levée tôt pour aller chez le boulanger, tu sais…

— Oui, un de tes petits défis du matin ?

Marjane essayait de paraître détachée mais une boule énorme lui bloquait la gorge.

— Voilà. J'étais près de la porte Cinq et j'ai entendu des cris. Je n'ai pas pu m'approcher parce que la Garde nous empêchait de passer (on était quelques-uns à traîner dans le coin), mais j'ai tout su après : un couple d'humains hystériques appelait la police pour signaler deux corps. D'après ce que j'ai compris, ce n'était pas beau à voir. Les bras, les jambes et le reste étaient savamment découpés et posés sur le trottoir en pyramide pseudo-artistique. La Garde a pris les humains traumatisés en charge, et s'est occupée d'effacer leurs souvenirs comme dans *Men in Black.* Mais impossible de chasser les témoins et la nouvelle s'est répandue à vitesse lumière dans la Résidence.

— Qui a fait ça ?

— Les meurtres seraient l'œuvre d'une poignée de solitaires désespérés qui formeraient une alliance… En tout cas, c'est la rumeur qui circule. Franchement, qui va croire un truc pareil ?

Personne et surtout pas Marjane. L'idée était idiote : la communauté ninn de Paris était la plus puissante d'Europe. Personne n'oserait s'en prendre à elle. Encore moins des isolés.

— Les journaux évoquent le crime mais ne fournissent aucun détail. Je…

Ashley déglutit avant de reprendre.

— Je sais qu'elles étaient découpées en tranches parce

qu'Anton faisait partie de l'escouade qui a récupéré nos ex-copines. Marjane, je suis horrible mais c'est si glauque que je fais des blagues pitoyables… On est tous sidérés, personne n'ose plus mettre un pied dehors !

— Comment… je ne comprends pas, comment c'est possible de retrouver… leurs membres ? demanda Marjane, autant pour elle-même que pour Ashley.

— D'après Anton, elles étaient placées dans un cercle dessiné à la craie, par terre. Une sorte de truc magique qui empêche de tomber en poussière. Dès qu'elles en sont sorties, pouf, elles ont disparu.

Marjane revit Astrid et Jade en classe. Elles étaient si amies qu'elles s'habillaient pareil. En rose bonbon la plupart du temps, certes, mais personne n'est parfait. Et maintenant, elles étaient mortes. Le frère aîné de Sonia, l'ex d'Ashley, devait être sous le choc.

Les deux amies restèrent silencieuses. Marjane avait la chair de poule.

— Ce n'est pas tout, chuchota Ashley d'une voix tremblante, Marje, il y a pire.

— Pire ?

— Oui… Je…

— Dis-moi, Ashley, tu me fais vraiment peur, là.

— Marje, ils sont malades : ils ont placardé des avis de recherche dans toute la Résidence avec ta photo dessus.

Marjane eut la respiration coupée comme si un poing invisible venait de lui asséner un coup dans la trachée.

— Ils donnent un numéro de téléphone à contacter si jamais on a des renseignements sur toi, la Garde doit être prévenue. Il y a aussi le signalement d'Andras.

— Et ? Tu ne me dis pas tout…

Dans sa chambre, Ashley ferma les yeux, laissant monter

ses larmes. Elle allait faire très mal à Marjane et elle ne le voulait pas. Mais avait-elle le choix ?

— Ils disent que tu es une traître. Que c'est toi qui as fait entrer les hommes en cagoule pour massacrer tout le monde... et que tu as fomenté l'assassinat de ton père.

La nausée resurgit, plus intense que jamais, et les inspirations qui la calmaient jusqu'à présent ne suffirent plus. Marjane posa le téléphone sur le rebord du lavabo, une douleur fulgurante la lamina, et elle se mit à vomir, ses crocs bien visibles. Elle ? Faire tuer son père ? Il était sa seule famille, le pilier sur lequel elle comptait s'appuyer encore des années, sa fenêtre sur le monde, rassurant, fort ! Elle se courba en deux de plus belle, comme si se vider pouvait ôter l'humiliation, le chagrin. Elle espérait que sa gorge cuisante la soulagerait, que son corps qui se vidait effacerait l'amertume, la colère, l'incompréhension. Elle avait été chassée de la Résidence comme une criminelle, elle errait seule, la terreur au ventre, et maintenant ça ? ! Elle s'agrippa à la cuvette des toilettes, les larmes roulant sur ses joues. Encore ! Mais les convulsions de son estomac étaient terminées. Et la douleur était toujours là.

Marjane se redressa, chancelante, et se rinça le visage. Comment pouvaient-ils affirmer une chose pareille ? C'était immonde. Dégueulasse.

— Marje ! Marje ? appelait Ashley.

— Je suis là... grogna-t-elle en reprenant le téléphone.

— Marje, je suis désolée. Tu me détestes ?

— Au contraire, je préfère savoir. Merci.

Ashley observa sa chambre comme si soudain, elle y était étrangère. Marjane était dehors, traquée par la Garde, abandonnée de tous, et elle ne pouvait pas l'aider.

— J'aurais préféré t'annoncer des bonnes nouvelles, tu sais.

Marjane essaya de sourire mais n'y parvint pas. Ses muscles étaient gelés. Elle était K.-O.

— Tu fais très attention, surtout, hein ? répéta Ashley.

— Ne t'inquiète pas, pour l'instant, je suis en sécuri...

Un bruit sourd l'interrompit. Le toit trembla comme si quelqu'un venait d'atterrir dessus et Marjane fut propulsée onze jours en arrière, au milieu du Dôme qui s'écroulait.

— Ashley, merci d'être là, il faut que j'y aille ! se dépêcha-t-elle.

— Marje ? C'est quoi ce bruit ? Qu'est-ce que...

Les mains de Marjane tremblaient si fort qu'elle parvenait à peine à tenir le téléphone.

— Je te rappelle !

Elle raccrocha sans attendre, et poussa un hurlement en apercevant une silhouette hideuse, dehors. Puis elle se reprit, rouge de honte, et courut ouvrir la fenêtre, ainsi que la porte de sa chambre qu'Andras était en train de défoncer à coups d'épaule.

— Désolée ! J'étais au téléphone et... Vous auriez pu me prévenir qu'il arriverait ici avec la délicatesse d'un boulet de canon ! cria-t-elle, hystérique.

En découvrant qui émergeait de la salle de bains à la suite de Marjane, Andras soupira en se massant l'épaule.

— Bon sang de bois vert, j'ai eu une de ces frousses ! Toujours aussi ponctuel. Bonsoir Garu !

* * *

Mats mit un temps fou à se décider. Quelle était la meilleure façon d'agir ? Il finit par rassembler ses affaires, rendit les volumes empruntés au bibliothécaire, et lui souhaita bonne nuit. Il prit soin de bâiller avec ostentation, marcha dans le couloir avec la légèreté d'un rhinocéros, et claqua la porte d'entrée. Mais il resta à l'intérieur. Il éteignit son portable, retira ses chaussures, en noua les lacets, les passa autour de son cou, et remonta furtivement jusqu'à la salle de lecture.

Lorsqu'il fut certain que le bibliothécaire était absorbé par sa tâche, courbé derrière son comptoir, Mats s'agenouilla et entra dans la salle.

Il craignit un moment que l'employé ne remarque son odeur. Cependant, contrairement aux idées véhiculées chez les humains, les ninns ne bénéficiaient pas d'un odorat surdéveloppé, sauf en ce qui concernait le sang, qu'ils détectaient toujours de très loin. Mats était une exception, lui qui repérait l'odeur de ses camarades à plusieurs dizaines de mètres, comme un loup en chasse. Sa mère avait eu des soupçons, lorsqu'il avait dix ou onze ans mais il avait démenti. Un réflexe de survie ? Aucune idée. Simplement, il savait qu'il était différent et avait préféré le cacher à sa mère. Ce mensonge lui avait fait du bien : une partie infime de lui échappait enfin au contrôle maternel... Sitôt qu'il avait pu sortir librement dans les rues de Paris, il avait contacté des parfumeurs humains. Moyennant finance, ils lui avaient appris à reconnaître mille odeurs, à les combiner, les analyser.

En comparaison, le bibliothécaire avait le nez bouché. Depuis l'entrée de la bibliothèque, Mats, lui, avait analysé son odeur âcre dissimulée sous un savon à la lavande. Le fait que l'homme ait été quasiment seul lui facilitait la tâche.

En revanche, les ninns étaient loin d'être sourds et Mats devait être aussi silencieux qu'un chat. Il rampa donc dans la salle de lecture, contrôlant sa respiration, contourna le comptoir, et à force de patience, finit par atteindre la rangée de tables la plus proche. Il se glissa sous un des bureaux et ne bougea plus.

Mats resta ainsi une heure, la circulation coupée. Des fourmis envahirent ses mollets, puis remontèrent dans ses cuisses endolories, mais il tint bon, stoïque. Après un temps infini, le bibliothécaire quitta enfin son comptoir, enfila son manteau et éteignit les lumières avant de quitter la grande salle de lecture.

Mats se retrouva seul.

* * *

Lorsque Marjane eut terminé de relater sa conversation avec Ashley, Andras était décomposé.

— Vous, instigatrice de cette tuerie ? Balivernes ! Personne ne va croire un canular aussi grossier !

— Des centaines d'affiches sont placardées dans la Résidence, chuchota Marjane.

— Mais enfin, l'Édile est complètement cinglée ! s'emporta-t-il.

Il se tut. Marjane était livide, cernée, des perles de transpiration constellaient son front lisse. Andras serra ses gros poings : il n'arrivait pas à la protéger ! La Garde serait bientôt en bas de l'immeuble et ce n'est pas lui qui empêcherait des ninns surentraînés d'attraper Marjane !

Il se recoiffa d'un geste nerveux.

— Bon, nous devons vraiment passer à la vitesse supérieure, se reprit-il. La visite aux sybars devient indispensable, il est hors de question de reculer.

Il offrit à Marjane le plus beau sourire dont il était capable.

— Nous allons trouver, mademoiselle. L'Édile essaie de vous discréditer pour masquer sa faute. Elle attaque, cette stratégie est classique. Mais nous sommes loin d'avoir dit notre dernier mot, entendu ? Les sybars vont nous aider.

Andras reprenait du poil de la bête et il avait raison. Il était volontaire, motivé. Marjane devait l'imiter : ne pas se laisser abattre et résister.

Garu revint dans la chambre avec le verre de vin qu'il était parti chercher à la cuisine, et Andras alla se préparer.

Avant de sortir, il se retourna, et déposa un baiser sur le front de Marjane.

Comme l'aurait fait son père.

14
VISITE IMPROMPTUE

Ashley était vautrée sur son lit, sa guitare acoustique à la main. Un chanteur s'époumonait à la radio et elle essayait de trouver les bons accords pour l'accompagner. Mais le cœur n'y était pas et la mélodie lui paraissait fadasse.

Bryn insistait pour qu'elle sorte de sa retraite (elle était enfermée depuis le cauchemar de la porte Cinq) et se démenait pour lui changer les idées. Pourtant, Ashley se sentait incapable de quitter le domicile familial. Tout plutôt que voir les affiches de Marjane, les gens agglutinés devant qui commentaient ! Elle avait trop peur que quelqu'un ne remarque son air affolé, son indignation, son visage écœuré. Alors elle restait dans sa chambre et écoutait de la musique à la guimauve.

Quelqu'un toqua à la porte.

— Ouais ! maugréa-t-elle.

La porte s'ouvrit sur sa mère, blême. Bryn, d'habitude si insouciante, fronça les sourcils et s'effaça pour laisser entrer… Luka Danglas.

Effarée, Ashley sauta au bas de son lit et réalisa qu'elle

portait son survêtement informe, celui qu'elle appelait son « quasi-pyjama ».

— Je suis navré de t'importuner, Ashley, commença le Conseiller en entrant sans invitation dans la chambre.

Bryn lança un regard plein d'inquiétude à sa fille… et referma la porte derrière Luka Danglas. Il parlait de son timbre ordinaire : jamais un mot plus haut que l'autre, poli, respectueux. Sa désinvolture mit Ashley encore plus mal à l'aise. Elle resta debout, figée comme un mannequin dans une vitrine. Luka Danglas l'observa, sérieux sous son casque poivre et sel. Il saisit la chaise du bureau sur laquelle reposait un tas de vêtements, s'y assit, et transperça Ashley de ses yeux lavande. La jeune fille fut incapable de soutenir son regard.

— Tu sais pourquoi je suis là ?

Ashley se demanda un quart de seconde s'il était raisonnable de feindre la surprise en papillonnant : « Pas le moins du monde, monsieur le Conseiller ! » Non, mauvaise idée.

— Disons que je m'en doute…

Luka ne broncha pas et Ashley soupira, résignée.

— Vous voulez savoir où se trouve Marjane.

— Tu es beaucoup plus subtile que tu en as l'air.

Ashley ne sut comment prendre la chose mais une petite voix lui susurra que le Conseiller Danglas ne venait pas de lui faire un compliment. Elle s'abstint néanmoins de tout commentaire. C'était l'heure de faire profil bas.

— Donc ?

— Je n'en ai aucune idée, je vous assure !

— Tu lui as parlé ?

Incorrigible bavarde, Ashley ne brillait pas en classe. Elle préférait le vernis à ongles et les discussions de filles. N'empêche. Elle n'avait pas un noyau d'abricot à la place du cerveau et elle avait promis. Hors de question de trahir Marje. Elle se lança donc dans le vide avec l'expression la plus candide possible.

— Je lui ai laissé vingt messages. Rien. En plus, il y a eu ces meurtres atroces alors vous vous rendez compte si elle est toute seule dehors et qu'il lui arrive un truc horrible ? Genre par exemple, on apprend qu'elle a été découpée en rondelles ?

Ashley se concentra. On la prenait pour une idiote ? Eh bien elle allait jouer les idiotes. Elle faillit sourire lorsqu'elle sentit les larmes monter.

— Et si elle était affamée et qu'elle attaquait le premier humain venu, qu'est-ce qui se passerait ? On pourrait la…

Luka leva une main autoritaire pour faire cesser sa logorrhée.

— Et si je vérifiais dans ton téléphone ?

Ashley referma la bouche, giflée.

— Ce que je ne ferai pas, Ashley. Je veux que les choses se passent en douceur. Dans le consentement. Je pourrais aussi te faire arrêter et torturer afin de savoir où Marjane se terre.

Ashley inspira pour calmer sa panique grandissante.

— Tu as vu les affiches ? Marjane est décrétée criminelle et traître à la Résidence. Elle peut être exécutée pour félonie. Plus personne ne prend sa défense. Tu sais où la joindre ?

Le Conseiller ne la regardait pas. Il avait ouvert le magazine qui traînait sur le bureau et le feuilletait sans le voir. Ashley *ne devait pas* lui donner le numéro de Marjane. Elle serra les dents.

— Ton père travaille pour le Consistoire. Tu imagines que je peux facilement influer sur le cours de sa carrière, n'est-ce pas ? Sans parler de ta mère, à mon service depuis combien… quarante ans ?

Ashley sentit ses gencives la picoter. Si Luka Danglas continuait à la menacer, ses crocs allaient percer.

— Alors ?

— C'est elle qui me contacte… finit-elle par avouer dans un souffle.

— Et bien sûr, tu n'as pas ses coordonnées ?

— Non.

Ashley retint sa respiration. Les ninns ne pratiquaient pas la télépathie. Le Conseiller, si éminent soit-il, n'avait aucun moyen de savoir qu'elle mentait.

— Très bien, voici ce que nous allons faire : la prochaine fois que tu lui parles, tu lui laisses un message de ma part.

Ashley opina, livide.

— Je veux l'aider, Ashley, et je ne veux pas la forcer… du moins, dans un premier temps. Débrouille-toi pour la convaincre. Dis-lui que je me suis entretenu avec son père le soir de sa mort et que je peux l'aider. Je suis un ami. D'accord ? Elle ne doit pas rester isolée avec son majordome, elle n'est pas armée pour affronter le *dehors*.

Et s'il disait vrai ? S'il voulait vraiment l'aider ? Ashley faillit abdiquer mais quelque chose, dans l'intonation du Conseiller, la retint. Une froideur distante, presque sournoise.

— Oui, murmura la jeune fille, les épaules affaissées comme sous le poids d'un fardeau trop lourd.

— Tu ne veux pas que Marjane souffre, Ashley, n'est-ce pas ?

— Non !

— Alors il faut lui délivrer mon message au plus vite,

qu'elle m'appelle, ajouta Danglas en lui tendant un numéro griffonné sur un bout de papier. Si je n'ai pas bientôt de ses nouvelles, je te ferai parler, toi. C'est clair ?

Luka n'avait pas haussé le ton une seule fois. Il se leva sans attendre de réponse, emporta le magazine plié en deux dans sa main, et referma la porte sans bruit.

Ashley se mit doucement à pleurer.

* * *

Marjane était fin prête pour leur expédition : « vêtements amples et souples », avait exigé Andras, énigmatique.

Il était catégorique : la visite aux sybars était primordiale mais ensuite, ils resteraient enfermés. Leur fuite était trop fraîche pour que la Résidence détienne déjà un indice sur leur localisation, mais l'Édile mettrait tout en œuvre pour les débusquer. Elle ferait écumer Paris par des traqueurs et la moindre erreur pourrait être fatale.

Même Andras ne mettrait plus un pied dehors. Borvo s'occuperait du ravitaillement. Et Marjane devrait se passer de sang. Elle était jeune, en bonne santé. Elle pourrait tenir. Hors de question que l'on remonte la piste de Borvo à cause de poches de sang. Après cette série de décisions drastiques, Andras était parti se préparer, soucieux. Très soucieux.

Marjane avait lutté de toutes ses forces pour occulter la conversation avec Ashley. L'arrivée de Garu avait eu l'énorme avantage de chambouler ses pensées comme des quilles. Quelqu'un de bienveillant était là, une bouffée d'oxygène qui chahutait la peur, atténuait la menace.

Intriguée, Marjane se demanda comment Garu pourrait

les accompagner, avec sa dégaine d'homme-oiseau-à-dents-hyper-discrètes.

— Je vole, Marjane…

— Attendez, vous voulez me faire croire que vous allez survoler Paris tranquillou ? Et *personne* ne va vous remarquer ? s'étrangla-t-elle alors qu'elle attachait ses longs cheveux noirs en queue de cheval.

— Tu sais que les peuples parallèles ont pour habitude de se tutoyer ? railla-t-il.

— Non, je ne savais pas, ce n'est pas trop l'habitude, chez moi, même si Borvo me l'a déjà dit, s'excusa Marjane qui se sentit empotée comme pas deux.

— Pour en revenir à ta question, les Parisiens sont les gens les plus terre à terre que je connaisse ! se gaussa Garu qui l'attendait sur le seuil de sa chambre, son verre de vin rouge à la main. Ils ne lèvent jamais le nez. Si quelqu'un me voit, à tous les coups, ce sera un ivrogne, et il croira être en proie à une hallucination. Et puis, je ne suis pas venu seul… laissa-t-il planer en désignant Jack qui feulait à la fenêtre.

Marjane s'approcha et découvrit, perchés sur la balustrade de sa fenêtre et sur les toits en zinc, une soixantaine de pigeons qui roucoulaient en se dandinant et clignaient de leurs yeux ronds.

— Beurk… je déteste ces bestioles !

— Fais gaffe, s'ils t'entendent, tu vas passer un sale quart d'heure, la prévint Garu.

— Vous voulez me faire croire que *les pigeons* comprennent ce que je dis ?

— « TU » « Tu veux me faire croire… » ! Et sinon : oui, fais un test si tu ne me crois pas, dis-leur quelque chose !

Sur le palier, la porte d'Andras claqua et Marjane fit semblant de quitter la fenêtre pour le rejoindre.

— Ah ah ! Tu as peur de mes pigeons ! répliqua Garu comme s'il venait de gagner la Coupe du monde.

— N'importe quoi !

— Eh bien dans ce cas, vas-y ! Essaie, au lieu de te défiler !

Garu ouvrait le bec très grand pour articuler et sa diction lui donnait une tête d'échappé de l'asile (si tant est que l'on puisse avoir une autre tête quand on possède un bec *et* des dents).

Malgré le ridicule, Marjane obtempéra.

— Je vous trouve moches et dégoûtants… murmura-t-elle devant la fenêtre que Jack griffait avec furie.

Les roucoulements cessèrent et toutes les têtes se tournèrent vers elle, certaines à cent quatre-vingts degrés. Marjane se raidit. Andras frappa à la porte ouverte et entra sans attendre. Il tendit un coupe-papier au manche sculpté à Marjane qui le prit sans y prêter attention.

— Garu, ne me faites… ne me fais pas marcher, tu leur as envoyé un message télépathique ou un truc comme ça ! s'exclama-t-elle, ahurie.

— Les lithomorphes possèdent rarement des pouvoirs, objecta Garu. Sortir de l'état de pierre constitue déjà une sacrée prouesse et nécessite une combustion d'énergie folle, alors parler aux animaux ou je ne sais quoi, ne rêve pas !

— Il me semble que Soura en a, des pouvoirs, rétorqua Marjane. Ses yeux deviennent brillants et…

— Soura n'est pas comme nous autres. Elle est l'une des Sept, Marjane. Elle a le pouvoir de vie.

Les pigeons s'étaient massés devant la fenêtre, grimpaient les uns sur les autres et ne quittaient pas Marjane de leurs petits yeux furibonds. Leurs roucoulements avaient repris, mais sur un ton beaucoup moins anodin. Elle tendit l'oreille. Ils ne roucoulaient pas. Il s'agissait d'une série de mots prononcés avec la gorge.

— Pourrrr qui elle se prrrrrend, la brrrrune ? Mijaurrée ! Trrrraînée ! Elle veut nous égorrrrger ?

Marjane se tourna vers Garu et remarqua le coupe-papier tranchant qu'elle tenait fermement. La créature mi-homme, mi-oiseau éclata de rire devant sa mimique hébétée.

— Tes affreux oiseaux parlent ?

— Ce sont mes potes du monument aux pigeons !

— Du quoi ?

— On y va ? les interrompit Andras qui s'impatientait, bras croisés.

— À Lille, il y a une statue avec des pigeons. Quand je le leur demande, les oiseaux viennent me filer un coup de main pour me permettre d'être invisible, sourit Garu.

— Parfait, tu nous fais une démonstration, maintenant ? reprit le majordome.

Hilare, Garu enjamba la fenêtre qu'Andras ferma derrière lui. Les volatiles courroucés s'écartèrent au passage de leur ami. Marjane entendit Garu expliquer à ses copains répugnants que « non, la ninn n'est pas méchante, elle n'y connaît rien, c'est tout ». Marjane tapota la tête de Jack, lui recommanda de rester bien sage, et sortit de sa chambre. Elle frissonna en passant devant la porte noire qui abritait Drack, et dévala le grand escalier hélicoïdal derrière Andras.

Elle n'entendit pas son portable sonner dans le vide, sur son lit.

15
LE VIEIL ARBRE

La nuit était claire et les rues animées. Le flot de voitures donna un instant le tournis à Marjane mais elle se reprit et plongea dans le bain sonore de Paris. Andras tourna à droite et fit face à Notre-Dame. La cathédrale se dressait sur son parvis, fantomatique, éclairée par des projecteurs qui soulignaient sa magnificence. Marjane l'admira et repéra un vol serré de pigeons, très haut. Noir et compact, il avançait sans bruit.

— Gardez votre coupe-papier à portée de main, conseilla le majordome avec une voix de comploteur. Et n'hésitez pas à vous en servir si besoin, mais pas chez les sybars.

Marjane haussa un sourcil.

— Andras, je suis incapable de me servir d'une chose pareille, rétorqua-t-elle en désignant la lame passée dans sa ceinture et dissimulée sous son gilet bleu foncé.

— Désolé, mais je suis mal placé pour abonder dans votre sens : je vous ai accompagnée à vos cours de lancer de couteau pendant des années et je vous ai vue planter une lame dans l'avant-bras de Vous-savez-qui pas plus tard qu'hier soir.

Marjane se remémora le bras transpercé de Sofia Dambre.

Elle avait l'impression qu'au moins trois mois s'étaient écoulés depuis la scène. Sa vie avait pris une tournure tellement bizarre ! Elle se cachait avec des druides et des génies des eaux, était accusée de trahison par les siens, et se baladait dans Paris qui regorgeait de populations parallèles.

Ça va aller… ça doit aller.

Dans quel état était l'Édile ? La ninn était âgée. Elle mettrait une journée à cicatriser, maximum. Il fallait bien plus qu'un coupe-papier de rien du tout pour en venir à bout.

— Je n'aimais pas les cours de couteau, c'est papa qui m'obligeait à y aller, se défendit-elle.

— Les faits ont prouvé qu'il avait raison.

Marjane soupira. Mieux valait ne songer ni à son père, ni à l'Édile.

Un bateau-mouche passa en contrebas sur la Seine, et ses phares orangés éclairèrent un instant la façade des immeubles. Marjane admira la devanture clinquante des boutiques de souvenirs ouvertes tard le soir, les bars remplis de touristes.

Où allaient-ils, *exactement* ? Andras n'avait même pas pris le temps de lui expliquer cette histoire de sybars. Tous deux avaient été traumatisés par le récit d'Ashley.

— Comment ça va se dérouler, Andras ? Il y a des règles spécifiques à respecter chez ces…

— Pas un mot ! l'interrompit Andras alors qu'ils passaient devant un magasin où s'enchevêtraient des statues de tour Eiffel, des foulards criards et des t-shirts *« I love Paris »*.

Marjane leva les yeux au ciel. Une crotte de pigeon venait de tomber juste à côté de son pied droit…

Le majordome bifurqua légèrement sur la droite après avoir traversé la rue du Petit-Pont, et Marjane le suivit sur un large trottoir que bordaient des restaurants et une librairie anglaise.

— Oui, il y a un protocole précis, j'avoue ne pas être familier de leurs coutumes, continua Andras dans un filet de voix.

Marjane nota que ses épaules étaient crispées, ses traits tendus.

— Ce peuple parallèle est très ancien, en perdition. L'eau se raréfie, est polluée, d'autres créatures étendent leur territoire et prennent le pouvoir.

Marjane aurait voulu demander lesquelles mais Andras poursuivait déjà.

— Les … vivent en vase clos. Ils habitent la Seine et n'ont rien à voir avec ceux des mers ou d'autres pays. C'est une communauté fermée. Pour tout dire, je ne sais pas s'ils accepteront de nous recevoir, mais nous devons tenter le coup car ils sont bien renseignés. Certains d'entre eux fraient avec les Égouts, ajouta-t-il dans un souffle comme si ses propos étaient transparents. Je suis navré de ne pas avoir pris le temps de vous expliquer mieux la situation, mais nous sommes pressés. Nous aviserons, d'accord ? Les vôtres vous recherchent, certains se font tuer. Nous devons être rapides. Et nous avons un avantage : je suis sûr qu'ils vous croient incapable d'aller frapper aux portes de la Cité !

Marjane tressaillit. Pourquoi Sofia Dambre la croirait-elle incapable de se rendre à la Cité ?

— On ne risque rien, n'est-ce pas ?

— En théorie, non. J'ai dans ma poche une lettre de Soura qui devrait faire office de laissez-passer. J'ai étudié un gros ouvrage toute l'après-midi et demandé conseil à Borvo. On est parés. Seulement… laissez-moi parler, d'accord ?

Marjane blêmit.

— Cette visite est obligatoire ? Personne d'autre ne peut nous aider ?

— Nous sommes aveugles et ils peuvent nous aider à voir.

— Le petit mot suffira ? demanda Marjane d'une voix plus faible qu'elle ne l'aurait voulu.

— Évidemment ! la rassura Andras avec un sourire.

Marjane sut qu'il mentait.

* * *

Le trompe-l'œil était admirable, l'interstice entre les pierres indétectable, mais Mats n'eut aucun mal à retrouver la porte. Il tâtonna et finit par déclencher le mécanisme de bascule. Un souffle chaud balaya son visage et souleva ses cheveux châtains. Il s'engouffra dans l'étroit passage.

L'escalier en pierre s'enfonçait si profondément dans le sol que Mats faillit avoir le tournis. L'air sentait la terre et la craie, mais pas l'humidité. Enfin, Mats posa le pied sur la dernière marche. Il laissa sa main courir le long du mur de pierre rugueux et tomba sur un interrupteur. Devant lui s'ouvrait un long couloir bas de plafond éclairé par des ampoules nues, dans lequel il avança avec méfiance. Tous les cinq mètres environ, des ouvertures apparaissaient. Il s'approcha de la première.

C'était une salle remplie de bibliothèques. Il s'y glissa, alluma, et parcourut la tranche des livres entreposés. Ces archives concernaient la Résidence. Les différentes constructions, leur époque, les architectes ayant œuvré, la géographie des lieux. Les contes sur la Résidence étaient nombreux, on les racontait volontiers aux enfants pas sages :

les tunnels où s'égarent les ninns cherchant à s'enfuir, les passages secrets, les traîtres emmurés vivants… Une part de la vérité était sûrement cachée dans ces épais volumes !

Pourtant, ce n'était pas ce que Mats cherchait. Il éteignit donc la lumière et pénétra dans la deuxième salle. Elle contenait des centaines de dossiers sur les membres du Consistoire, jusqu'à aujourd'hui. Il prit un recueil au hasard, y lut les noms illustres ou oubliés. Il tira le dernier ouvrage de sa rangée et le feuilleta. Sa mère y figurait. Mais le texte consistait en un charabia incompréhensible sur les mesures prises, les décisions arrêtées. Rien d'extraordinaire. Il replaça l'ouvrage et poursuivit. Il voulait tout fouiller. La curiosité le dévorait.

Si la porte était dérobée, certains livres devaient être confidentiels.

Plusieurs alcôves contenaient d'innombrables dossiers sur l'agencement de la Résidence et ses habitants. Ils y étaient tous répertoriés : activité, dates de naissance et de mort, descendance, depuis les premiers aux alentours du XIIIe siècle – date à laquelle les ninns s'étaient installés dans un prieuré, endossant l'habit de moines, et vivant, déjà, en partie sous terre –, jusqu'à maintenant. Une vingtaine de pièces étaient consacrées à l'histoire des ninns de la Résidence.

Mats les explora toutes. Perplexe, il observa aussi, en plein milieu, une salle vide. Ni tables ni étagères, rien que les murs de pierre. Même pas un crochet ou un clou. L'interrupteur ne fonctionnait pas. On avait dû changer les ouvrages de place.

Le long couloir fit enfin un coude à angle droit et déboucha sur une pièce plus vaste, d'environ sept mètres sur sept. Il s'agissait d'une salle de lecture. Des tables étaient disposées au centre, et tout autour, de nombreux volumes couraient du sol au plafond. Mats observa les rayonnages. Par où commencer ? C'est alors qu'il remarqua un vide, sur une étagère, à gauche, là où le bibliothécaire avait pris un ouvrage. Mats s'approcha. Le volume remonté par le bibliothécaire était visiblement le dernier d'une série intitulée : « Guerres primaires ». Mats prit donc le volume précédent, qui portait la mention : *XXe siècle*, et l'ouvrit.

* * *

Marjane commençait à se demander s'ils n'allaient pas entrer dans Notre-Dame toute proche, monstre endormi sur l'île de la Cité, mais arrivé à la hauteur du monument, Andras bifurqua à droite dans la rue Saint-Julien-le-Pauvre. Il la remonta, longeant le square Viviani adossé à une église du début XIIIe, s'arrêta devant l'entrée qui faisait face au numéro 14, et inspecta les fenêtres des immeubles. Après s'être assuré que personne ne les épiait, il enjamba la grille avec une agilité déconcertante. Marjane l'imita sans un mot. De l'autre côté, ils se baissèrent et attendirent encore. Les voitures défilaient sur le quai Montebello. Personne ne les avait remarqués. Andras se retrancha dans le fond du square et se plaqua contre le mur de l'église.

— Andras… murmura Marjane.

Le majordome mit un doigt sur sa bouche et indiqua de l'index un arbre proche. Haut et tordu, il était protégé par un cercle de terre, entouré de bancs en bois.

De l'autre côté du square, un bruit les fit sursauter. Marjane se raidit puis se maudit intérieurement : elle devait se calmer, c'était juste Garu qui venait d'atterrir !

Mais au lieu de la silhouette extravagante de l'homme-oiseau, elle vit quatre ombres remonter une allée d'arbres et se précipiter sur elle.

Marjane ne les connaissait pas.

Et leurs crocs étaient sortis.

16
LA SALLE INTERDITE

Les quatre ninns, trois hommes et une femme munis de dagues et de poignards, couraient à une vitesse folle. Les crocs de Marjane pointèrent tandis qu'elle attrapait sa courte lame affilée. Le temps qu'elle trouve le coupe-papier, tremblante, Andras avait déjà bondi et brandissait son arme. Marjane s'immobilisa et visa le premier ninn : haut, massif, il avait de grosses mains, un cou épais et une dégaine plus proche de celle du bûcheron que du ninn. La lame partit et se ficha dans sa gorge. Il continua de courir vers eux comme un poulet sans tête, puis s'écroula dans une giclée de sang. La femme rousse juste derrière esquiva le corps d'un mouvement félin et accéléra vers Marjane. Andras se retrouva face à un ninn nerveux à la rapidité ahurissante, et la silhouette lourde de Garu se posa pour sauter sur le quatrième assaillant. Les pigeons voletèrent dans son sillage avec un bruissement d'ailes affolées. Marjane, elle, n'avait plus d'arme. Elle scruta les environs, éperdue. Sa poursuivante se rapprochait à grandes foulées, les poignards dans ses poings serrés. Marjane était acculée, et fit donc la seule chose sensée à cet instant : elle s'enfuit en courant.

Le dos couvert de transpiration, elle enjamba un banc de pierre. Le square Viviani donnait sur le quai. Si elle réussissait à traverser la rue au milieu du flot de voitures, la femme ne pourrait pas montrer ses crocs. Elle s'arrêterait ou serait ralentie. Marjane devait donc atteindre la grille, à une vingtaine de mètres devant elle. Le souffle court, elle se tendit vers son objectif, de toutes ses forces. Elle ne voulait pas mourir ici. Un sifflement transperça l'air chaud et un couteau chuinta à ses oreilles avant d'aller se ficher dans le tronc d'un arbre aux feuilles pourpres. Marjane serra les dents et accéléra, le cœur au bord d'exploser. Les pas de sa poursuivante se rapprochaient. Elle dévala la volée de marches au centre du square, manqua de s'affaler dans son empressement, se remit d'aplomb en zigzaguant et doubla une fontaine bizarroïde posée au milieu. Plus qu'une poignée de mètres et elle serait sortie d'affaire.

Quelque chose crocheta sa cheville et Marjane s'étala de tout son long. Elle se retourna aussitôt pour faire face. Trop tard, la rousse sauta sur elle à califourchon. Emprisonnée sous le poids, Marjane se débattit, lança ses mains, grogna, étranglée par la panique, eut le temps d'apercevoir le visage aux lèvres retroussées et aux yeux d'un vert translucide. Les crocs nacrés mesuraient plus de deux centimètres. C'était une ninn âgée, qui savait ce qu'elle faisait. Pourtant, elle leva son couteau et manqua sa cible. Au lieu de la gorge visée, elle plongea son poignard dans le bras gauche de Marjane.

Ne pas crier, malgré l'épouvantable supplice, ne pas se réduire à un bras lacéré ! Ils étaient dans un square en plein Paris, avec des voitures à quelques mètres, des humains, personne ne devait… Marjane essaya de lutter, s'emparer de cette lame qui restait là à entailler son bras, mais la rousse trouva ses mains, les serra dans une des siennes pour les bloquer, et fourragea la chair avec le couteau. Elle trancha les muscles, fit jaillir le sang, taillada l'os.

Marjane hurla.

Un nuage de pigeons s'abattit sur elles. Étourdie un instant par le manque d'air, la nuée de plumes et les piaillements, Marjane se ressaisit et lança un genou dans le dos de la rousse qui rebondit sous la violence du choc. Marjane se libéra, souleva le bassin et déséquilibra la femme. Le poignard était resté fiché dans son bras mais elle ne prit pas le temps de l'enlever. Elle roula à son tour sur son ennemie, plaqua ses avant-bras sous ses genoux et enfonça le visage de la rousse dans le gravier. Poussée par la rage, aveuglée par la douleur, mue par un instinct millénaire bien plus puissant qu'elle n'imaginait, Marjane planta ses crocs dans la gorge offerte.

Le sang inonda sa bouche.

Jamais elle n'avait bu au cou de quelqu'un, surtout d'un ninn. Marjane écarquilla les yeux de stupeur devant le nuage ocre qui s'éleva dans les airs. Le sang avait un goût étrange et jaillissait comme un animal sauvage. Vivace. Alors qu'il coulait dans la gorge de Marjane pour rejoindre ses veines, il l'enrichissait de mille expériences. Elle l'absorbait et son énergie entrait en elle, la nourrissait.

La rousse s'agita avec l'énergie du désespoir mais le pouvoir du sang décupla la poigne de Marjane. Bientôt, un champ de lavande se dressa devant ses prunelles. Le ciel était pur, l'air chaud, elle entendit le rire cristallin d'une petite fille. Marjane resta arrimée au cou de la femme, et but encore, le corps vibrant sous l'ivresse de cette découverte, sourde aux gémissements de sa victime qui bougeait de moins en moins…

Un cri déchira le silence.

Andras.

Marjane sortit de sa transe et leva la tête. De l'autre côté du square, Andras titubait et se tenait le ventre avec une grimace. Il avait besoin d'elle. Elle se redressa, laissa la rousse en plan, et repartit en sens inverse, aiguillonnée par l'urgence.

— Garu ! appela-t-elle, le menton dégoulinant.

Tout en filant, elle arracha le couteau dans son bras.

Andras avait trébuché et s'était étalé par terre. Le petit ninn pointait son arme sur lui. Il parlait à voix basse sans que Marjane puisse entendre ce qu'il disait.

Marjane jeta la dague.

Elle entra dans la tête du ninn comme dans du coton. Il lâcha son arme, qui rebondit sur les gravillons du square avec un bruit métallique, et tomba tout droit avant de se déliter en poussière. De son bras valide, Marjane essuya le sang qui maculait sa figure, l'autre paralysé par la douleur, et rejoignit Andras.

— Dépêchez-vous ! hurla Garu qui s'était emparé d'un banc de pierre et s'en servait de bouclier contre le quatrième ninn et le premier géant qui s'était remis debout.

Malgré le nuage de pigeons qui la harcelait et sa gorge ouverte, la rousse s'était relevée et revenait vers Marjane.

— Vite, mademoiselle, le grand arbre ! indiqua Andras.

Marjane l'attrapa et ils claudiquèrent ensemble une fois de plus.

— Mais Garu ?

— Sitôt qu'on sera partis, il s'envolera !

Ils grimpèrent sur les bancs, franchirent le cercle de bois autour de l'arbre biscornu que Marjane avait repéré. Andras serrait convulsivement une enveloppe tachée dans sa main. Il posa la paume de Marjane sur le tronc rugueux à côté de la sienne, poissée de rouge, et récita à mi-voix :

— Onde, onde, ouvre-moi tes bras, onde, onde, tes flots sont pour moi.

Rien ne bougea.

— Viiiiiiiite ! cria Garu.

La rousse boitillait mais s'était remise à courir et n'était plus qu'à quelques mètres. Deux autres silhouettes sautèrent par-dessus la grille, à côté de l'église. Des renforts.

— Onde, onde, ouvre-moi tes bras, onde, onde, tes flots sont pour moi ! répéta Andras dont la voix flanchait, avalant les mots dans sa précipitation.

Marjane vit la rousse fondre sur elle. Puis le tronc de l'arbre s'ouvrit, le sol se déroba, et Marjane bascula en avant, happée à l'intérieur.

* * *

Mats s'installa à une table en bois usé avec le gros volume. Les pages épaisses étaient agrémentées de schémas et de croquis, écrites en adama, la langue séculaire du peuple de l'ombre. Il appuya la tête sur ses mains et s'immergea au hasard.

Le livre évoquait des conflits entre communautés, des attaques, la manière dont certains sièges avaient été menés. Deux chapitres concernaient la Belgique au cours de la Seconde Guerre mondiale. Une communauté ninn installée en Hongrie avait profité du désordre humain pour mettre la main sur celle de Gand. S'ensuivaient des descriptions de batailles, les pertes, les résolutions diplomatiques. Les Hongrois avaient pris Gand, s'y étaient installés, et avaient prévenu les humains de l'issue du combat.

Mats relut la dernière ligne trois fois.

Les humains avaient été « prévenus ».

Sauf que les humains ne connaissaient pas l'existence des ninns ! On lui avait suffisamment rabâché que la moindre erreur de crocs apparents était fatale et qu'aucun être humain sur Terre ne devait se douter de la présence de ninns ! C'était LA raison pour laquelle la maîtrise de soi et des canines en particulier s'apprenait dès les premiers pas ! Alors quoi ?

Son regard fut soudain attiré par un dessin à l'encre. Il représentait deux petites pyramides formées par des membres disparates : un bras, un pied, un torse… Mats se pencha pour lire la légende : « Exemple de pyramide dite “conflictuelle” utilisée dès le XVIe siècle. »

Les mêmes pyramides que celles décrites par Anton, qui avait ramassé les corps de Jade et Astrid.

Fébrile, Mats balaya de l'index le pavé de texte pour dénicher de plus amples explications.

« Utilisées pour la première fois en Europe lors des guerres dites “fratricides”, les pyramides conflictuelles, constituées des parties démembrées posées en tas de forme pyramidale, circonscrites par des cercles magiques permettant de conserver les corps, constituent un code délaissé, certes, mais à la portée métaphorique claire : il signe une déclaration de guerre, pour faits avérés ou tentative de prise d'un territoire. »

Mats releva la tête.

Un acte de guerre. Les pyramides qui trônaient devant la porte Cinq signifiaient qu'une communauté adverse marchait sur la Résidence. Jade et Astrid n'étaient pas les victimes d'humains ou de solitaires comme le prétendait la rumeur, elles avaient été tuées par des ninns qui défiaient la communauté parisienne ! En assassinant ces innocentes, ils avaient envoyé un signal au Consistoire.

Et sa mère avait identifié cette pyramide conflictuelle. La preuve : le bibliothécaire avait emprunté le dernier volume pour le mettre à jour ! Les crocs de Mats commencèrent à s'allonger mais il les stoppa net. Il se leva et fit les cent pas pour juguler le trop-plein d'émotions. Pourquoi ne savait-il rien de ces pyramides ? Était-ce la raison pour laquelle sa mère avait pété les plombs, l'autre jour ? Et quel rôle y jouait Marjane ?

Marjane seule, dehors, avec des ninns qui démembrent les habitants de la Résidence…

Cette pensée lui rappela la raison de sa venue dans la salle interdite. Soura. Il se tourna vers un des murs, parcourut les étagères des yeux, ne sachant où s'arrêter. Deux échelles étaient posées et il songea à en gravir une pour mieux visualiser les volumes du haut. Chercher Soura, c'était chercher une aiguille dans une botte d'herbe, comme disaient les humains. *Non, une botte de foin, idiot, tu as déjà oublié tes leçons ?*

C'est alors qu'il remarqua une étiquette jaunie délimitant une zone près du sol, sur le mur de gauche. Mats s'accroupit pour vérifier qu'il lisait correctement. L'écriture bâton indiquait : « Peuples parallèles, nomenclature et population parisienne. »

17
IMMERSION

La douleur dans son cou était intolérable, comme si un bourreau versait du métal fondu sur sa chair. Marjane hurla sans qu'aucun son sorte de sa bouche.

— Inspirez ! Inspirez ! lui intima une voix déformée.

Marjane ne pouvait pas, elle étouffait, ses poumons se consumaient et pourtant, elle flottait dans une nuit éternelle, le froid ne la quittait pas.

— Inspirez !

Ses pieds étaient lourds, rivés à un sol qui n'existait pas. Elle se laissait couler, préférait léviter dans le néant. Quelqu'un la gifla et cria plus fort :

— INSPIREZ !

Marjane ouvrit les yeux et inspira profondément. Un liquide frais s'immisça dans sa gorge et noya ses bronches. Paniquée, elle toussa, cracha, frappa ses cuisses de ses mains. Ses yeux piquaient et sa cage thoracique était broyée. Par quoi ?

— C'est bien, encore ! Inspirez ! reprit la voix déformée.

Marjane expulsa l'eau et inhala un grand coup. Le liquide pénétra de nouveau sa gorge et emplit ses poumons. Une quinte la secoua. Ses yeux étaient grands ouverts, maintenant, mais elle ne comprenait pas où elle était, ni à qui appartenait cette voix qui voulait qu'elle meure.

— Vous y êtes ! Encore, c'est bien ! Encore !

Le liquide frais reflua, entra, repartit. La toux se calma. Marjane mit les mains à sa gorge mais quelqu'un les lui retira d'un geste brusque.

— Non, encore !

Marjane fit entrer l'eau, la fit ressortir.

Et réussit à faire le point.

Elle flottait dans une salle aux murs gris et ses cheveux passèrent avec lenteur devant ses yeux. Elle voulut s'asseoir mais l'impulsion de son corps la fit remonter vers le haut. Alors, Marjane réalisa enfin où elle se trouvait.

Elle respirait dans l'eau.

Et la douleur dans son cou provenait des branchies qui s'y étaient découpées.

* * *

Depuis combien de temps Mats était-il courbé sur ces bouquins, à tourner les pages en poussant des cris de possédé ? Son dos cuisait, il avait mal à la nuque, il était engourdi. Mais il ne décollait de sa chaise que pour aller prendre d'autres volumes sous l'étiquette jaune.

Un *monde*, voilà ce qu'il découvrait ! Un univers dont on ne lui avait jamais rien dit, et qui était là, sous son nez, foisonnant ! Pour la première fois, une sorte d'excitation curieuse s'emparait de lui et balayait la colère qui l'habitait en permanence. Non, les ninns n'étaient pas les seuls à côtoyer les humains. Les siens n'étaient d'ailleurs pas les maîtres incontestés de la Terre. Impossible : il y avait bien trop d'autres créatures ! Mats gloussait tant l'émotion le submergeait. Il oubliait tout, plongé dans cet univers captivant… et *vrai.*

Des génies dans les arbres, les déserts, les cavernes, des êtres à cornes, à plumes, mi-hommes, mi-bêtes, des sybars dans les rivières, des changetons, sortes d'esprits d'animaux qui vivaient, se rassemblaient…

Les dessins, peints à la main et annotés, étaient renversants. Depuis des siècles, les ninns répertoriaient les mœurs des peuples parallèles, leurs cérémonies, leurs modes de vie… et il manquait tant d'informations ! Avec avidité, Mats tournait chaque page en poussant des « Non ! » éberlués.

Il songea un moment à emprunter un livre qui traitait des peuples des bois mais y renonça. Il aurait signé sa visite dans la salle interdite, comme il l'appelait désormais, et se serait attiré de gros ennuis. Il finit par ouvrir un volume consacré aux lithomorphes et devina aussitôt ce que le mot signifiait.

Le chapitre « Rite de mise au monde » était vide, ainsi qu'une foule d'autres. Manifestement, les lithomorphes demeuraient mystérieux pour les auteurs de l'ouvrage. Il alla directement à la section Paris, consulta les dernières années. Et sourit.

Mention était faite d'un « accord passé avec l'une des Sept, nommée Soura ("Vouivre", avait été ajouté au crayon à papier à côté de son nom), qui occupe un immeuble impasse Royer-Collard dans le 5e arrondissement. Ledit immeuble et la cour en son centre sont décrétés terrain neutre sur proposition de Marcus de Beaune, membre du Consistoire, ambassadeur auprès des peuples parallèles, décision votée à l'unanimité et validée par le Consistoire, fait en l'an 1984... »

Mats referma le volume d'un coup sec, satisfait.

Il avait trouvé.

* * *

Il fallut dix minutes à Marjane pour s'habituer à sa nouvelle respiration. Elle n'arrêtait pas de tâter son cou, fascinée par les ouvertures qu'elle sentait palpiter à intervalles réguliers. Elle voulait inspirer par le nez mais ses narines restaient inutiles. Ses branchies, elles, s'ouvraient et se remplissaient, inondant sa gorge de fraîcheur. Marjane avait été débarrassée de son gilet et oscillait dans son pantalon léger et son t-shirt. Ses vêtements flottaient autour d'elle dans un balancement lent et apaisant.

Des cristaux ovales étaient accrochés en guirlande le long des murs de pierre gris foncé et éclairaient les parois d'une lueur terne.

La voix qui lui avait intimé l'ordre d'inspirer avait pris corps : il s'agissait d'une femme d'une cinquantaine d'années qui fouettait l'eau de sa gigantesque queue. Les nageoires caudales en étaient horizontales comme celles des mammifères marins, mais la « peau », elle, était invisible, masquée par une infinité de fragments identiques à des plaques de métal, tissés comme une cotte de mailles. La lumière se réfléchissait dessus et s'irisait de vert ou de gris bleuté selon l'angle avec lequel elle frappait la matière.

Andras était à l'infirmerie, l'avait tout de suite prévenue la femme-poisson. Il était blessé mais s'en sortirait sans séquelles. Un peu groggy, Marjane se souvint de la douleur dans son bras, de la rousse, du couteau qui l'avait tailladée, là-bas, dans le square. Un emplâtre visqueux recouvrait désormais sa plaie.

— Nous avons paré au plus pressé lors de votre transition, justifia la sybare aux cheveux bleus.

— Lors de ma quoi ?

Sa voix était bizarre : elle n'expulsait pas d'air. L'eau faisait désormais vibrer ses cordes vocales. Marjane eut l'impression de hurler dans un verre collé à son menton.

— Votre transition : le moment où vous êtes passée de l'air à l'eau.

Marjane s'était-elle fait une idée à cause des légendes d'Homère ? Toujours est-il qu'elle s'attendait à contempler une jolie femme au timbre mélodieux. Au lieu de ça, la sybare avait un visage grignoté par les bouffissures, au milieu duquel paradait un nez rond aux ailes proéminentes. Lorsqu'elle ouvrait la bouche, elle nasillait.

— Ma transition ? Je ne m'en souviens pas…

— Lorsque le Vieil Arbre s'ouvre, le visiteur perd connaissance. Il tombe comme un caillou dans l'eau. Nous décidons alors si l'entrant est autorisé à pénétrer dans la Cité.

— Et si l'« entrant », comme vous dites, est recalé ? interrogea Marjane sans être certaine de vouloir connaître la réponse.

— Il se noie, conclut la sybare de son ton égal.

Marjane palpa de nouveau ses branchies. Au moins, elle était vivante.

Elle ondula dans la pièce sous le regard indifférent de la sybare.

— Je n'ai pas trop froid, remarqua-t-elle.

— Normal. Lors de votre transition, vous n'avez pas seulement hérité de branchies, mais de nombreuses autres facultés sybares : vos cordes vocales vibrent sans air, vous supportez les températures aquatiques, et votre vue s'est adaptée.

Exact : Marjane parlait, et voyait parfaitement bien. Les sons étaient à la fois étouffés et très nets. Pas de clapotis ici, elle était trop loin de la surface, mais elle percevait le doux écho du dehors, comme un chant lointain, avec cette distorsion caractéristique du milieu subaquatique. Petit à petit, sa respiration devint plus naturelle.

— Je peux aller voir Andras ?

La sybare s'approcha d'une petite porte. Ses cheveux courts d'un bleu soutenu ressemblaient à une bestiole attachée à son crâne.

— Pas dans l'immédiat. Votre transition a fonctionné. Sa Majesté-Majesté vous attend.

— Mais… j'ai besoin d'Andras ! se défendit Marjane, prise de court.

Il lui avait clairement stipulé de se taire et de le laisser parler !

— Vous ferez sans.

— Écoutez, c'est impossible. J'exige de voir Andras !

— Chez nous, les invités n'exigent rien du tout, ils sont tolérés, acheva la sybare en franchissant le seuil de la porte à l'horizontale, sa nageoire battant lentement l'eau.

Marjane soupira, ce qui ne la soulagea pas le moins du monde, et la suivit à contre cœur dans une brasse bien trop terrienne pour être gracieuse.

18
LA CITÉ

— Nous avons quitté Paris ? vérifia Marjane.

Il n'y avait pas de Cité à proprement parler. Des murs à moitié écroulés étaient posés çà et là, comme placés au hasard par un gamin flemmard. Pas de maisons, de palais ou de rues, mais des ruines et des immondices plantés dans la vase. Deux femmes se frappaient pour exhumer un vélo enfoncé jusqu'au guidon. Elles tiraient, ahanaient sous l'effort et se lançaient mutuellement des regards mauvais. Partout déambulaient des hommes-poissons et des femmes-poissons parés de leurs habits métalliques, rouillés pour la plupart. Marjane, secouée par des frissons de dégoût, aperçut d'autres spécimens : des hybrides mi-homme, mi-écrevisse, avec une carapace et une armada de pattes qui gigotaient. Un homme grand et musclé courait sur le sable en biais, avec ses dix pattes de crabe. Les cheveux des sybars étaient dans des tons froids : bleu, vert ou mauve. Et pour autant que Marjane pouvait en juger vu la distance, ils étaient tous laids : petits yeux enfoncés ou disproportionnés, fronts saillants et cabossés.

L'eau, immense, donnait une impression de vacuité glaçante.

— On est vraiment à Paris ? insista Marjane.

Elle avait beau lever le nez et chercher la surface, elle ne la distinguait pas. La Seine n'était pas si profonde, quand même !

— Oubliez votre logique, elle ne correspond pas à notre réalité, rétorqua la sybare au gros nez. Vous êtes dans la Cité, le domaine des sybars. Nous vivons ici et les hommes n'ont pas accès à notre royaume. Mais il est conséquent. Il fut splendide et envié, marmonna-t-elle.

Un écho fit se retourner Marjane : des dizaines de personnes leur filaient le train et bruissaient entre elles.

— Vous avez vu sa peau lisse ?

— Quelle horreur !

À leurs yeux, avec son visage oblong, ses pommettes saillantes et ses sourcils dessinés, Marjane était aussi belle qu'une souche pourrie.

Déstabilisée par ces manières (les ninns étaient si obséquieux...), elle continua de nager sagement. Elle survola des champs d'algues envahis de sacs en plastique et de chaussures moisies, dépassa des amoncellements de pierres (d'anciennes constructions ?) et des bancs de poissons dociles. Des sybars dormaient un peu partout, abandonnés au milieu de nulle part. Une femme-poisson bossue, l'épaule bizarrement inclinée sur le côté, grattait un rocher pour en déloger des coquillages.

Marjane éprouvait un malaise grandissant. Le paysage idyllique associé inconsciemment à la Cité et aux fables évoquant les sirènes se réduisait à une plaine pathétique, des habitants difformes et une atmosphère décadente qui faisait froid dans le dos.

Elle comprit enfin que la femme-poisson se dirigeait vers une bulle luminescente installée à l'écart sur le sol sablonneux. Plus elle s'en approchait, plus Marjane se demandait ce qui gigotait à l'intérieur : il y avait une forme, mais laquelle ?

Une colline limoneuse leur barra la route, Marjane la franchit, des courbatures aux bras à force de nager, et distingua enfin la silhouette dans la bulle irisée. Elle ralentit, hypnotisée, et incapable de décider si elle devait être gênée ou fascinée.

L'escorte improvisée était restée au sommet de la colline, tout comme la sybare aux cheveux bleus. Marjane s'arrêta pour l'attendre mais la femme-poisson lui fit signe de poursuivre sa route.

Si seulement Andras était là… Il ne serait pas aussi empoté, lui, il saurait quoi faire ! Elle n'avait même pas la lettre de Soura !

Elle se fit violence et battit l'eau avec force. Elle approchait de la chose enfermée dans la bulle nacrée et le silence de l'eau lui parut soudain oppressant. Marjane ne s'était pas trompée, elle s'évertua à respirer avec régularité sous peine de tétaniser ses branchies.

Car dans la boule qui mesurait environ cinq mètres de haut flottait une femme-poisson… double. Deux têtes à la longue chevelure vert sombre qui ondulait au rythme languissant du courant. Deux queues dépourvues d'atours métalliques, qui arboraient une peau blanche et glabre comme celle d'un béluga. Deux torses nus où la peau pâle laissait voir quatre minuscules seins. Et trois bras.

Sa Majesté-Majesté était une sybare siamoise, deux êtres partageant un avant-bras commun.

Marjane frémit.

Les visages étaient dissymétriques. Celui de droite était tout en rondeur, avec d'étroits yeux noirs enfoncés dans l'orbite, d'épais sourcils verts et un long nez qui touchait la bouche aux lèvres fines. Celui de gauche était triangulaire, avec un menton pointu, un nez en forme de courge et des yeux opalescents qui firent se hérisser les poils de Marjane. Des coquillages étaient accrochés à l'une des pommettes, parasites infects qui renforçaient la monstruosité de la créature.

L'être chimérique fixait la nouvelle arrivante.

Marjane était une ninn, peuple fier et courageux. Elle ne devait pas se laisser impressionner par un laideron dans une bulle. Elle devait rester calme et… oh la la, facile à dire ! Elle grelottait, écœurée, et n'avait qu'une envie : se sauver et laisser derrière elle ce royaume déliquescent. Mais l'âge de l'innocence était révolu. Andras soutenait que les sybars pouvaient les aider, elle devait les affronter et surmonter sa révulsion. Elle s'arma de courage et franchit les derniers mètres. Pourtant, malgré ses bonnes résolutions, elle crut défaillir quand elle se stabilisa à quelques brassées du plus important personnage de ce pays moribond. Même Drack avait l'air inoffensif à côté de ce truc poissonneux.

— La voici… annonça la première tête avec une voix fluette qui grinçait. Qu'en penses-tu ?

— Elle est vilaine, lui répondit l'autre.

Les deux têtes se regardaient en parlant. Marjane s'arrêta devant la grande bulle, hésita, puis se hissa à la hauteur de la sybare.

— Votre Majesté-Majesté… salua-t-elle, embarrassée par le ridicule du nom.

— Mais elle est courageuse, renchérit la première. Nous savons que les entrants ne nous aiment pas.

— Oui, nous le savons.

Les deux têtes se tournèrent vers Marjane.

— Le Vieil Arbre t'a autorisée à descendre dans les profondeurs de la Cité. Remercie-nous pour notre mansuétude, jeune ninn.

— Euh… Merci.

— Elle n'est jamais sortie. Elle est toute neuve.

— Et naïve.

Les deux têtes se turent, puis la première leva un sourcil broussailleux en dévisageant l'autre, qui répondit par un petit signe.

— Très bien, reprit la première. Que veux-tu savoir ? Tu as droit à une question. Une seule.

Marjane resta bouche bée. Ils avaient failli mourir noyés pour une unique question ? Andras connaissait-il l'usage ? Sur le point de leur demander pourquoi une, elle se ravisa : elle risquait de gâcher son unique chance de les interroger, justement ! Elle ravala sa rancœur et réfléchit. Il s'agissait de viser juste.

— Mon père a été assassiné par des humains. Ils ont tué le plus de ninns possible, et ils ont dit : « La crypte ne tiendra plus longtemps. » Je cherche à savoir ce qu'est cette crypte…

— Elle dit la vérité, dit la première tête à l'autre.

— Oui, j'ai vu. Pose ta question, rappela la deuxième tête à Marjane.

— Savez-vous ce qu'est cette crypte ?

— Oui.

Le cœur de Marjane s'emballa. Oh non ! Non ! Comment pouvait-elle être aussi stupide ? Elle avait mal formulé sa question ! Quelle idiote ! Elle se visualisa, minuscule au fond de la rivière sans fin, devant cette créature répugnante, avec une réponse qui ne valait rien, et fit un effort incommensurable pour repousser son envie de pleurer.

Les têtes difformes se dévisagèrent de nouveau.

— Alors ? demanda la première.

— Je crois que nous pouvons. Je le sens. Il a l'air magnifique !

Que sentaient-elles ? Marjane, elle, sentait des courbatures poindre dans ses épaules et ses bras ; son corps était agité de spasmes nerveux. L'épuisement, physique et psychologique, la gagnait.

La deuxième tête héla Marjane.

— Entre.

— Pardon ?

— Rejoins-nous, dirent les deux têtes à l'unisson et leurs voix discordantes sonnaient pire encore, ainsi. Si tu veux des réponses, tu dois entrer. Rien n'est gratuit. Nous voulons rencontrer ton Autre.

— Mon quoi ?

— Ton Autre.

— Je ne sais pas de quoi vous parlez.

— Si tu veux ta réponse, montre-nous ton Autre ! dit sèchement la première tête.

Marjane vit danser des taches lumineuses devant ses yeux. Elle n'allait pas s'évanouir aux pieds de Sa Majesté-Majesté, quand même !

Elle serra les dents, nagea vers la paroi iridescente, et s'interrompit à quelques millimètres. Elle passa la main au travers. Aucun obstacle palpable. Ses doigts fourmillèrent de petites décharges électriques désagréables. Marjane soutint les regards amusés de Sa Majesté-Majesté, et franchit la barrière évanescente. Son corps grouilla d'infimes piqûres mais l'impression fugace disparut dès qu'elle se détacha de la paroi.

De près, non camouflée par la matière chatoyante de la bulle, Sa Majesté-Majesté était monstrueusement repoussante. Des pustules infestaient ses épaules, sa poitrine, et de petites bestioles étranges voletaient autour d'elle. Marjane se força à ne pas lorgner ce spectacle si abominable qu'il en devenait fascinant.

— Je l'aime bien, plaida la deuxième tête. Elle est sincère. C'est si rare.

— Tu es trop faible, acquiesça la première. Approche encore.

Marjane déglutit et esquissa un mouvement de brasse. Les deux mains opposées de Sa Majesté-Majesté l'attrapèrent et la serrèrent. Puis, le troisième bras, celui qu'elles partageaient, poussa le visage de Marjane entre leurs deux têtes. Enlacée, cette dernière fut coincée contre Sa Majesté-Majesté. Leur peau était froide et rugueuse. Par endroits, des trous profonds laissaient s'échapper des micro-organismes qui balayaient l'eau, s'affairaient et rentraient dans leur antre. Ils disparaissaient *dans* la peau de la reine. Marjane retint un haut-le-cœur et s'obligea à garder les yeux fermés.

Elle resta un moment dans un silence insondable, sans que rien semble se produire. Elle se demanda même si la sybare bicéphale n'était pas une vaste fumisterie, si elle ne simulait pas, ne jouait pas une sorte de comédie sinistre pour se distraire.

À cet instant précis, un grondement sourd sortit des deux gorges, et les mains comprimèrent brusquement Marjane. L'une d'elles s'agrippa à sa blessure pansée et Marjane gémit tandis que la reine la serrait plus fort. Une douleur foudroyante la secoua, comme si un esprit, un animal, *quelque chose* avait pénétré chaque pore de sa peau, s'était immiscé en elle et se focalisait sur ses os, essayant de les briser en mille morceaux, et Marjane résista, mais la douleur était trop forte.

Ses crocs pointèrent.

Les grondements s'intensifièrent. Marjane batailla mais la sybare avait une poigne d'acier et imprima la marque de ses doigts palmés dans sa chair. Alors, Marjane gronda à son tour. Elle cria, rua, et gagnée par la panique, se mit à lutter et à se débattre. Elle perdit toute maîtrise. Et planta ses crocs dans ce qu'elle trouva.

Le cou de la première tête.

19
LE PACTE

Un sang iodé emplit sa bouche et Marjane mordit plus fort, poussée par son instinct de prédateur. Les bras de la sybare la repoussèrent alors qu'elle s'agrippait, aveuglée par la soif de sang.

Un turquoise éclatant flotta devant ses yeux, suivi par un paysage : un lac cerné de monts gris enturbannés de nuages, la pluie qui pétille sur la surface de l'eau. Marjane se trouvait *dans* le lac, infiniment mélancolique. La vision était limpide, précise, comme lorsqu'elle avait bu le sang de la ninn rousse. Sur les flancs des montagnes, des arbres calcinés se dressaient vers le ciel, côtoyant d'autres arbres, vigoureux ceux-là, florissants. Des poissons immobiles affleuraient à la surface et exhibaient leur ventre pâle et gonflé.

Les bras la griffèrent, l'éloignèrent et Marjane fut projetée en arrière, expulsée de la bulle. Elle se rétablit d'un battement de pieds énergique et s'enfuit le plus vite possible, les yeux dilatés de terreur. Pourquoi est-ce que TOUT dérapait ? ! Elle se jetait dans les bras d'un monstre et…

— Nous avons vu l'Autre ! s'emballa la deuxième tête. Nous l'avons vu ! Il est beau !

— Elle nous a mordues, la traîtresse ! éructa la première tête furieuse. Elle a bu notre sang, notre précieux sang ! aboya-t-elle.

— Elle a eu peur, nous n'avons pris aucune précaution… plaida la deuxième tête. Mais elle a fauté, je le concède, oui.

Marjane distinguait maintenant les visages des spectateurs amassés en nombre sur le promontoire sablonneux. Avides. Les curieux savaient que la sybare allait la maltraiter. Une colère sourde tempêta dans son ventre. Elle eut envie d'amocher leurs faces grotesques et d'accentuer les angles de leurs corps contrefaits. Leur faire du mal, à eux aussi. Partager un peu de son humiliation. Ses crocs luisaient dans les fonds marins.

— Attrapez-la ! hurla la première tête. Attrap…

— Tais-toi ! rugit la deuxième tête, et sa voix était si puissante qu'elle secoua Marjane comme une onde de choc sous-marine. C'est notre faute, notre faute ! Nous sommes Sa Majesté-Majesté, nous savons nous montrer clémente car nous sommes Reine !

La première tête ne répondit pas. La deuxième reprit, plus douce.

— Tu oublies de quoi nous nous nourrissons or nous avons vu bien plus que nous ne l'espérions ! Nous savons, pour son Autre !

Marjane atteignit la colline et se demanda si elle devait fendre la foule au risque de se faire dépecer ou tenter de la contourner.

— Reviens, Marjane ! hurla Sa Majesté-Majesté. N'aie pas peur ! Tu as mérité une réponse et nous allons te donner la nôtre…

À ces paroles étranges, la foule bruissa. La reine venait

de lâcher une petite bombe et Marjane, le comprenant, ralentit.

La sybare ne l'avait pas tuée. D'ailleurs, la sybare était bien deux entités distinctes, pas toujours d'accord. La deuxième était encline à la magnanimité. Mais Marjane avait planté ses crocs dans la gorge de la première ! Quel châtiment méritait-elle ?

Elle s'arrêta, reprit son souffle, chassa la douleur diffuse, fit demi-tour, et nagea lentement jusqu'à la bulle. Des hoquets surpris claquèrent dans son dos. La foule n'en perdait pas une miette.

Muette, Sa Majesté-Majesté l'observa revenir vers l'immense bulle. La première tête tripotait sans cesse les trous dans son cou, d'où s'échappait un filet vert bouteille. Son sang.

— Je suis désolée, j'ai eu peur, bafouilla Marjane.

— Par notre faute, répliqua la deuxième tête avant que la première puisse protester.

— J'aurais dû me contrôler. Ce n'est pas ce que je fais de mieux, lâcha Marjane du bout des dents.

— Nous l'avons constaté, d'autant que ton geste était tout sauf anodin, grinça la première tête.

Marjane fronça les sourcils. C'était comique, désormais, de constater à quel point les expressions des deux têtes étaient dissemblables. La première, lèvres pincées, était furieuse. La seconde, souriante.

— Tu as bu notre sang. Une goutte suffit.

— Suffit à quoi ?

— À t'ouvrir les portes de notre royaume ! pesta la première tête.

— Arrête un peu ! la tança la deuxième, celle au menton pointu, avant de se retourner vers Marjane. Tu es une entrante, tu as bénéficié de notre générosité et hérité d'une partie de ce qui fait notre nature.

Ça, la sybare cloquée aux cheveux bleus le lui avait déjà dit.

— Et tu as bu notre sang.

Silence.

— Et ? se risqua Marjane.

Sa réaction arracha une moue de mépris à la première tête.

— Tu as pérennisé notre cadeau.

Marjane mit un moment avant de comprendre.

— Vous vous… vous di… vous voulez dire… s'embrouilla-t-elle.

— Que tu garderas tes branchies, oui.

— Je ne peux plus retourner sur la terre ferme ? Je vais devoir rester ici pour toujours ? ! s'affola Marjane.

— La paix ! éructa la première tête. Quelle impatience ! Quelle balourdise ! On devrait la punir, punir !

Maîtrise de soi… se répéta Marjane. Mais qu'est-ce qu'elle allait faire, coincée chez ces cinglés ? Elle ne pouvait pas, c'était insupportable, c'était…

— Ta nature originelle reprendra toujours le dessus, mais le cadeau que nous t'avons fait, tu pourras le garder, expliqua la deuxième tête, calme.

Marjane n'était pas persuadée de l'avantage que constituait cette précision. Néanmoins, il lui fallait réagir avec humilité.

— Je… eh bien, merci, bégaya-t-elle, moitié gênée, moitié horripilée.

— Ce n'est pas comme si nous l'avions fait de notre plein gré ! miaula la première tête qui voulut croiser les bras mais la deuxième tête l'en empêcha et leur bras commun décrivit une série de moulinets chaotiques.

Ce cirque était éreintant…

— Cependant, tout don a un prix, commença la seconde tête et Marjane sut qu'elle n'aimerait pas ce qui allait suivre.

— Pour hériter de ce cadeau et quitter notre Cité, tu dois nous prêter allégeance.

— Ce qui signifie ? Concrètement, je veux dire ? répliqua Marjane.

La première tête eut un sourire mauvais et laissa la deuxième expliquer.

— Désormais, tu es un sujet de la Cité. Tu devras donc te comporter comme tel et en assumer les obligations. Quand nous te convoquerons, tu viendras à nous. Si nous avons besoin de toi, tu répondras à notre appel.

— Et si ma réponse est non ? tenta Marjane.

— Tu restes avec nous, petite Marjane… ricana la première tête, l'air soudain satisfaite.

— Si je viens, ce sera pour quoi ?

— La plupart du temps, nos appels concernent les affaires du royaume. Ils sont rares, Marjane, je te le promets, précisa la deuxième tête.

Marjane jeta un coup d'œil à la première, impassible. La deuxième tête disait-elle la vérité ? Marjane réprima une grimace. Être liée à ce peuple laid et grossier lui répugnait, mais pas question de rester prisonnière ! Partir d'ici. Pour l'instant, c'est tout ce qui comptait. De toute façon, songea-t-elle en reprenant espoir, une fois qu'elle aurait regagné la terre ferme, de quels moyens disposeraient les sybars pour la contraindre à replonger dans leur immonde Cité ?

— J'accepte.

— Alors prête serment à la Cité ! rugit la première tête.

Marjane répéta des syllabes étranges en glougloutant avec le fond de sa gorge du mieux qu'elle put. La première tête pouffait devant sa prononciation laborieuse, mais Marjane l'occulta et se concentra sur la deuxième tête. Elle finit par faire des bulles et hocha la tête trois fois.

— Marjane de Beaune, tu es désormais l'une des nôtres, tu pourras entrer et sortir de la Cité comme bon te semblera, nous donner des nouvelles du haut, et tu nous obéiras quand nous t'appellerons.

Marjane frissonna.

— Vous ne m'appellerez qu'en cas de besoin, n'est-ce pas ? vérifia-t-elle.

— Oui, confirma la deuxième tête pendant que la première faisait la moue. Il n'y a pas de piège.

Marjane ne sut si elle devait être soulagée ou non.

— Dites-moi, comment connaissez-vous mon nom ?

— Nous avons vu ton Autre, éluda la deuxième tête, comme beaucoup d'autres choses. Tu n'y arriveras pas sans lui. Tu as besoin de ton Autre. Vous devez rester ensemble. Vos destins sont liés, et indissociables.

De qui avait-elle besoin ? Qui était l'« Autre » ?

— Nous connaissions ton père. Il nous avait montré son Autre, lui aussi, un Autre précieux, oui, précieux, mais nous n'avons pas le droit d'en parler, l'Autre est enfoui au plus profond de nous, il nous nourrit.

— Votre Majesté-Majesté, je suis désolée, je ne comprends rien à ce que vous racontez.

La sybare décrivit un looping serré à l'intérieur de la bulle et revint se poster devant Marjane. Son timbre crissant donnait la chair de poule.

— Nous sommes désolées pour ton père. Il nous a consultées à plusieurs reprises, il était intelligent et nous a rendu service. Nous avons le pouvoir de connaître l'Autre. C'est notre privilège de Reine. L'Autre est notre subsistance…

Marjane dévisagea la deuxième tête sans un mot.

— Nous ne disons pas qui est l'Autre. C'est la règle millénaire. Certains le savent déjà, d'autres ne le trouveront jamais. Nous nous taisons. Mais nous grandissons et nous nous amusons beaucoup, hochèrent les deux têtes à l'unisson.

Une reine psychopathe… Qui avait eu l'idée de venir ici ? Ah oui, Soura. Super conseil, vraiment. Maintenant, Marjane écoutait pérorer une sirène folle tout au fond de la Seine et allait se trimbaler des branchies toute sa vie.

Elle garda ses réflexions pour elle.

— L'eau dédouble, elle est le reflet, le double. L'Autre est l'Eau-tre.

Marjane avait beau s'accrocher, elle était perdue.

— Regarde-la, elle n'entend rien à tes paroles, interrompit la première tête.

— Ne m'interromps pas ! Tu ne saignes plus et tu as été rétribuée par un bel Autre !

— Mais tu lui en dis trop ! s'offusqua la première tête dont les yeux étincelaient de colère.

La deuxième tête se pencha vers Marjane sans y prêter attention.

— Tu connais l'histoire de Narcisse ?

— Oui, répondit Marjane, sur ses gardes. C'était un homme beau, cruel et indifférent. La nymphe Écho tomba amoureuse de lui, et fut humiliée. Némésis la vengea. Narcisse se pencha un jour sur l'eau d'une fontaine et tomba amoureux de son propre reflet, résuma Marjane, fière de s'en souvenir.

— Sache que chez les sybars, l'histoire est tout autre...

— Tout *Autre* ! souligna la première tête en riant.

Elles gloussèrent et Marjane les observa, consternée. Les deux sybares qui n'en étaient qu'une se calmèrent.

— Narcisse n'est pas tombé amoureux de son double mais d'un sybar modelé à son image par Némésis. Nous savons qui est ton Autre.

— Mais enfin, je ne sais pas de qui vous parlez ! s'agaça Marjane.

— Elle ne sait pas qui est l'Autre, commenta la première. Le peuple de l'ombre n'a jamais été clairvoyant.

— Cesse donc ! aboya la deuxième tête qui se tourna vers Marjane. Nous avons vu ton âme sœur.

Son « âme sœur » ? Qu'est-ce que c'était que ces âneries ? Marjane attendait la suite mais il n'y en avait pas. Elle eut soudain la conviction que Sa Majesté-Majesté était sincère. Elle avait le pouvoir... de voir son âme sœur. La curiosité la consuma. Si Marjane avait un Autre, qui était-ce ? Est-ce qu'elle le connaissait ? Était-il ninn... ou humain, comme Lothia ?

— Tu n'y arriveras pas sans lui, l'interrompit la deuxième tête. Tu as besoin de ton Autre pour trouver ce que tu cherches, et bien plus encore.

— Pour trouver la crypte ? bégaya Marjane.

— Il est ta vie et tu es la sienne.

— Suffit ! clama la première qui commençait à enfler étrangement. Nous avons été plus que patientes envers toi ! Voici la réponse à ta question : la crypte est un lieu de souffrance que les ninns tiennent secret. Il te faut le découvrir, car ton destin est gravé à l'intérieur.

20
PAR ICI LA SORTIE

Dix minutes plus tard, emmenée par la sybare aux cheveux bleus, Marjane pénétra dans une étroite pièce couleur souris. Andras y flottait dans une eau trouble, le ventre bandé par une ribambelle d'algues vertes qui pendouillaient, dessinant un pagne autour de sa bedaine. Lui si impeccable, si soigné… Devant ce tableau incongru, Marjane éclata de rire, un long rire hystérique qui sonna bizarrement dans l'eau, si dévastateur que ses branchies se sclérosèrent. Voyant Marjane virer au violet, Andras se précipita vers elle, percuta la sybare sans le faire exprès, et Marjane faillit s'étrangler de plus belle devant la mine offusquée de sa vilaine guide.

Andras lui tapa dans le dos et elle reprit enfin sa respiration. Le majordome inquiet l'examina sous toutes les coutures.

— Tout va bien ? murmura-t-il.

Marjane aurait dû être gênée de se trouver devant son majordome tout ventre dehors, mais rien ne pouvait plus la désarçonner. Sa Majesté-Majesté l'avait vaccinée contre le farfelu. Elle acquiesça.

— En route, vous quittez la Cité ! les brusqua la sybare.

Andras ne bougea pas.

— Comment allez-vous ? répéta-t-il.

— J'ai connu pire…

Marjane remarqua la chemise d'Andras enroulée dans un filet pendu au mur, l'attrapa et la lui tendit. La sybare s'avança vers Andras, la bouche tordue dans une mimique pincée, et le majordome se redressa, tout sourire.

— Pardon de vous avoir bousculée, j'ai été surpris. À présent, permettez-moi de vous rappeler que je suis votre invité. Veuillez donc vous tourner et me laisser me vêtir selon les coutumes de mon peuple : dans l'intimité.

La sybare grommela des propos inintelligibles mais s'exécuta. Marjane réprima un sourire : de toute évidence, Andras avait beaucoup à lui apprendre sur les rapports entre peuples parallèles. Au passage, il lui fit un clin d'œil. Ses branchies étaient énormes et ressortaient sur son cou massif. Il fut habillé en moins d'une minute.

— Je vous suis, belle sybare, dit-il d'un ton obséquieux qui fit se retourner la femme-poisson.

Mais Andras était sérieux et la sybare ne répliqua pas. Elle les précéda dans un couloir que Marjane espérait être leur porte de sortie. D'un index placé sur sa bouche, Andras lui fit comprendre qu'ils devaient se taire tant qu'ils ne seraient pas seuls. Marjane nagea donc en silence entre des murs qui ne soutenaient plus rien. Elle traversa des tunnels rocheux, longea un champ émaillé de bouteilles enfoncées dans le sol et d'une tripotée de détritus (roues de vélo ou de landaus, pneus, fers à repasser, écrans défoncés, pelles…) triés par de petits sybars. Des enfants ? Marjane ne supportait plus ce paysage amer, et encore moins la voix nasillarde de la sybare aux cheveux bleus, sa lippe grincheuse au milieu de sa trogne immonde.

Après un périple qui lui parut durer des heures, et alors que plus rien de la « Cité » ne subsistait à l'horizon, Marjane contourna un large monolithe habité par des alevins et distingua un mur qui barrait le passage. Il était monumental, s'étendait à perte de vue et grimpait jusqu'à la surface.

La sybare ralentit.

— Remontez ce mur et vous sortirez. Au revoir, que les ondes vous accompagnent, dit-elle sans conviction.

— Que les ondes vous accompagnent, répondit Andras.

Il attendit qu'elle se fût éloignée, et gravit le mur avec de grands mouvements de brasse. Marjane l'imita. L'eau était chaude ici, et avait une odeur de vase prononcée.

Enfin, la tignasse bleue ne fut plus visible.

— Quel peuple désagréable, grommela Andras. Soura va m'entendre. Je n'ai même pas été autorisé à voir cette satanée Majesté !

Marjane le considéra, amusée. Maintenant qu'ils étaient loin, la tension se dissipait.

— Nous rentrons bredouilles ! Ils ne vous ont pas maltraitée, au moins ?

— Non, presque pas.

Andras se retourna si vivement que Marjane s'en voulut.

— Non, pas du tout, se corrigea-t-elle. Et nous ne sommes pas venus pour rien : j'ai obtenu une audience avec Sa Majesté-Majesté.

Andras la pressa de questions et Marjane lui décrivit son entretien avec la reine des sybars, passant sous silence la morsure.

— « Un lieu de souffrance que les ninns tiennent secret. » Les vôtres trafiquent quelque chose dans une « crypte ». Bien… Où ? Quoi ? Quel rapport avec vous ou votre… destin ? réfléchit-il à voix haute.

Une clarté timide se fraya un passage jusqu'à eux.

— Bonne nouvelle : il fait jour, nota Andras. Aucun ninn ne nous attaquera dehors. Nous pouvons retourner à l'appartement.

— Tant mieux, frissonna Marjane qui se remémora le square Viviani.

Elle n'avait pas eu le temps de repenser à ses agresseurs. Pourtant, il y avait beaucoup à dire.

— Rien d'autre ? demanda la majordome sur un ton détaché.

Andras savait ! Marjane écarquilla les yeux, soufflée. Comment faisait-il ? Marjane avait menti par omission et Andras l'avait deviné !

— Si… rougit-elle. Andras, j'ai fait une énorme bourde.

La surface n'était plus très loin et Marjane eut l'impression que ses poumons, exaltés par cette proximité, réclamaient un grand bol d'air.

— Elles m'ont imposé un marché. Elles acceptaient de répondre à ma question si je leur montrais mon Autre.

— Votre Autre ? C'est quoi ça ?

— Mon âme sœur, en gros, s'empourpra de nouveau Marjane.

— Et la reine, les reines, enfin, la demi-reine vous a révélé qui était cet Autre ?

— Non mais elle le voit, et le voir lui apporte une sorte de… je ne sais pas, de puissance.

Marjane battit des jambes pour monter plus vite. Depuis sa rencontre avec la reine, une petite voix lancinante gazouillait dans un coin de son esprit. Cette petite voix prit soudain de l'ampleur.

La deuxième tête était catégorique : l'Autre était unique. Pourtant, certains ne se croisaient jamais. Ils se *manquaient* et erraient tout au long de leur existence, sans jamais rencontrer leur promis. Si c'était vrai, comment faire pour ne pas rater son Autre et passer à côté de lui sans le reconnaître ? Il était sa *vie* ! Vraiment ? Ah, mais non ! L'âme sœur n'était qu'une invention pour les fillettes ! Comment imaginer être lié à quelqu'un par avance, *une seule personne*, en prime ? Et alors quoi, on pouvait traverser la vie dans l'illusion et la pauvreté, sans avoir formé ce tout, uni et harmonieux, que l'univers a préparé pour nous à l'avance ? Quelle horreur !

Marjane ne voulait pas être crédule et naïve. Les sybares fabulaient, voilà. Elles s'étaient payé sa tête.

Ses branchies se dilatèrent pour inspirer… et le doute s'immisça malgré elle. Des images s'imposèrent, emmêlées : le visage dur, la tignasse châtain de Mats, la fossette sur sa joue droite, la silhouette longiligne de Lev, si élégant, qui l'avait sauvée au Petit Hall, Drack et son sourire enjôleur… Qui ? Un autre Autre ? Un inconnu qu'elle allait heurter au coin d'une rue ? Et si elle ne le rencontrait *jamais* ? Le torse nu et bronzé de Drack revint la tourmenter, son baiser lancé de la main le matin même (non, la veille) et… rhaaa ! Marjane le chassa, morte de honte. Heureusement qu'elle était toute seule dans sa tête.

— C'est ça, la bourde ?

Andras revenait à la charge et elle n'eut pas le courage de lui mentir.

— Non, la bourde, c'est que la double sybare m'a attrapée, serrée, que voir l'Autre fait mal et que j'ai perdu le contrôle.

— Oh non… souffla Andras, aussi pâle qu'un navet.

— Je suis désolée, je ne voulais pas la mordre !

— Qu'a-t-elle dit ? C'est un miracle que vous soyez sortie vivante ! Ils auraient dû vous enfermer ! J'ai même lu que parfois, ils transformaient les visiteurs en…

Le mutisme de Marjane prit brusquement sens et le majordome perdit le peu de rubicond accroché à ses joues.

— C'est ma faute, j'aurais dû vous le dire, j'étais sûr qu'on resterait ensemble ! Ils n'avaient aucune raison de nous séparer ! gémit-il. À moins… à moins qu'elles n'aient su, tout de suite, que vous feriez une gaffe ! se reprit-il. Et elles vous auraient provoquée en connaissance de cause !

— Qu'est-ce que vous insinuez ?

La surface était toute proche maintenant, piquée de flashs de lumière. Andras nagea sur place, en effervescence.

— Que va-t-il se passer ? Qu'ont-elles exigé ?

— J'ai dû faire acte d'allégeance, une sorte de serment dans leur langue toute en bulles et glouglous grotesques. Même leur langue est moche ! Résultat : à partir de maintenant, je fais partie de leur peuple. Je dois venir si elles m'appellent. Je suis obligée.

— Bon sang de bois vert ! explosa Andras. Quel abruti ! Soura m'avait dit d'être vigilant mais je n'ai pas mesuré le risque !

Marjane commença à assembler les pièces du puzzle.

— Attendez, vous voulez dire qu'elles m'ont utilisée ? Elles savaient que je serais incapable de me contrôler ?

— C'est plausible ! Je vous l'ai dit : les sybars perdent leur influence. Ils sont isolés, dégénèrent. Avant, on louait leur grande beauté…

Marjane le fixa, perplexe.

— Si, je vous assure, ils étaient magnifiques ! Mais la pollution et la consanguinité ont eu raison des dernières générations. Ils deviennent laids, méchants, et crèvent de solitude, embourbés dans leurs ignobles fonds marins. Pour renaître et grandir, il leur faut des alliés. Vous pourriez être un trait d'union entre deux peuples…

— Mais c'est débile : je viens de me faire chasser de la Résidence ! Et puis il y a les ambassadeurs pour ça ! D'ailleurs, elles connaissaient mon père…

Un poisson au ventre ballonné frôla Marjane et la scruta de son œil vitreux. Le mur se couvrait de vase et d'algues marronnasses.

— D'après Borvo, les sybars ont des pouvoirs insoupçonnés. C'est un peuple froid, distant, mal connu, surtout aujourd'hui. À mon avis, cette histoire d'Autre est une broutille. Elle est peut-être vraie, mais quoi qu'il en soit, c'est la partie émergée de l'iceberg. Qui sait ce que Sa Majesté-Majesté a fait quand nous étions inconscients ? Peut-être a-t-elle sondé nos esprits et vu des choses ?

— Quel genre de choses ?

— Je ne sais pas, concéda Andras. Satanés sybars ! pesta-t-il, furieux.

Marjane se glissa dans son sillage, désemparée. Avait-elle été manipulée ? La deuxième tête avait l'air si sincère, la première, si courroucée !

Marjane regarda une dernière fois en bas et poussa un cri : le sol n'était plus qu'à trois mètres.

— Oui, les sybars sont repoussants, désagréables et vicieux, mais ils ont plus d'un tour dans leur sac, conclut Andras, aussi étonné qu'elle. Vous êtes prête ?

Tous deux crevèrent la surface de l'eau et soulagée, Marjane ouvrit grand la bouche.

En vain. Elle avait beau aspirer l'air, rien ne se produisait. Ses poumons étaient pleins d'eau, incapables de laisser place à l'oxygène, et ses branchies se contractaient. De nouveau, Marjane étouffa et battit des bras avec frénésie, terrorisée à l'idée de se noyer. Pourquoi ses branchies se refermaient-elles comme ça alors qu'elle ne respirait pas encore normalement !

— Merde ! Vise un peu, là ! entendit-elle.

— Ça alors ! Bouge-toi, Flavio, on va pas les laisser s'noyer comme des bécasseaux ! Passe au-dessus de la grille !

Deux mains la hissèrent et la déposèrent sur les pavés graisseux. Marjane se recroquevilla, les mains autour du cou. La douleur était abominable, Marjane voulait inspirer mais rien n'entrait dans ses poumons et sa gorge enflait, congestionnée, sa cage thoracique se convulsait pour rien et… Des petits points lumineux commencèrent à envahir son champ de vision. Elle était au bord de l'évanouissement, et lutta pour se mettre à quatre pattes, tenter de faire sortir cette foutue eau !

— Secoue-la donc pendant que je sors le gros, dit la première voix, tu vois bien qu'elle est en train de crever !

On la frappa un grand coup dans le dos et Marjane, déjà happée par un épais brouillard, reprit ses esprits. Elle réussit à expulser l'eau qui obstruait sa gorge.

— C'est bien, ma cocotte, vas-y…

Une autre claque magistrale fit résonner ses côtes et une seconde giclée fut expulsée. Marjane toussa, cracha, et finalement, sentit l'air se frayer un chemin dans sa trachée enflammée. Elle cria de douleur.

— C'est bon, ici ! cria la voix. Et ton gros ?

— Il a dû avaler trois litrons de flotte mais il a l'air costaud : il a tout rendu sur le trottoir ! Voilà, ça y est, t'es sorti d'affaire, mon gars, dis merci à Oscar et Flavio !

La vue de Marjane s'éclaircit et elle s'assit. Elle était trempée, sur une berge à côté d'une maisonnette, le visage couvert d'une substance nauséabonde. Deux petits barrages de métal étaient posés dans l'eau saumâtre, surmontés par un pont piétonnier en forme d'arc.

— Ben c'est pas commun de prendre son bain dans l'canal !

— Ouais, vous schlinguez la vase et la pisse, les enfants ! railla l'homme qui se tenait à côté de Marjane.

Il était roux, les cheveux emmêlés, en guenilles, et avait posé une bouteille de vin en plastique par terre. Son haleine empestait le mauvais alcool. Marjane retroussa le nez : entre le relent qui émanait d'elle et celui, âcre et fétide, du clochard qui lui souriait de sa face édentée, l'odeur était épouvantable.

— Merci à tous les deux, croassa Andras d'une voix éraillée. Vous venez de nous sauver la mise !

— De rien, mon gars ! Si on s'aide pas, à quoi ça sert qu'on soit des hommes, pas vrai ?

— Vrai. Quelle heure est-il ?

— Mon gars, c'est-à-dire qu'on n'a pas la Rolex, tel que tu nous vois, mais enfin, à vue de blase, je dirais 16 heures…

— Z'êtes sûrs que ça va aller ? demanda l'autre SDF, qui arborait une barbe de trente centimètres dans laquelle des aliments non identifiés s'accrochaient comme des boules sur un sapin de Noël crasseux.

— Pourriez-vous nous dire où nous sommes ? se risqua Andras.

— J'te l'dis, ce gars-là est un comique ! s'écria le roux en se frappant la cuisse des deux mains. T'es devant l'écluse du Temple, mon bonhomme, sur le canal Saint-Martin, quai de Jemmapes pour être précis !

Marjane tâtonna à la recherche de ses branchies. Elles étaient réduites à une série de fentes parallèles dissimulées derrière ses oreilles, petites cicatrices quasi indétectables. La douleur avait enfin disparu. Et ses crocs étaient restés en place malgré la panique ! Elle se calma et observa les alentours. Au-dessus d'elle, de hauts platanes dressaient leurs feuilles en forme de mains tendues.

Andras se releva péniblement. Lui aussi dégoulinait, les cheveux aplatis sur le crâne. Marjane saisit sa main, toussa une dernière fois, et se mit debout.

— Merci messieurs, dit-elle et sa voix paraissait bizarrement claire après son séjour sous l'eau.

Elle fit une révérence en souriant et Andras l'imita.

— Bien bonne journée à vous ! lança-t-il en entraînant Marjane par l'avant-bras.

Elle fit un dernier signe de la main aux deux clochards médusés.

21
LE CADEAU DE SOURA

Marjane avait craint des regards interrogateurs mais les passants blasés ne les remarquaient pas, malgré les flaques qu'ils laissaient sur le sol.

— Heureusement que l'eau s'évapore… grommela Andras. Sans ça, on nous suivrait à la trace.

Ils remontèrent la rue du Faubourg-du-Temple. Cette virée cataclysmique n'en finissait pas ! Marjane voulait rentrer dans sa petite chambre, se laver, être à l'abri avec Jack. Ses vêtements pesaient des tonnes et collaient à sa peau. Harassée, elle allongea ses foulées au maximum pour regagner leur antre au plus vite, l'œil sans cesse à l'affût. Elle scrutait les passants, les statues, tout.

Avec l'angoisse de croiser un ennemi, Paris perdait de son charme.

Ils arrivèrent en vue de la place de la République, éclatante de blancheur avec son imposante Marianne de neuf mètres de haut, son socle orné de lions gigantesques et d'autres statues colossales. Marjane se demanda avec horreur si ces géants étaient lithomorphes. Non, impossible, enfin, elle l'espérait ! Que se passerait-il si ces trucs déambulaient en plein Paris *by night* ?

Andras l'attira dans un escalier qui s'enfonçait sous terre.

— On va où ? s'étonna Marjane.

— Nous allons prendre le métro, ça nous évitera de traverser le 4e arrondissement. Les ninns ne raffolent pas de ce genre d'endroit, précisa Andras à voix basse.

Un souffle aux effluves de poubelle et de caoutchouc monta vers Marjane. Ah ça, le mythique métro n'était pas le terrain de jeu préféré des ninns ! Trop étroit, trop bondé, trop dégoûtant. En un mot, trop humain. Pas pour Marjane. Son besoin impérieux de rentrer diminua brusquement : c'était l'aventure ! Elle plongea dans la bouche de métro avec une face de conspiratrice, observa les guichets, les panneaux, les tourniquets. Les Parisiens affichaient des mines grises et désabusées, vissés à leurs téléphones, pressés d'aller là où ils allaient, faisant claquer leurs talons d'un air affairé, enfermés dans leur monde, un casque posé sur les oreilles.

Marjane, elle, avait envie de sautiller de joie.

— On a des tickets ?

— Non.

— Mais… s'indigna-t-elle.

Elle n'eut pas le temps de protester : Andras l'attrapa et la propulsa derrière un jeune homme qui venait de passer un tourniquet. Il se retourna, dévisagea Marjane, et lui adressa un grand sourire.

— Merci… minauda-t-elle.

— De rien, répondit le garçon.

Je parle à un humain, je parle à un humain, je parle à un humain ! se répétait en boucle Marjane qui se concentra pour effacer le sourire niais qui s'épanouissait sur sa figure. Si niais que le jeune homme s'était sauvé.

— Et si quelqu'un remarque qu'on n'a pas de ticket ? recommença-t-elle.

— Vous sortez vos crocs, tout le monde hurle et on profite de la panique générale pour se carapater, proposa Andras qui l'entraînait vers un panneau suspendu indiquant la ligne 3, direction Levallois.

Marjane l'examina, offusquée, et Andras réprima un sourire.

— Ne m'en veuillez pas, mademoiselle, j'ai eu ma dose de stress moi aussi, et j'ai besoin de décompresser. Disons que nous faisons le pari que nous ne serons pas contrôlés. Je sais que vous êtes tétanisée à l'idée de transgresser les règles, vous avez été élevée comme ça, mais on n'a pas le choix : je n'ai pas un centime sur moi et vous non plus. Je ne croyais pas que l'on s'éloignerait tant…

D'autres escaliers encore, des flaques douteuses au sol, un plafond qui suinte, et toujours cette odeur âcre. Enfin, ils remontèrent un tunnel de marches pour atteindre le quai sur lequel attendaient une trentaine de personnes.

— Vous pensiez qu'on sortirait où ? chuchota Marjane.

— Par où nous sommes entrés : au pied du plus vieil arbre de Paris.

Une rame dont le bruit de frein donnait la chair de poule entra dans la station. Fascinée, Marjane observa Andras soulever un loquet et faire coulisser les portes. Il y avait tellement d'humains ! Pourvu qu'elle ne perde pas le contrôle. Ne pas penser à ses crocs, ne pas penser au sang, à tout ce sang qui battait, si près, tout autour.

— Andras, quand on a été attaqués…

— Oui, à ce propos : ma dette s'allonge, sourit-il.

— Euh, ce n'est pas ce dont je voulais vous parler.

La rame était à moitié remplie. Ils trouvèrent deux places

libres et Andras se pencha vers Marjane au moment où la sonnerie retentissait.

— Vous les connaissiez ? Au square ?

Marjane secoua la tête.

— Ce qui me chagrine, continua Andras dans un souffle, c'est que je suis sûr qu'ils ne viennent pas de la Résidence.

— Pourquoi ?

Andras fit une sorte de grimace avant de continuer.

— Quand j'étais sur le point d'être éventré par le petit...

— Oui.

— Il m'a parlé. « Tu pourrais venir avec nous si tu le voulais, nous traitons bien les humains », m'a-t-il dit.

Un virage serré projeta Marjane sur la fenêtre et sa tête heurta la vitre. Une dame assise sur un strapontin l'observa d'un œil torve avant de replonger dans son livre.

— Bizarre... lâcha Marjane sans s'appesantir.

Elle prit une grande inspiration avant de poursuivre.

— Moi, je me suis retrouvée au corps à corps avec la rousse et le seul moyen que j'ai trouvé pour prendre le dessus a été de la...

Marjane fit le geste de mordre et ses dents claquèrent dans le vide. Andras acquiesça, l'air de dire : « Quand il faut, il faut. »

— J'ai vu la même chose que d'habitude : une couleur, et puis un de ces paysages dont je vous ai déjà parlé, lui glissa-t-elle à l'oreille, mais cette fois, la vision a duré et fourmillait de détails.

— Mmmh, l'encouragea Andras.

— Et ensuite, lorsque j'ai... *clac*... Sa Majesté-Majesté, mima-t-elle de nouveau, rebelote : un paysage net, comme si j'y étais.

Elle se remémora le lac, la tristesse qui en émanait. Tout

paraissait si réel ! Le métro ralentit et le majordome lui fit signe de descendre. Ils avaient une correspondance à Réaumur-Sébastopol. Marjane était fatiguée, son estomac criait famine, elle avait mal aux jambes.

— Et vous vous demandez ce que signifient ces images ?

Elle hocha la tête tandis qu'ils dévalaient à nouveau des escaliers, leurs vêtements collants ralentissant leurs mouvements.

— J'avoue que mes compétences en la matière sont pauvres, déplora Andras. Seriez-vous d'accord pour évoquer le problème avec Borvo ?

Marjane haussa les épaules.

L'autre métro arriva, et elle se laissa tomber sur un siège vide dans un bruit mouillé. La dame assise en face se leva d'un air dégoûté alors Andras prit sa place, et Marjane remarqua un morceau d'algue verdâtre qui dépassait de sa chemise froissée. Elle le lui enleva d'un geste solennel.

Ils avaient une dégaine, tous les deux…

Ils traversèrent des stations désertes où peu de gens descendaient. Le métro cahota et Marjane observa Andras à la dérobée. Depuis qu'elle s'était échappée de la Résidence et ne le quittait plus d'une semelle, elle envisageait son majordome d'une manière si différente ! Andras était un monde. Et la curiosité la dévorait.

Ils se levèrent à la station Saint-Michel. Sur le quai où de grandes affiches de femmes à demi nues s'étalaient, Marjane se jeta à l'eau.

— Andras, je peux vous demander quelque chose ?

— Bien sûr !

— Qu'est-ce que vous faisiez, avant ?

— J'étais au service de votre père.

— Mais encore avant ? Par exemple, comment connaissez-vous…

Marjane faillit dire « Soura » mais se retint. Une fois de plus. Elle eut envie de s'envoyer des fleurs (*Par Lothia, je me contrôle !*), mais y renonça. Se maîtriser était (ou devait être) l'essence des ninns.

— L'une des Sept… termina-t-elle comme si elle venait d'avaler un chewing-gum.

Andras sourit sans rien dire et Marjane crut qu'il ne voulait pas répondre. Une étrange sensation de vexation s'empara d'elle. Mais il fit craquer son gros cou et se rapprocha.

— Vous êtes sûre de vouloir savoir ?

— Oui ! chuchota-t-elle, enthousiaste.

Ils remontèrent la litanie de marches d'un pas traînant, et Marjane s'accrocha au bras d'Andras pour bien l'entendre.

— Je suis entré au service de votre père à l'âge de vingt et un ans.

Malgré l'odeur pestilentielle de leurs habits, Marjane ne le lâcha pas.

— À l'époque, j'étais un autre homme. D'ailleurs, je pensais être un homme mais je n'étais qu'un tout petit garçon se croyant fort. Mes parents s'étaient tués dans un accident de voiture, j'avais erré de famille d'accueil en famille d'accueil, et à dix-huit ans, enfin majeur, j'avais décidé de voler de mes propres ailes. Je volais au sens propre du terme puisque je me suis fait une spécialité du cambriolage.

Andras, voleur ? Et orphelin, comme elle ou presque. Marjane ne le quittait plus des yeux, elle ouvrait un coffre, un trésor mystérieux qui palpitait depuis longtemps près d'elle.

— Je savais à peine lire, j'avais été un piètre élève, mais

j'étais costaud et agile. J'escaladais à merveille les façades jusqu'aux étages élevés et mes pieds étaient faits pour adhérer aux toits de Paris !

Andras était plongé dans ses souvenirs. Il avait l'air d'éprouver une tendresse sans bornes pour le nigaud qu'il avait été.

— Vous voliez quoi ?

— Des bijoux, des choses faciles à transporter. J'entrais par effraction chez les gens, par les fenêtres, les vasistas, je raflais ce que je trouvais. J'allais vite. Et si vous voulez savoir, je dépensais tout !

Marjane eut un pincement au cœur quand ils arrivèrent devant les portes mais personne ne leur demanda leur ticket. Ils sortirent enfin de la station de métro et le tumulte de la ville les écrasa. Dans le ciel, des nuages sombres s'amoncelaient, pesants.

— Et alors ? le relança-t-elle.

— Un soir, sur les coups de 3 heures du matin, je suis entré dans un appartement cossu plein de promesses. Ce que je ne savais pas, c'est que la propriétaire était insomniaque. Elle appela la police sans que je m'en rende compte et j'entendis les sirènes au moment où je fourrais un collier de perles dans ma poche. C'est encore frais, là-dedans ! expliqua-t-il en se tapotant la tempe de l'index.

— Vous vous êtes fait prendre ?

— Non. Je me suis enfui par les toits, la police aux trousses, j'ai sauté d'immeuble en immeuble, paniqué, et dans ma précipitation, j'ai fini par me casser la figure, glisser et tomber du sixième étage.

— Vous seriez mort ! réagit Marjane après quelques secondes de sidération.

— J'aurais dû. Dans ma grande chance, j'ai atterri pile sur le faîte d'un arbre, dans la cour de… elle.

Marjane inspecta le visage empâté d'Andras, les premiers cheveux blancs sur son crâne, et ressentit un immense élan d'affection pour lui. Elle ralentit de manière imperceptible sa cadence : elle voulait écouter la suite avant d'entrer et ils n'étaient plus très loin de l'appartement.

— L'une des Sept me recueillit. Je crois que je l'amusais. Bref, sa petite communauté m'adopta. Ils n'avaient pas côtoyé d'humains depuis une éternité et me posaient mille questions. Moi, pareil.

— Vous n'aviez pas peur ?

— Quand j'ai ouvert les yeux après ma chute, que je me suis retrouvé face à cette galerie d'épouvantails (je les voyais comme ça, à l'époque), j'ai cru que j'étais en enfer !

— À votre place, j'aurais été foudroyée sur place. Les chimères, les hybrides, les tronches de traviole, les plumes, les poils, les bosses… C'est vrai : l'enfer ! rit Marjane.

— Avec eux, j'ai appris à relativiser. Je me prenais pour le roi du monde à gambader sur les toits mais ce monde était tout rabougri ! Il y en avait un autre, non, mille autres, à côté !

Il regarda Marjane avant de poursuivre.

— Elle m'apprit à lire, et au bout de quelques mois inoubliables, me confia à votre père.

Andras se tut, absorbé dans ses pensées, avant de lancer :

— Pas trop déçue, mademoiselle ?

— Par quoi ?

— Eh bien, d'apprendre que j'ai été un voyou, que je savais à peine lire.

— Au contraire, sourit-elle. Vous me bluffez !

Marjane était sincère. Elle admirait le cheminement d'Andras.

Ce dernier, quant à lui, sentit quelque chose d'infime se relâcher en lui. Comme une porte qui s'ouvre après avoir été trop longtemps fermée. Marjane ne le méprisait pas, tout en sachant qui il avait été.

Les premières gouttes, lourdes, s'écrasèrent sur le bitume. Ils se mirent à courir. Marjane, qui avait eu son content d'eau pour les vingt prochaines années, fut soulagée de se réfugier dans leur immeuble. Andras n'avait pas sa clef mais la porte s'ouvrit aussitôt. Marjane poussa un cri de stupeur en découvrant Drack, tout sourire.

— Ah ! On commençait à se faire du souci ! Tout va bien ?

Il s'approcha et avant que Marjane ait pu réagir, lui fit un baise main délicat. Elle retira sa main comme s'il la brûlait et se racla la gorge. Il était en jean, avec une chemise en lin très ouverte. Beau comme un dieu.

— Jack s'agite depuis au moins dix minutes. On l'a laissé là-haut par prudence, mais j'étais sûr qu'il t'avait repérée, Marjane !

— Tu as l'air de fort bonne humeur, remarqua Andras qui monta les escaliers sans s'éterniser.

— Oui, figurez-vous que j'ai ouvert au facteur, ce matin ! Le pauvre homme s'était perdu, trompé, que saisje, et il a tambouriné à la porte !

Marjane crut qu'on la frappait avec un bloc de glace.

— Et alors ? risqua-t-elle, effrayée.

Les yeux d'eau était d'un bleu pastel.

— Je ne l'ai pas mangé ! Il est reparti entier ! s'extasia

Drack, transpirant le bonheur. Quel progrès ! Une victoire sans pareille ! Nous allons fêter ça !

— Ah…

Ils atteignaient le palier du salon commun d'où des voix leur parvenaient. Borvo en sortit d'un coup, des Converse rouges aux pieds.

— Enfin ! soupira-t-il en leur serrant la main. Garu nous a raconté ce qui s'était passé, dit-il en baissant la voix.

— Pourquoi est-ce que tu te fais si discret ? l'interrogea Andras surpris.

— Parce qu'on n'est pas seuls.

— Entrez, entrez, on a une surprise pour vous ! chantonna Kereb comme s'il parlait dans un coussin.

— Un cadeau de Soura… précisa Drack.

Jack fit irruption de l'étage supérieur et se jeta sur Marjane, dérapant sur son épaule dans son empressement. Marjane lui fit quelques caresses, frotta le bout de son nez, et adressa une moue perplexe à Andras. Ce dernier haussa les épaules, et ils s'engouffrèrent dans le salon à la suite du druide.

Marjane se figea.

— Je savais que ça vous plairait ! glapit Kereb, qui trônait sur la cheminée, toujours pétrifié.

Le cadeau était de taille.

Au milieu du salon rococo, ligoté sur une chaise dorée, il y avait Mats.

22
FEU CROISÉ

— Salut, Marje… lança Mats. Tu as l'air en forme, tu sors d'une soirée déguisée ?

Ses poignets étaient liés dans son dos, des cordes comprimaient son torse, il avait un bleu sur la pommette droite et une arcade sourcilière fendue. Une barbe naissait sur ses joues pâles.

— Marje ? Depuis quand tu m'appelles comme ça ? cracha Marjane, qui tremblait sous le choc. Qu'est-ce que tu fous là ? Qu'est-ce qu'il fout là ? ! renchérit-elle à la cantonade.

Il l'avait trouvée ! Il avait suivi sa piste jusqu'ici !

Mats était le premier visage familier qu'elle croisait depuis sa fuite de la Résidence – visage qui, soit dit en passant, était étrangement lumineux, doux, en un mot, beau… Aaaah ! Mais non ! Elle devait le haïr ! Ce frimeur, cet abruti qui la regardait avec ses yeux noirs ! Elle eut envie de profiter de sa faiblesse pour le frapper. Puis craignit soudain qu'on ne lui fasse du mal. Mats était vulnérable sur sa chaise rutilante.

— Soura l'a trouvé cette nuit en train de fouiner chez

elle… résuma Borvo. Garu nous l'a amené, ficelé comme un rôti calé sur son épaule.

— Un voyage éprouvant… marmonna Mats.

— Qu'est-ce que tu fabriquais chez Soura ? gronda Andras.

Il avait le teint cramoisi, les poings serrés. Et tutoyait Mats, preuve qu'il était au-delà de la fureur.

— Je vous cherchais, rétorqua Mats qui essaya de se redresser.

Pas moyen, il était trop saucissonné.

— De mieux en mieux ! s'agita Marjane. Comment tu nous as retrouvés ? C'est ta mère qui t'envoie ? Ou tu as prévu de lui faire une surprise ?

— Au cas où tu n'aurais pas remarqué, je suis plutôt mal barré pour ça… Et non, ce n'est pas elle. Je te rappelle que je t'ai prévenue. C'est moi qui t'ai sauvé la mise, le jour où elle t'a flanqué cinquante gardes aux trousses !

— Si tu es venu réclamer des fleurs, tu t'es trompé d'adresse ! s'énerva Marjane sans laisser Andras en placer une.

— Tu le fais exprès ou tu es vraiment la fille la plus idiote que j'aie jamais rencontrée ? répliqua Mats.

— Mais regarde-toi ! cria Marjane. Tu veux une médaille ? Si ça se trouve, tu as été suivi ! Tu joues à quoi, à la fin ?

Et sous l'émotion, ses crocs sortirent.

— Voilà ! Bravo ! hurla-t-elle, en s'agitant si bien que Drack et Borvo reculèrent, sidérés. Mais c'est quoi ton problème ?

— Tu veux que je te dise ? s'emporta Mats, haussant le ton à son tour. Je me pose la même question ! Pourquoi je prends des risques alors que tu es si *insupportable* !

Et ses crocs firent irruption, eux aussi, événement beaucoup plus inattendu.

— Il y a de l'électricité dans l'air, les mioches ! jacassa Kereb de sa voix étouffée.

— Toi, l'angelot, si tu continues, éructa Marjane, choquée par la vision des crocs de Mats, je te balance contre le mur !

— Ce serait bien la première fois ! railla Mats dont les crocs saillaient.

— Ferme-la, Mats, ferme-la !

— ON SE CALME ! brailla Borvo d'une voix de stentor.

— Qui est ce garçon ? Il la met dans tous ses états, non ? chuchota Drack à Andras et toute l'assemblée l'entendit.

Hors d'haleine, Mats et Marjane reprirent leur souffle. L'orage se déchaînait dehors, le vent soufflait en rafales, et la pluie cognait la fenêtre par vagues. Un coup de tonnerre explosa et un éclair zébra la pièce. Les crocs de Mats disparurent. Ceux de Marjane mirent plus de temps.

— Voilà qui est mieux, s'adoucit Borvo. Maintenant, dites-nous qui est cet énergumène qui n'a pas daigné se présenter.

— Mats Dambre, le fils de l'Édile, autrement dit, la progéniture du plus haut personnage de la Résidence, répondit Andras.

Kereb émit un petit sifflement admiratif.

— Pas mal !

Marjane lui lança un regard noir et inspira un grand coup. Lorsqu'elle se remit à parler, sa voix était plus calme, malgré une vibration qui resurgissait par intermittence.

— Comment as-tu trouvé Soura ?

Mats soupira.

— Je suis allé fouiller dans la chambre d'Andras et je suis tombé sur une carte qu'elle lui avait écrite.

Les mâchoires du majordome saillirent dangereusement et Marjane crut bon de lui tapoter le bras pour l'apaiser.

— C'est vrai qu'il nous a prévenus, Andras. Sans lui…

— Vous seriez en train de vous faire charcuter par le nouveau chef de la sécurité, Lev Abiad ! termina Mats.

— L'Édile a nommé un nouveau chef de la sécurité ? s'étonna Andras dont la curiosité chassa la colère. Qu'est devenu Zerguiev ?

— Après votre départ, elle est devenue folle et l'a renvoyé.

— Elle a toujours été folle, répliqua Marjane.

— Il n'y avait pas d'adresse sur la carte de Soura, releva Andras, faisant écho aux paroles de Mats.

— Je propose que l'on s'assoie ! lança Borvo qui, sans attendre, fit pivoter Mats face à la cheminée.

— Beau gosse, en prime ! ricana Kereb.

— Comment faites-vous pour le supporter ? déplora Marjane.

Elle se laissa tomber sur le canapé et remarqua enfin qu'elle était toujours dans sa tenue de bal : mouillée avec un léger parfum de vase… Elle aurait adoré creuser les coussins pour y disparaître.

— Alors ? Comment as-tu trouvé les lithomorphes ? s'impatienta Andras, debout près de Marjane.

Borvo lui tendit un verre de whisky et Andras l'avala cul sec devant Marjane médusée.

— Je suis tombé sur un passage secret à la bibliothèque…

Marjane et Andras échangèrent un coup d'œil.

— Quel genre de passage secret ? demanda Marjane.

— Le genre qui abrite l'histoire de la Résidence, celle des peuples parallèles de Paris, les comptes rendus des Consistoires depuis des siècles, ou les guerres primaires.

— C'est quoi, ça, les guerres primaires ? Tu es en train de tout inventer ?

Mats la dévisagea avec intensité et Marjane eut envie de se tortiller sur place tant ce regard la gênait. Elle parvint néanmoins à le soutenir… jusqu'au moment où son estomac gargouilla dans une plainte pathétique.

Mats esquissa un demi-sourire et Marjane entrevit de façon fugace le petit garçon avec lequel elle avait fait les quatre cents coups.

— Vous avez mangé depuis hier ? demanda Borvo.

— Non ! répondirent Andras et Marjane en chœur.

— Moi non plus, ce n'est pas merveilleux ? s'exclama Drack assis sur un fauteuil de velours, et qui faisait rouler une sphère d'eau entre ses doigts.

— Je m'en occupe, continuez !

Borvo se leva et courut à la cuisine.

— Je n'invente rien, reprit aussitôt Mats, soucieux de se justifier. Après des heures à feuilleter des registres, j'ai fini par tomber sur un gros bouquin qui parlait des lithomorphes. Un paragraphe mentionnait une décision du Consistoire à propos du domaine de Soura. Sous le patronage de ton père, d'ailleurs. Tu savais qu'il était ambassadeur ?

— Je l'ai appris il y a trois jours, souffla Marjane que ce mensonge continuait à blesser.

— Tu dois avoir quelque chose de très important à nous dire pour défier ta mère et prendre autant de risques ! asséna Andras qui avait définitivement adopté le tutoiement.

— Oui, à l'origine, il y a un autre truc.

Mats gesticula avec maladresse et Marjane s'entendit ronchonner :

— Vous voyez bien qu'il ne va pas se sauver, vous ne pouvez pas le détacher ?

Pourquoi avait-elle dit ça ?

Andras se leva et, avec lenteur, détacha Mats. Libéré de ses liens, ce dernier s'étira et se massa les poignets.

— Tu peux préciser ton histoire de guerres primaires ? se concentra Marjane, vexée que Jack, vraiment pas rancunier, quitte son épaule pour voler d'un coup d'aile réparée sur celle de Mats.

Ce dernier le papouilla sous le menton avant de reprendre.

— Sais-tu qu'on nous cache un nombre incalculable d'événements ?

— Tu parles de Jade et Astrid ?

Mats tiqua.

— Dis donc, tu es rudement bien informée pour une bannie !

— Quelqu'un peut m'expliquer ce qu'ils racontent ? intervint Drack qui n'en perdait pas une miette.

— Sais-tu ce que signifie la *manière* dont on les a trouvées, Marjane ? poursuivit Mats comme si Drack n'était pas là.

— Croc-man est sourd ? lança ce dernier à Andras.

La porte du salon valdingua et Borvo entra avec un plateau. Dessus, des œufs frits, du bacon, des fruits et des tartines avec un pot de café.

— Je vais m'évanouir de bonheur… confessa Marjane.

L'orage s'éloignait et une pluie fine tombait désormais.

Mats s'était approché de la cheminée et observait Kereb en tirant sur ses bras endoloris.

— Il est affreux ce chérubin ! C'est lui qui nous harcèle depuis tout à l'heure ?

Tout le monde explosa de rire, couvrant les insultes de Kereb, et l'atmosphère se détendit. Mats observa Marjane en train de s'empiffrer, ses cheveux gras collés et son improbable costume puant. Même comme ça, il la trouvait jolie. Merde, il trouvait Marjane de Beaune… *jolie* ? Il devait absolument sortir d'ici !

En attendant, lui aussi était affamé. Il voulut piquer une pêche sur le plateau mais Marjane lui envoya une tape rageuse sur le dos de la main. Puis elle leva les yeux au ciel et lui tendit un fruit mûr. Mats sourit, la gorge curieusement nouée, se sermonna intérieurement, et leur relata la signification des pyramides conflictuelles.

— Attends, tu veux dire qu'un clan étranger revendique le territoire parisien ? faillit s'étouffer Marjane. Et pour le faire savoir, ils tuent deux filles et en font de la déco sur le trottoir ?

— Oui.

— Et c'est pour ça que tu es venu ? Pour nous prévenir que des challengers meurtriers se baladent dans le coin ?

Mats acquiesça et Marjane l'examina avec plus d'attention. Sa silhouette haute et carrée, ses yeux inquisiteurs posés sur elle… Il avait trahi sa mère pour la prévenir une première fois. Il avait bravé la Résidence pour réitérer. Pour elle. Lui qui avait toujours été si odieux ! C'était surréaliste. Pourtant, il était calme, sûr de lui tandis qu'il terminait sa pêche, et Marjane eut l'intime conviction qu'il disait la vérité. Elle se tourna vers Andras, qui avait blêmi.

— On l'a échappé belle… souffla-t-il.

— Les ninns du square n'étaient pas envoyés par la Résidence, alors ? lâcha Borvo comme une grenade.

Mats faillit s'étrangler à son tour et se mit à tousser. Marjane enroula frénétiquement ses cheveux gras autour de ses doigts.

— Ils ont dû attaquer les solitaires dont nous a parlé Soura. Plusieurs ninns ont mystérieusement disparu, ajouta-t-elle à l'intention de Mats. Ça doit être une sorte de code. Ensuite, ils s'en prennent aux plus fragiles, les jeunes. S'ils continuent sur leur lancée et s'ils sont logiques, ils frapperont de plus en plus fort.

L'assemblée hocha la tête de concert.

— OK, ça craint. Mais quel rapport entre moi et des challengers ? Et que faisaient ces ninns au square ? Ils nous attendaient ou ils surveillaient le Vieil Arbre ?

— Je ne sais pas ce qu'est ce vieux tronc, mais j'ai un autre souci : l'attaque du Dôme et les challengers sont-ils liés ? renchérit Mats. C'était des hommes, pas des ninns ! Qu'est-ce que des humains viendraient faire là-dedans ?

L'estomac de Marjane se tordit.

— Savoir si ces dents-longues vous cherchaient ou surveillaient le Vieil Arbre est vital, intervint Drack. Si vos assaillants du square traquent les solitaires, Marjane doit être dans leur collimateur…

Un silence glacé accueillit sa conclusion. Voilà qu'elle était chassée par des renégats, maintenant ! Mais ils étaient tous malades !

— Vous êtes en sécurité, ici ?

Marjane faillit demander à Mats de quoi il se mêlait.

— Il faudrait qu'ils aient un sacré odorat pour nous retrouver, les rassura Borvo affalé dans un fauteuil rose bonbon.

Marjane grelottait. Elle aurait peut-être mieux fait de rester au fond de la Seine. Au moins, aucun ninn ne pouvait la trouver là. Non. Trop triste. Elle serait morte d'ennui.

— Merci, Mats, lâcha Andras.

Marjane le regarda, surprise.

— Merci d'être venu nous prévenir. Il s'agit de redoubler de prudence, désormais.

— L'humain qu'ils ont attrapé ce fameux soir, au Petit Hall… dit Marjane et sa voix se brisa.

Elle se racla la gorge.

— Qu'est-il devenu ?

— Mystère, répondit Mats. Rien n'a filtré.

Marjane prit une grande inspiration.

— J'imagine que tu sais ce qu'ils racontent, à la Résidence ?

— J'y vis, je te rappelle, et je ne suis pas miro. Difficile de rater ces centaines d'affiches. Mais n'importe quel abruti te connaissant de près ou de loin sait que c'est faux. Tu es inapte à être « hors-la-loi ».

— Pourtant, c'est ce que je suis devenue le jour où j'ai lancé un couteau dans l'avant-bras de ta mère !

— Tu crois que je n'ai jamais eu envie de le faire ? Voire pire ?

Marjane n'en revenait pas. Quand ils étaient enfants, leurs parents célibataires se voyaient très souvent et elle passait son temps avec Mats. Ils s'adoraient, se disaient tout et s'étaient juré de s'aimer jusqu'à la fin des temps. Marjane y croyait. Et puis un jour, Mats avait refusé de lui adresser la parole. Sa mère le lui avait interdit. Marjane avait cinq ans et n'avait jamais su pourquoi. Maintenant, il lui avouait qu'il détestait sa mère. Qui était-il vraiment, par Lothia ?

— Et l'autre truc ? Tu as dit qu'à l'origine, il y avait un autre truc, se risqua Marjane dont le cœur cognait un peu trop fort à son goût.

Pourquoi cognait-il autant, cet imbécile ?

— C'est compliqué à expliquer parce qu'en fait, je ne sais pas si ça a un rapport avec toi, mais j'ai fouillé dans le bureau de ma mère et j'ai trouvé un document daté du soir de ta fuite.

— Tu as l'air d'aimer fouiner… nota Drack.

— Lev a ordre de supprimer tous les « Gris », termina Mats qui mima les guillemets.

Borvo se frappa le front et se leva précipitamment.

— Je reviens ! tonitrua-t-il.

Drack le suivit du regard, interloqué.

— C'est quoi, ça, un Gris ? s'étonna Marjane qui n'avait pas prêté attention à leur petit manège.

— Aucune idée.

Drack ouvrit la bouche mais Andras le fusilla du regard avant d'intervenir.

— Merci pour l'information, je crois que celle-ci n'est pas primordiale, expliqua-t-il en attrapant un abricot.

Andras mentait et Marjane le démasqua sur-le-champ. Elle se tut pourtant, elle aussi.

— Comme vous voulez. Et maintenant ? fit Mats qui n'avait rien vu.

— Maintenant quoi ?

— Ben, je ne sais pas, je fais quoi ? Je suis prisonnier ? Vous allez m'éventrer ? Me vendre ? Je peux rentrer ? s'impatienta Mats qui commençait à fatiguer.

— Tu veux rentrer malgré tout ce que tu as appris ? s'indigna Marjane.

— Évidemment !

Il était bouché ou quoi ? Marjane cherchait une réplique salée à lui servir mais à sa grande surprise, Mats se mit à sourire.

— Tu préférerais que je reste avec toi ?

— Jamais de la vie ! cracha-t-elle.

— Dommage… la taquina-t-il. Réfléchis : ma mère ne remuera pas ciel et terre pour me retrouver, avantage non négligeable pour toi.

— Vrai, accorda Andras.

— Et je serai plus utile là-bas. Si je me débrouille pour retourner dans cette salle interdite, je pourrai dénicher d'autres infos sur les ninns qui nous défient, ou les Gris.

— Qu'est-ce qui t'arrivera si tu te fais prendre ?

— On aura une carpette en forme de beau gosse pour décorer le salon ! gloussa Kereb.

Mats leva un sourcil.

— Ma mère me mettra une fessée ? proposa-t-il.

— Il est légèrement prétentieux, non ? glissa Drack à Andras.

Marjane ne put s'empêcher de sourire à son tour.

— Oh, oui, Drack, c'est la personne la plus prétentieuse que je connaisse !

— Tu n'es pas beaucoup sortie de chez toi, répliqua Mats.

— Ça suffit ! intervint Andras. La cour de récré est terminée, les enfants.

Marjane se renfrogna et avala son dernier bout de pain. Elle avait l'impression d'avoir ingurgité un demi-mammouth.

— Si vous permettez, je vais donc prendre congé parce que ma mère doit sérieusement commencer à s'inquiéter, et nous ne voulons pas éveiller ses soupçons, n'est-ce pas ?

— Certes, non, convint Andras qui se déridait enfin.

— Marje, tu me raccompagnes ?

— Pas la peine, je me ferai un plaisir de te mettre à la porte, sourit Drack dont les dents étincelaient.

— C'est bon, j'y vais… soupira Marjane sans comprendre ce qui lui prenait.

— Si ça te coûte à ce point, je vais partir avec le surfeur ! bouda Mats.

Drack prit un air offusqué mais Marjane ne s'y attarda pas.

— Ne commence pas à faire ton cinéma, Mats. Pose Jack et dépêche-toi, le rabroua-t-elle, la plus détachée possible.

Elle se précipita sur le palier.

23
LUKA

Le regard de Mats pesa sur sa nuque tout au long de leur cavalcade.

Depuis combien de temps n'avait-elle pas été seule avec lui ? Douze ans. C'était facile avant, évident. Là, la tête lui tournait et ses paumes étaient moites. Elle voulut les essuyer sur son pantalon, se ravisa : trop immonde. Soudain, elle n'eut plus qu'une envie, prendre une douche.

Elle atteignit enfin le rez-de-chaussée, et un chuchotis, là-haut, l'avertit qu'Andras discutait ferme avec Drack et Kereb.

Mats sauta sur le sol derrière elle, et Marjane fonça droit sur la grande porte d'entrée.

— Tu es vraiment pressée de me voir partir, dis donc, constata-t-il, amer.

— Tu t'attendais à quoi ? Une rangée de pom-pom-girls et un gâteau en forme de…

Marjane ne poursuivit pas. Dans son esprit, l'image d'un gros gâteau s'était matérialisée et la scène du Petit Hall lui revint en pleine face. Les cris, le bruit sec des fusils-mitrailleurs, le verre qui explose.

Mats s'approcha d'elle.

— Écoute Marjane, je suis désolé pour ton père, murmura-t-il comme s'il avait lu dans ses pensées. Je n'ose pas imaginer le calvaire que ça a été de le perdre, et puis de devoir t'enfuir en laissant tout ce que tu avais derrière toi.

Marjane le dévisagea, surprise, s'aperçut qu'elle pleurait parce qu'elle le voyait flou. Elle ne lui connaissait pas cette voix. Une voix douce et enveloppante, tellement loin du petit ton condescendant habituel. Mats passa la main dans ses cheveux et ses boucles lourdes retombèrent sur son front, soulignant ses yeux ourlés de longs cils noirs. Marjane se reprit, sur la défensive.

— Tu peux ajouter la course, qui n'a pas contribué à m'aider.

— Je ne pensais pas que tu viendrais ! Tu étais enfermée chez toi depuis dix jours, comment voulais-tu que je sache qu'une course de corkans te sortirait de ton lit ?

— Si tu me connaissais, tu l'aurais su.

— Eh bien je ne te connais pas, voilà ! s'agaça-t-il.

— Et tu m'as vue débarquer donc tu t'es vengé ? Au détriment de Kiko ? Tu te rends compte comme c'est minable ?

Mats écarquilla des yeux hallucinés.

— De quoi tu parles ? Tu crois que c'est moi qui ai obligé Kiko à attaquer Jack ?

Au tour de Marjane de le fixer avec des yeux comme des châtaignes.

— Qui d'autre ?

— Mais je n'en ai aucune idée ! s'étrangla Mats. Kiko voulait à tout prix concourir en classe 5. Jamais je n'aurais eu l'idée de la mettre en danger, tu me prends pour qui ?

— Pour un monstre… souffla Marjane.

Une porte claqua. Andras venait de fermer celle du salon

rococo pour leur laisser un peu d'intimité, attention tout andrasienne.

Mats recula de quelques pas et s'adossa au mur. Il glissa ses grandes mains en bas de son dos et baissa la tête. Marjane arrivait à la hauteur de son torse.

— Cette course a été organisée parce que Kiko le voulait, je ne peux pas t'expliquer pourquoi, ni comment : je n'en sais rien. Mais c'est la vérité : petit à petit, elle m'a fait comprendre qu'elle voulait passer en classe 5. Chaque fois qu'on allait à l'entraînement, elle volait du côté des obstacles, les essayait dès la communion terminée, et restait là jusqu'à ce que je sois obligé d'aller la chercher. J'ai fini par proposer une course à ma mère. Et je ne l'ai pas fait de gaieté de cœur ! En plus, tu n'étais pas censée concourir et…

Il eut un geste brusque et se frotta l'oreille contre l'épaule, comme si son corps entier le démangeait.

— Je ne lui ai pas demandé de blesser Jack, Marjane. J'ai assisté impuissant à cet affrontement en demi-spectateur, comme toi, je n'ai pas réussi à l'en empêcher. Quant au reste…

— Elle va comment, Kiko ? éluda Marjane, subitement gelée.

— Elle ira bien mais elle a perdu un œil.

— Je suis désolée.

— Non, c'est moi qui suis désolé ! s'empressa de la couper Mats et tout dans son attitude disait sa sincérité : ses yeux agrandis, le bout de son pied qui frappait le sol d'un geste nerveux… Quand je t'ai vue à la course, j'aurais dû me douter que tu n'étais pas au courant, pour la classe 5, j'aurais dû intervenir.

Il se tut, visiblement bouleversé, passa une main sur son

visage las, et plongea les yeux dans ceux de Marjane. Ses joues creuses se couvraient d'une barbe drue sous laquelle on distinguait encore sa peau pâle et sa fossette. Il portait une chemise en lin bleu nuit. Sa poitrine se soulevait régulièrement, sur un rythme rapide, trop rapide, et Marjane devinait son torse, dessous. Elle ferma les yeux pour se couper de lui, le faire disparaître, le chasser, mais Mats était toujours là. Même paupières closes, elle percevait sa présence, comme un feu doux et chaud qui brûlait tout près, rien que pour elle.

Elle fit un pas vers lui, et rouvrit les yeux.

L'air emprisonné entre eux était devenu électrique et vibrait, puissant. Mats ne bougeait plus, ne respirait plus. Plaqué contre le mur, il ne quittait pas Marjane du regard, un regard fiévreux, inquiet, nouveau, comme s'il n'y avait plus de masque, plus de faux-semblant. Ils étaient seuls, le monde s'était effacé pour leur laisser toute la place, et leurs deux corps résonnaient, se répondaient l'un l'autre, immenses, vivants. Une croûte épaisse s'était formée en travers de l'arcade sourcilière de Mats, et Marjane fit encore un pas vers lui, poussée par une envie irrépressible de s'approcher, de venir tout contre lui, de découvrir la couleur de son sang, s'il y avait un paysage…

Ses gencives la picotèrent et elle s'immobilisa, déboussolée. On parlait de Mats ! Les humiliations, les petits mots rabaissants, les bousculades. Oui, il s'était comporté comme un monstre, elle revendiquait le terme ! Et maintenant, il était là, presque tendre… Elle recula, luttant contre son corps qui l'attirait vers lui comme un aimant, déchirée entre ses souvenirs et le présent, sa raison et le reste. Quel reste ?!

Elle ne pouvait pas baisser la garde. Elle ne le devait pas.

— Mats, pourquoi tu es venu ? Qu'est-ce que tu cherches, exactement ?

Il secoua la tête.

— Je ne sais pas, tout s'est enchaîné trop vite. Je crois que je voulais comprendre. Et savoir où tu étais.

Marjane le laissa continuer.

— Ensuite, je suis arrivé chez Soura.

— Qu'est-ce qui s'est passé chez Soura ? Ils t'ont fait mal ?

— Non.

— Alors quoi ?

Mats pinça les lèvres et sa fossette se creusa sur sa joue droite. Marjane avait le souvenir de déjà la contempler, à l'époque où ils ne se quittaient pas.

— Rien, laisse tomber…

— Très bien.

Elle était éreintée.

Un silence embarrassé suivit.

Soudain, il se redressa, passa devant elle et saisit la poignée de la porte. Il se retourna si brusquement que Marjane faillit sursauter.

— Sois prudente !

Et il déposa un baiser rapide, léger, sur sa joue, là, tout près, si près de sa bouche… avant de disparaître.

Marjane resta clouée sur place, puis se laissa glisser jusqu'au carrelage froid pour reprendre ses esprits. Ses crocs étaient dehors. Depuis quand ?

On se calme. Il avait visé sa *joue*. Qu'est-ce qui lui prenait ? Et à lui ? Elle grignota un bout de l'ongle de son index. Mats lui faisait des cachotteries. Il était trop… gentil. Non : *bizarre*.

Elle effleura le coin de sa bouche du bout des doigts. Et exaspérée, s'asséna une claque mentale. Elle se releva et entreprit de grimper l'escalier pour rejoindre les autres, faisant rentrer ses crocs tant bien que mal.

Elle atteignit le palier quand son téléphone, resté dans sa chambre depuis son départ pour la Cité, sonna. Elle courut à l'étage supérieur et l'attrapa de justesse.

— Marje ?

Ashley sanglotait de l'autre côté.

— Oui ?

— Oh merci, merci, merci, j'ai dû te laisser trente-quatre messages, tu étais où ?

— Trop long à expliquer, qu'est-ce qui t'arrive ?

Andras passa la tête dans l'entrebâillement de la porte et Marjane articula un « Ash-ley » muet. Il s'apprêtait à repartir mais Marjane lui fit signe de rester.

— Mats a disparu.

Marjane faillit éclater de rire.

— Mais non, enfin !

— Je t'assure : sa mère a essayé de le joindre toute la nuit et toute la journée ! Il s'est volatilisé !

— Ashley, Mats n'a pas disparu.

Marjane consulta Andras du regard. Il hocha la tête.

— Je l'ai vu, je viens de le quitter, d'accord ?

— Tu te fous de moi ?

— Mais non ! Il a rendu visite à des amis et…

— Quels amis ?

— T'occupe, mais Mats va bien, il sera là avant le coucher du soleil. Tu gardes ça pour toi, hein ?

Marjane s'attendait à entendre Ashley pousser un soupir de soulagement mais il n'en fut rien.

— Et Luka ? répliqua-t-elle.

— Quoi ? Qu'est-ce qu'il a, Luka ?

— Il est avec toi ?

Cette fois, Marjane mit le haut-parleur pour qu'Andras puisse entendre la conversation.

— Non.

— Il devait venir à son entraînement ce matin, Maya et Merry l'attendaient pour monter une équipe car les courses de corkans vont être réformées. Enfin bref, on s'en fout, il n'est pas venu.

— Eh bien, il est Conseiller, il sort, il a des rendez-vous !

— Pas cette fois : son corkan est introuvable.

Marjane tressaillit. Un corkan ne désertait jamais la Résidence impunément. Repéré par des humains, il serait exécuté d'office.

Andras n'en perdait pas une miette.

— Et depuis ?

— Rien ! C'est le branle-bas de combat. Si Mats rentre, il a intérêt à bien choisir son chemin : ils ont posté des hommes sur les toits et condamné quatre portes sur cinq. Il faut un laissez-passer pour quitter la Résidence, tu te rends compte ! Et puis, ça s'agite dans tous les sens : l'Édile a annoncé hier que Lev était le nouveau chef de la sécurité. Il est en train d'organiser des patrouilles. Zerguiev ne sort plus de chez lui. Il paraît qu'on n'a pas vu ça depuis la Seconde Guerre mondiale !

— Merci de m'avoir prévenue, Ashley. Surtout, tu ne parles de moi à personne, c'est clair ? réitéra Marjane.

— Marje, Luka Danglas est venu me voir chez moi.

— Pour savoir où je suis ?

— Oui. Il… il m'a demandé, ou plutôt, *ordonné* de te

laisser un message : tu dois l'appeler car il peut t'aider, il est ton ami.

Marjane ne côtoyait le Conseiller que lors des courses et des entraînements. Ils ne parlaient jamais ensemble, ou seulement de sujets futiles. Après tout, elle n'était qu'une gamine.

— Il était assez proche de mon père ces derniers temps, réfléchit Marjane, je les ai vus plusieurs fois ensemble. Mais Luka est Conseiller, je le vois mal trahir Sofia Dambre pour me secourir.

— Il m'a…

Ashley hésita.

— Tu veux que je te dise ? souffla-t-elle. J'espère qu'il lui est arrivé quelque chose, je voulais qu'il disparaisse. Il m'a menacée, Marje. Il a dit qu'il pourrait me faire torturer pour que j'avoue où tu es.

Marjane ferma les yeux, submergée par la culpabilité. À cause d'elle, Ashley n'était plus en sécurité à la Résidence.

— Ta mère est au courant ?

— Évidemment. Enfin, je ne lui ai pas tout dit. Je n'ai pas envie qu'elle se brouille avec lui ou qu'elle s'attire des ennuis. Ça fait quarante ans qu'elle travaille pour Danglas.

— Merde, Ashley, pardon. Je… je suis vraiment désolée.

— L'Édile va faire un discours ce soir, esquiva Ashley, pressée de changer de sujet tant le stress lui donnait l'impression d'étouffer. Je t'appelle après ?

— Non. Je t'ai trop impliquée dans cette histoire, ne m'appelle plus, ne laisse plus de trace, moins tu me parles, moins ça craint pour toi.

— Il ne va pas me torturer tout de suite puisqu'il a

disparu ! argua Ashley, qui ne put s'empêcher de sourire après coup.

— On fait quand même une pause. Je ne veux plus que tu m'appelles. Tu oublies mon numéro.

Silence.

— Ashley, j'ai vu ce que l'Édile était capable de faire. Si elle ne me trouve pas, elle pourrait s'en prendre à toi.

Ashley frissonna.

— Je t'appelle après son discours, ou demain, allez, prends soin de toi !

Et Ashley raccrocha.

Marjane tenta d'enrayer l'angoisse qui la prenait à la gorge. Luka était-il encore vivant ? Les ninns étrangers étaient-ils en cause ? L'Édile ? Qui ? Elle se tourna vers Andras.

— C'est l'avalanche. Un déluge de mauvaises nouvelles. Quand est-ce que ça va s'arrêter ?

— Pas maintenant, j'en ai peur… répondit-il d'une voix grave.

— Comment ça ?

— Borvo vient de comprendre la pièce manquante du puzzle : il a réussi à déchiffrer le document de votre père.

Le cœur de Marjane eut un raté.

— Et alors ?

— Alors je vais vous préparer un grog. Nous irons nous asseoir dans le bureau du druide. Et Borvo nous racontera.

24
LA FEUILLE

Mats décida d'appeler sa mère à une centaine de mètres de la Résidence. Avant il n'osait pas : elle pourrait déceler sa confusion, l'émotion percerait forcément dans sa voix.

Il prit le temps de se calmer en remontant la rue des Deux-Ponts. L'orage passé, le sol exhalait une odeur de bitume mouillé et l'air avait fraîchi. Sur l'île Saint-Louis, il fit une pause et admira la Seine, accoudé au parapet de pierre du Pont-Marie. Un livre de la salle interdite mentionnait l'existence de « sybars ». OK, il avait rencontré des lithos, pourquoi pas des hommes-poissons ? Il resta un long moment à scruter l'eau sombre, mais les flots gris ne faisaient que refléter le ciel jaune et délavé de ce début de soirée. Rien de vivant là-dessous.

Mats repartit d'un pas alerte. Si des ninns défiaient le clan parisien, ils étaient soit inconscients, soit intelligents et chevronnés. Mats penchait plutôt pour la deuxième option. Toute sa vie, on lui avait rabâché que la communauté parisienne était puissante, respectée, inégalée. On lui avait menti : le clan avait essuyé des attaques, les ouvrages de la salle interdite regorgeaient d'exemples, tueries, disparitions.

Il devait se méfier de tout le monde, désormais. Même de sa mère. Surtout de sa mère. La violence de sa réaction prouvait que la situation était tout sauf anodine.

Il avança les narines au vent, son odorat comme seule alarme capable de le prévenir en cas de guet-apens, mais ne détecta aucun effluve suspect. Seulement l'arôme sucré des humains, auquel s'ajoutaient leurs émanations charnelles, la transpiration, les relents aigrelets de l'angoisse, de labeur, les vêtements mal séchés, le dégoût, le désir.

Les ninns, eux, avaient une odeur caractéristique de cannelle, et des accents ferreux qui rappelaient le goût du sang.

Pas Marjane. La sienne était singulière, mélange de fleurs blanches, de miel et d'épices, animale et douce à la fois. Mats serra les poings et faillit se mordre la langue pour se punir d'avoir pensé à elle, incapable d'endiguer la chaleur qui le brûlait de l'intérieur dès que le visage de Marjane s'imprimait devant ses rétines. Ses grands yeux noirs, ses pommettes hautes, le petit pli entre ses sourcils quand elle se concentrait ou qu'elle était fâchée… Stop. Il se reprit, s'obligea à détendre ses épaules.

Il avait le droit de penser à ce qu'il voulait. Soura avait été très claire.

Il se débattait comme un diable quand on l'avait amené à elle. Il était enragé et il y avait de quoi, devant cet antre peuplé de créatures plus absurdes les unes que les autres, de monstres qui rigolaient, jouaient aux fléchettes, grattouillaient des ukulélés ou écoutaient de la musique en sifflotant. Car lire la description succincte de certains spécimens, niché dans la tranquillité feutrée de la bibliothèque, était une chose, mais se retrouver face aux museaux, griffes, bosses et autres horreurs hilares en était une autre ! Mats avait perdu les pédales dès que les lions de pierre l'avaient alpagué de leur voix caverneuse. Garu avait été appelé à la rescousse et, il fallait l'avouer, l'avait maté en une poignée de secondes avant de l'attacher en pestant.

— C'est le défilé des ninns, en ce moment ! avait-il grommelé et aussitôt, Mats avait su qu'il était sur la bonne voie.

— Tu es qui, toi ? On te laisse sortir avec ton affreuse tronche ?

Pour réponse, il avait eu droit à un gros coup de bec sur l'arcade sourcilière. Mats avait protesté mais un coude sur la nuque avait achevé de l'assommer.

Il s'était réveillé dans une pièce étrange, au milieu d'arbustes, de terre, de fougères. Et il avait découvert Soura. Comment pouvait-on être si belle et si terrifiante ? Mats était allongé, la tête posée sur un rocher moussu près duquel un filet d'eau glougloutait. La femme-serpent avait tourné autour de lui sans un mot, sa peau lisse glissant sur les pierres comme sur du velours. Puis elle s'était installée dans un transat avec un livre qui dissimulait son visage. Elle n'avait pas prononcé un mot et paraissait s'être désintéressée de lui. Aussi, après avoir laissé errer son regard, Mats s'était-il concentré sur le livre. Le titre était : *L'histoire de Mats qui avait tout oublié.*

Il avait d'abord cru être victime d'une hallucination. Il avait plissé les yeux et cette fois, avait lu : *L'histoire de Mats qui croyait être libre.*

— C'est quoi ce bouquin ? avait-il murmuré, mal à l'aise.

Il était si ahuri que ses crocs l'avaient démangé. Soura n'avait pas répondu mais le titre s'était brouillé et retransformé : *Maman, j'ai fait une bêtise, pardon…*, *Mords-toi, mon fils, mords-toi car tu dois souffrir pour mieux te contrôler*, puis les lettres s'étaient à nouveau mélangées : *Tu dois être fort. La douleur t'aidera.*

Mats avait eu une suée. Exactement le genre de propos qu'aurait pu lui tenir sa mère, il y a bien longtemps, lorsqu'elle lui expliquait qu'il devait se maîtriser, être sa propre sentinelle. Il voulait quelque chose d'impossible ? Il devait se faire mal, faire refluer l'envie grâce à la souffrance. Il pensait à quelque chose qui le rendait faible ? Il devait se punir dès qu'il flanchait pour être solide, résistant. Mats avait obéi car il voulait être fort. Et qu'il avait cinq ans.

Voir ces mots écrits noir sur blanc, en dehors de la parole maternelle, leur conférait une nouvelle teinte, glauque et sévère.

Perverse.

— Qui êtes-vous ? Comment faites-vous ? Je suis drogué ?

Tu dois être fort, Être fort, ÊTRE FORT, avait répondu le livre.

— Arrêtez, s'il vous plaît… avait chuchoté Mats.

Soura avait abaissé son livre. Ses yeux étaient dorés et lumineux, on aurait dit deux petites lampes fendues par une pupille verticale.

— Tu es fort, jeune vampire ?

— Oui…

— Tu es sûr ?

Mats avait essayé de s'asseoir mais pas moyen.

— Ne remue pas comme un vermisseau, lui avait-elle intimé. Ça me donne faim.

Mats avait frémi malgré lui, s'était mordu la langue.

— Vous voulez m'avaler comme un boa ? l'avait-il provoquée.

Soura s'était redressée et avait agité le bout de sa queue écailleuse.

— Tu es fort, oui, un peu. Mais pas comme tu le crois. Tu connais Marjane ?

La question l'avait sidéré.

— C'est pour elle que tu es venu, non ?

— Non, avait-il débité et il s'était soudain rendu compte qu'il mentait.

— Tu te souviens de ce que ta mère t'a dit ? Le jour où elle t'a interdit de la voir ?

— C'est Marjane qui vous a raconté ça ?

— Tss, tss, vermisseau…

Mais disant cela, elle avait souri et quelque chose dans son sourire était si sincère, si vrai que Mats s'était détendu. Un peu.

— Fais un effort, vermisseau. Que s'est-il passé pour que tu arrêtes de jouer avec Marjane ?

— Quelle pipelette, celle-là ! avait grogné Mats.

— Tu crois vraiment que Marjane m'a parlé de toi ? Petit présomptueux ! avait gloussé Soura.

Mats avait aperçu sa langue fourchue.

— Alors comment savez-vous qu'on jouait ensemble, enfants ?

— Parce que ça suinte par chaque pore de ta peau, minuscule vermisseau, parce que tu te fourvoies : tu as cru être fort en te mordant la langue, mais tu n'es fort que si tu connais la vérité et si tu sais où tu veux aller, toi. Pas les autres. Toi. Ta route. Ta nécessité. Or ta route est tracée, même si elle est pavée d'inconnu. Elle est inscrite en lettres rouges sur ton front !

Mats était resté abasourdi.

— Regarde-toi : tu ne sais même pas pourquoi tu es là…

Soura s'était approchée tout près de son visage et Mats avait dû faire un effort incommensurable pour ne pas tressaillir ou tenter de reculer.

— Ce n'est pas ta raison qui t'a poussé ici, vermisseau, c'est ton instinct. Tu devrais cesser de l'étouffer, tu devrais affronter ta nature, tes désirs.

Mats avait la singulière impression qu'on venait de le tabasser avec une batte de base-ball. Non, *quinze* battes de base-ball.

— Vous êtes qui ? avait-il osé.

— Je suis l'une des sept Reines, avait proféré Soura.

La lumière au fond de ses yeux s'éteignait.

— Je suis lithomorphe depuis des siècles, j'ai vécu sur tous les continents. Et je sais lire dans ton cœur comme… dans un livre ouvert, avait-elle souri.

Mats dépassa un groupe de fillettes qui sautaient à l'élastique sur le trottoir. Il n'arrivait pas à se rappeler : pourquoi sa mère lui avait-elle interdit de jouer avec Marjane ? Il avait beau se creuser la tête, il n'en gardait aucun souvenir.

Il prit le quai des Célestins, s'engouffra dans la rue des Fauconniers et dégaina son téléphone. Sa mère décrocha au milieu de la première sonnerie.

— Tu es où ? Ça va ?

Mats avait rarement l'occasion d'entendre percer l'inquiétude dans la voix de Sofia Dambre.

— Oui, pourquoi ?

La voix redevint glaciale.

— Tu te fiches de moi ? Où étais-tu ?

— Tu veux vraiment le savoir ?

— Évidemment ! Je n'ai eu aucune nouvelle de la nuit ! Tu n'as pas entendu ton téléphone sonner ?

— J'étais avec une fille, une humaine… Je l'ai rencontrée dans un bar, hier soir.

Le silence à l'autre bout du fil prouva à Mats que sa stratégie avait fonctionné. Sa mère était toute-puissante, inquisitrice, mais incapable de s'aventurer au-delà d'une certaine limite. Celle d'imaginer son fils au lit, par exemple.

— Qu'est-ce qui se passe ? Tu as l'air de mauvaise humeur, enchaîna-t-il, naïf.

— Tu es loin ?

— Non, j'arrive à la porte Deux.

— Va à la porte Cinq, tu ne passeras nulle part ailleurs.

Sofia Dambre raccrocha.

Mats s'essuya le front d'un coup de manche, et accéléra. Une seule porte ouverte sur les cinq signifiait que la situation frôlait la crise. Il avait intérêt à en savoir plus, et vite.

* * *

Andras finissait de préparer le grog. Marjane le regarda verser le liquide fumant dans trois tasses, et prit le plateau sur lequel elles étaient posées. Andras voulut l'en empêcher.

— Vous pouvez m'ouvrir la porte ? Ce truc pèse trois tonnes…

Andras hésita puis s'exécuta. C'était la première fois que Marjane l'aidait dans une quelconque tâche ménagère.

Borvo était assis à son bureau. Derrière lui, un feu crépitait dans la cheminée, détail qui laissa Marjane perplexe : il ne servait à rien. Pire, il augmentait la température déjà passablement élevée dans la pièce encombrée. D'accord, il allait bientôt faire nuit, mais on était en juillet !

— Je pose ça où ? demanda-t-elle en désignant le plateau du menton.

— Là, ça fera l'affaire.

Borvo indiqua une table basse à moitié engloutie sous des feuilles et des coquillages tarabiscotés.

— Très pratique... se gaussa Andras qui doubla Marjane et écarta le tout pour l'empiler en un tas instable.

Sur un signe de Borvo, Marjane prit place dans un large fauteuil à bascule dont la paille tressée s'effilochait, et Andras s'assit sur un pouf d'une taille invraisemblable. Il régnait une atmosphère studieuse malgré le bazar ambiant : monceaux de livres, planisphères à moitié repliés, mappemondes, dictionnaires, instruments de mesure à l'aspect barbare. Des cartes du ciel mentionnaient les étoiles avec le nom des constellations en plusieurs langues et alphabets, ainsi que les cycles de la lune. Deux ordinateurs trônaient sur le bureau surchargé de Borvo, à côté d'un blaireau empaillé.

Le druide arborait sa tenue habituelle : chemise en lin grise, jean et sneakers fluo. Il traversa le bureau et tira sa chaise jusqu'à eux. Il tenait les trois feuilles trouvées dans la pochette scellée et un carnet de notes. Sa main était si grande que la feuille A4 y paraissait minuscule. Marjane voulut lui tendre un grog, s'aperçut qu'elle tremblait. La tasse déborda et le grog lui brûla la main.

— Merci Marjane, commença Borvo dont la voix grave était la plus douce possible. Bien ! La visite de ton copain Mats aura eu un effet inattendu !

Marjane leva un sourcil et examina Borvo. Il était sérieux et sa barbe châtain renforçait son air concentré.

— C'est-à-dire ?

— Il nous a apporté des éléments intéressants sur la

situation des tiens, mais il a aussi dénoué, sans le vouloir, le problème que je rencontrais concernant ces fichues feuilles ! J'y vais ? s'enquit Borvo.

Marjane était devant un mur, bandeau sur les yeux, prête à être fusillée. Néanmoins, elle opina.

— Comme l'avait pressenti Andras, ce document est rédigé en plusieurs langues. Et quelles langues, par le chêne !

— Borvo, un peu moins d'enthousiasme... fit observer Andras et Borvo fit une grimace pour s'excuser.

— Résoudre les énigmes est un grand plaisir et je perds de vue l'essen... hum, passons. Ton père a compilé plusieurs langues et alphabets pour rédiger ce document.

Tout en parlant, Borvo montrait des graphes et des mots qui ne ressemblaient à rien, privés de signification.

— Je ne vais pas entrer dans les détails, mais disons qu'on y trouve des lettres empruntées à l'adama, d'autres sont issues de la langue des sybars et des lithomorphes, du sanskrit et du grec ancien humains.

Marjane ouvrit de grands yeux.

— Votre père était un érudit, mademoiselle, souligna Andras. N'est pas ambassadeur qui veut.

— Je vois ça... bougonna Marjane.

Elle n'en doutait pas, mais une fois de plus, son père si raffiné ne ressemblait pas à un rat de bibliothèque. Certes, son bureau était tapissé de livres, d'encyclopédies, de grimoires, cependant Marjane n'avait jamais envisagé son père comme un savant. Plutôt comme un homme d'affaires, un politique. Il excellait dans des dizaines de langues humaines pour le plaisir, le jeu intellectuel.

Sa vision était candide, et erronée. Celle d'une petite fille, en somme.

— Maintenant, reprit Borvo, bien que certaines bribes

restent difficiles à traduire, j'ai réussi à dresser une ébauche de ce document. Veux-tu que je vous dise, *grosso modo*, à quoi correspondent ces colonnes ?

— Oui…

— C'est un journal de bord.

— Tu veux dire que mon père tenait un journal intime ?

Marjane avait du mal à se représenter son père comme un graphomane couchant ses angoisses sur des feuilles divisées en colonnes.

— Pas vraiment. Ce journal concerne quelqu'un d'autre.

Les poumons de Marjane s'étaient enfuis. Voilà pourquoi elle ne respirait plus. Les yeux brillants, Borvo se pencha en avant.

— C'est le journal d'une grossesse, Marjane, mois après mois : le poids, les mesures, et une multitude de notes sur l'état général de la… mère.

Marjane se tourna vers Andras, très ému lui aussi.

— Oui, mademoiselle. Nous parlons probablement de la grossesse de votre mère.

25
LE DISCOURS

Mats remontait une des artères enterrées vers la place de Lutèce. Il ne devait manquer le discours sous aucun prétexte.

Sofia Dambre avait failli ne pas gober son histoire, eu égard à son arcade sourcilière fendue et sa pommette encore rougie. Mats s'était érigé en défenseur d'une pauvre petite humaine qui se faisait agresser à la sortie d'un bar. Il avait dû fracasser de l'humain, et l'avait sauvée. Elle s'était montrée plus que reconnaissante… Il avait décrété devoir prendre une douche avec un sourire satisfait, et son petit air supérieur de jeune mâle qui a passé une nuit agitée avait fini par convaincre sa mère. Ouf.

Après l'avoir informé de la disparition du Conseiller Danglas, Sofia Dambre était repartie, aussi rassérénée que possible, et préparait son discours en compagnie des Conseillers et de Lev. Elle avait fait promettre à Mats de ne pas quitter la Résidence. Il avait obtempéré. Il avait d'autres projets.

Il dépassa plusieurs cafés. Les terrasses, d'habitude bruyantes et animées, étaient désertes. Les rares personnes attablées lisaient les journaux ou parlaient à voix basse.

La Résidence bruissait de conjectures, de secrets murmurés à l'oreille et de discussions confidentielles. Mats n'avait jamais connu une atmosphère aussi suspicieuse.

Quelqu'un lui empoigna le bras sans crier gare et il fit aussitôt volte-face. Un battement de cils plus tard, il avait le coude sur la gorge d'Ashley. Hallucinée par la rapidité de sa réaction, cette dernière en avait avalé son chewing-gum, et ses crocs avaient pointé.

— Enlève tes sales pattes de mon chemisier en soie… marmonna-t-elle entre ses dents serrées.

Mats lâcha Ashley et ils remontèrent l'artère ensemble. Le nombre de ninns augmentait à chaque minute.

— Je te cherchais. Tout va bien ? Tu étais où ? le pressa Ashley alors qu'ils passaient devant une affiche à moitié arrachée de Marjane dont la figure était bizarrement mutilée.

Mats la dévisagea.

— Tu as reçu un coup de fil ?

Ashley acquiesça.

— Il faut qu'on parle.

— Il faut surtout que tu la boucles, la brusqua Mats qui craignait qu'elle ne jacasse au milieu de la cohue de plus en plus dense.

Ashley se tut avant de reprendre.

— Tu vas au discours de môman ?

— Arrête.

— Elle va bien ? chuchota Ashley qui n'y tenait plus.

— Tais-toi !

Ils étaient tout proches de la place de Lutèce, désormais, et la foule était trop compacte pour qu'ils puissent espérer l'atteindre. Mats se glissa sur le côté et finit par déboucher sur un renfoncement. Un écran géant y avait été installé. Dessus, on distinguait une estrade sur laquelle des membres du Consistoire prenaient place.

— Restons ici.

Ashley tendit un chewing-gum à la fraise à Mats, qui déclina. Elle en prit deux et se mit à les mâcher comme si ça vie en dépendait, bras croisés. S'il croyait qu'il allait s'en sortir aussi facilement, il rêvait ! Elle voulait des nouvelles de Marjane ! Pourquoi, il l'avait vue, lui ? Ashley fulminait.

Le micro émit un larsen et Mats se concentra sur l'écran. L'Édile se tenait debout, sévère, les Conseillers assis derrière elle en rang d'oignons, avec Lev, tout à droite.

— Chers concitoyens, entama Sofia Dambre d'une voix ferme.

Le volume sonore des spectateurs diminua d'un coup.

— Une quantité de rumeurs ridicules circulent entre nos murs. Elles sont infondées mais dénotent une vive inquiétude. Il m'a donc paru essentiel de vous informer des faits réels les plus récents.

Quelques ninns toussèrent.

— Je ne vais pas vous mentir, l'événement est sans précédent.

Mats tendit l'oreille.

— Il semblerait qu'une poignée de ninns solitaires revendiquent un droit à l'autonomie sur *notre* territoire, appuya Sofia Dambre.

L'Édile sourit et l'assemblée découvrit ses longs crocs aiguisés. La foule se figea, hypnotisée.

— Oui, vous m'avez bien entendue : des ninns isolés, installés à Paris ou issus des campagnes alentour, essaient de nous effrayer et s'en prennent aux plus faibles : les jeunes !

Des rugissements de mécontentement explosèrent. Muet,

Mats observait sa mère débiter sa litanie de mensonges avec un aplomb bluffant.

Son monde s'écroulait.

Sa vie était à l'image de ce discours : une série de mirages qu'il avait pris pour argent comptant. Soura le lui avait laissé entendre. Et Mats sut qu'elle avait dit la vérité. Il s'était construit sur du vent.

Un souffle glacé l'enveloppa.

Il jeta un coup d'œil à Ashley : oubliant toute prudence, elle fusillait l'Édile du regard.

— L'enquête menée en interne après l'accident déplorable du Dôme a montré que Marjane de Beaune et Léon Zerguiev nous avaient trahis. Ils ont permis à des solitaires d'entrer et de perpétrer leurs méfaits.

Hululements de colère. L'Édile grogna et haussa le ton.

— Nous ne tolérerons pas de tels agissements au sein de notre communauté, qui doit demeurer forte et soudée ! Nous sommes ninns, nous n'avons peur de rien ni de personne !

Des acclamations noyèrent la fin de la phrase. Mats, lui, avait la chair de poule.

— Pour éradiquer cette vermine, j'ai nommé un nouveau chef de la sécurité.

Elle tendit une main ouverte vers Lev qui hocha la tête.

— Lev Abiad a sécurisé la Résidence. Il forme en ce moment des bataillons chargés de débusquer les isolés dans les plus brefs délais et de les éradiquer. Les plus aguerris d'entre vous peuvent se porter volontaires !

La rumeur enfla.

— Elle ne parle pas de Danglas ? glissa Ashley à Mats.

— Comment tu sais ça, toi ? rétorqua ce dernier à voix basse.

Un tonnerre d'applaudissements suivit, puis Lev se dirigea vers le micro de sa démarche si caractéristique. Sa voix s'éleva, douce et posée.

— Dès à présent, merci de noter que les lieux suivants seront fermés jusqu'à nouvel ordre : le café *Tue-mouche*, la Cinquième Cour, la bibliothèque…

Lev continua sa liste mais Mats n'écoutait plus.

La bibliothèque ? Ils interdisaient l'accès à la bibliothèque ? Avaient-ils remarqué qu'un intrus s'y était glissé ? Mats avait-il gaffé, laissé des traces ?

Pris d'une brusque impulsion, il saisit le bras d'Ashley et fendit l'attroupement à contresens. La comédie avait assez duré.

— Mais qu'est-ce que… protesta Ashley.

— Chut ! la rabroua-t-il. Il faut que je te parle.

26
JOURNAL DE BORD

Marjane pensa à Ashley : elle se tordait les mains quand elle était angoissée. C'est ce qu'elle aurait fait si elle avait été à sa place, là, dans ce grand rocking-chair déglingué où on venait de lui apprendre que son père avait tenu un journal. Le journal de la grossesse de sa mère qu'elle n'avait jamais connue. Et dont il n'avait *jamais* voulu lui parler.

Andras lui mit son grog dans les mains, et Jack fit irruption, le chuintement de ses ailes noires à peine perceptible. Il effectua un arc de cercle en frôlant les planisphères et se posa sur les genoux de Marjane. Le savoir près d'elle lui fit du bien.

— J'ai fini par comprendre ce qui me chiffonnait grâce à l'histoire de Mats, poursuivit Borvo. Tu sais, la note trouvée dans le bureau de l'Édile.

— Celle qui ordonnait de massacrer les « Gris » ?

— Voilà. Ce mot t'est inconnu, n'est-ce pas ?

— Jamais entendu… admit-elle.

— « Gris » est un terme usité dans la communauté parallèle pour désigner les bâtards.

Marjane le dévisagea. Ce que sous-entendait le druide était aberrant.

— Le fruit de l'union entre deux espèces distinctes, ajouta-t-il pour ne laisser aucune place au doute. Un ninn et une sybare, un génie et une humaine… tu vois ?

— Ça existe ? C'est possible ?

— Eh bien, les bâtards sont rarissimes, car la majorité d'entre eux meurent à la naissance ou in utero. Les caractéristiques des deux espèces sont trop difficiles à incarner, j'imagine. Mais il existe, comme partout, des exceptions.

Marjane eut brusquement envie d'air frais qui fouetterait son visage et l'aiderait à reprendre ses esprits.

— Je, je… haleta-t-elle sans pouvoir aller plus loin.

— J'ai très peur de ce que tu t'apprêtes à dire, lâcha Andras qui avait pâli. Tu es sûr de toi, Borvo ?

Le druide continua, imperturbable. Les faits et la connaissance jugulaient l'émotion.

— Oui. Des fragments du journal restent à déchiffrer, je n'ai pas la prétention de le clarifier en si peu de temps, mais j'ai réussi à en débroussailler les deux tiers. Notamment ce qui se rapporte aux chiffres, puisque ton père a utilisé un système de calcul d'origine lithomorphique, que je connais bien.

Marjane nota à quel point Andras était passé du blanc au rouge en quelques secondes.

— Je… Vas-y mollo, Borvo, d'accord ? dit-il, enroué.

Marjane but une gorgée de grog qui lui incendia le palais et la fit revenir sur Terre.

— Je vais le plus lentement possible mais ça ne va pas atténuer le propos ! répliqua Borvo. Marjane, reprit-il en pesant chaque mot, ton père a consigné les éléments essentiels de la grossesse sur neuf mois. Tu connais la période de gestation ninn ?

— Oui, cinq mois, répondit Marjane qui voyait maintenant des petites taches blanches danser partout devant elle.

— Celle des sybars est de treize mois, celle des génies varie entre quelques jours et des années. Et puis, il y a celle des humains…

— Neuf mois… croassa Marjane.

— Autrement dit, conclut Borvo sans lui laisser le temps de respirer, ta maman est, ou était, humaine. Tu es une Grise.

Deux crocs percèrent dans le silence atterré qui suivit.

— Ça va, mademoiselle ? s'informa Andras qui se décomposait.

Marjane était en train de vivre la plus immense tempête intérieure de sa vie. Les idées se fracassaient les unes contre les autres dans un désordre invraisemblable, les pensées tournoyaient, rebondissaient, et aucune ne faisait sens. Sa mère était identifiée, connue de son père, et elle était *humaine,* et il ne le lui avait jamais dit ! Encore un mensonge par omission et quel mensonge ! Pourquoi taire cette information, si importante ? Est-ce qu'il l'avait aimée ? Tuée ? Qu'était-elle devenue ? Tout était envisageable et son père n'était plus là pour lui raconter la vérité !

Malgré tout l'amour d'Andras et l'empathie de Borvo, le réconfort n'arriverait pas. Sur ce coup-là, elle était seule. Jack se leva et s'envola. Même lui le sentait.

— Je suis une Grise.

— Oui, et si l'on en croit Mats, ça pourrait expliquer le comportement de votre Édile, répondit Borvo. Cherchait-elle à mettre la main sur ce document précis ?

— Qu'est-ce que ça implique d'être une Grise, avec une mère humaine, en prime ? rétorqua Marjane, qui suivait le cours de ses pensées. Est-ce que je suis une moitié de ninn ? Une mauvaise ninn ? Je bois du sang, j'en ai besoin, un repas sec n'a pour moi aucun goût ! Qu'est-ce qu'il y a d'humain en moi ?

— Vous n'êtes pas non plus comme tout le monde, mademoiselle, intervint Andras. Vous avez du mal à vous contrôler, le sang vous dévoile des paysages. Ne paniquez pas, vos origines peuvent aussi être un atout, n'est-ce pas Borvo ?

Borvo secoua la tête.

— Je suis druide, je maîtrise la science des étoiles et des arbres, je suis spécialisé dans l'étude des lithomorphes, de leurs coutumes, de leur langue. Pas dans celle des ninns.

Marjane suffoquait. Subitement, son identité se délitait. Elle se perdait. Elle ne savait plus *qui* elle était. Livide, elle se tourna vers Andras.

— Nous sommes loin d'avoir tout résolu, mademoiselle, mais nous avançons… bégaya-t-il, sous le choc. Quand même, Borvo ça me paraît fou ! Tu es sûr ? !

— Désolé, mes conclusions sont indéniables, même si parfois, le tableau est imprécis.

— Comment ça ?

— J'extrapole, mais je me demande s'il n'y avait pas un deuxième bébé dans la Résidence. J'ai noté des dissemblances sur le poids, la taille, certains chiffres ne collent pas.

— Ça expliquerait pourquoi l'Édile a ordonné la destruction des Gris ! s'emballa Andras. Vous n'êtes pas seule, mademoiselle !

— Mais qui sont les autres ?

— La déduction logique, c'est qu'il y a au moins un autre Gris de ton âge dans la Résidence, laissa planer Borvo.

— Andras… Et si l'Édile avait fait entrer ces humains pour semer la confusion, mais que son objectif était de tuer mon père ? Elle a peut-être découvert qu'il a…

Marjane déglutit avant de reprendre.

— … qu'il a fauté avec une humaine ?

Andras pinça les lèvres.

— Elle aurait pu le faire disparaître lors d'un de ses déplacements, il y a mille manières ! Et puis, pourquoi maintenant ? Et quel rapport avec les ninns renégats ?

Marjane se leva et dans sa précipitation, renversa le plateau. Son contenu se répandit sur le sol. D'un geste nerveux, elle se frotta les cheveux. Elle avait envie de taper du pied, de casser les mappemondes, de brailler à s'en faire saigner la gorge, d'arracher les cartes, de tout flanquer par terre. La destruction, le foutoir, tout sauf cette implacable vérité, si absurde ! Marjane serra les poings. Elle n'était pas la personne qu'elle croyait être, n'appartenait pas au noble peuple des ninns. Elle n'avait plus à en respecter les coutumes ! Lothia, tout ça, c'était du pipeau ! Elle était une bâtarde, méprisée, reléguée dans la zone Grise, le *no man's land* où les êtres hybrides se parquaient. Pourquoi, mais pourquoi son père ne lui avait-il rien dit ? !

— Et ma mère ? Il n'y a pas un nom, une adresse, un renseignement qui permettrait de la retrouver ?

Elle tremblait, frissonnant de honte et de colère contre elle-même, son passé, son père, contre tous. Jack, du haut de la cheminée, gémit.

— Je ne crois pas, émit Borvo, prudent. C'est un document très sec, Marjane, sans fioritures, avec des remarques de type : « grandit bien ».

— Où mon père est-il allé chercher une humaine ? Pourquoi ne pas l'avoir amenée à la Résidence, au lieu de me séparer d'elle ? C'est dégueulasse ! Et évidemment, il n'est plus là pour s'expliquer ! Je le déteste ! hurla Marjane en furie.

Elle leva la main pour faire dégringoler une pile de bouquins à sa portée mais suspendit son geste.

On frappait à la porte.

— Vous êtes d'une discrétion à toute épreuve, susurra la voix chaleureuse de Drack, et je n'ai donc rien entendu. Je vous ai apporté des abricots. C'est bon, les abricots, non ? Moins goûteux qu'un triceps, mais on fait ce qu'on peut.

Quelques minutes plus tard, Drack examinait une carte du ciel et croquait un abricot pas mûr.

— Quel bazar… soupira Borvo.

— Oui, moi qui aime les lieux épurés, je suis servi, répliqua Drack.

— Je ne parle pas de ça, abruti ! rétorqua Borvo.

Marjane observait la scène comme si elle était confinée derrière une épaisse vitre.

— Résumons ! attaqua Drack.

Il se laissa tomber dans un fauteuil en velours violine qui grinça. Les flammes de la cheminée doraient sa peau et leur reflet donnait une lueur étrange à ses yeux translucides.

— Des humains ont tué le père de Marjane au cœur de la communauté ninn. L'Édile est entrée chez elle de force pour dérober on ne sait quoi. Le soir même, elle ordonnait la destruction des Gris. Or, Marjane est une Grise. Sa mère serait, ou aurait été, humaine – ce qui expliquerait, en passant, pourquoi j'étais si désorienté lorsque je l'ai rencontrée. Marjane soupçonne l'Édile d'avoir fait assassiner son père même si Andras n'est pas d'accord. Correct ?

— À peu près, grommela Marjane.

— De plus, d'autres ninns s'en prennent à la sacro-sainte Résidence censée repousser l'envahisseur d'une pichenette. Et un Conseiller a disparu.

— Parfait, dit à son tour Andras.

— Votre Édile, là, qui n'a pas l'air très élégante si vous voulez mon avis, elle n'aurait pas monté cette histoire de renégats de toutes pièces ? Afin de brouiller les pistes ?

— Je ne crois pas, soupira Andras. Le plus troublant n'est pas l'Édile, mais ces ninns. Leur offensive a-t-elle un rapport avec les Gris ? Comment seraient-ils au courant de l'ordonnance de l'Édile ?

Marjane, qui était en train de dessiner mentalement le motif du tapis persan sur lequel elle avait renversé son grog, leva les yeux.

— Conclusion qui nous ramène à notre idée première : les ninns renégats ont des alliés à l'intérieur de la Résidence. Des alliés assez puissants pour leur permettre d'enlever Luka Danglas. Pourquoi lui, d'ailleurs ? Qui pourrait lui en vouloir ? Il n'a pas d'enfants, il ne peut pas être le père de l'autre Gris !

— Qu'est-ce que c'est que cette histoire de paysages, au fait ? l'interrompit Borvo. Avec le sang, tout ça ? S'agit-il des paysages dont m'a parlé Andras ?

— On peut se concentrer ? répliqua Marjane, acerbe.

— Tu devrais manger un abricot, jolie Marjane, dit Drack, tu as l'air de très méchante humeur, or manger apaise.

Un silence pesant se posa sur la pièce, brisé par le

crépitement d'une bûche vaincue par les flammes. Borvo reprit la parole au bout d'une longue minute.

— Bon... Je vous propose quelque chose.

Marjane et Andras le scrutèrent. Ils avaient une tête d'enterrement, des poches sous les yeux, les épaules basses.

— Est-ce que rencontrer mon cercle druidique vous intéresserait ?

Le soleil se couchait et le ciel prenait une teinte gris orangé.

— Pour quoi faire ? demanda Marjane qui, décidément, avait perdu ses bonnes manières.

— Demain soir, je dois retrouver mon cercle druidique. Nous échangeons nos connaissances, les nouvelles, nous formons une corporation basée sur le savoir et l'enrichissement mutuel. L'un d'eux se penche plus particulièrement sur les ninns. Voudriez-vous m'accompagner ? Bien sûr, s'empressa-t-il d'ajouter, le mensonge est banni de nos réunions. Je devrai donc leur exposer la situation dans sa globalité, depuis le début. Si nous voulons mettre toutes les chances de notre côté, je ne dois rien négliger.

— Borvo, on ne peut pas sortir, remarqua Marjane.

— D'accord, mais sur le principe, qu'en dites-vous ?

Indécise, Marjane se tourna vers Andras.

— On m'a toujours dit que les druides étaient sages et instruits, mademoiselle, que leurs conseils dispensés avec parcimonie étaient bienveillants. Étant donné notre situation inextricable, j'aurais tendance à accepter. Cependant, je doute de l'accueil qui vous sera fait : je crois me souvenir que les ninns ne sont pas très appréciés des druides.

— Marjane est une Grise. Elle est à moitié humaine. Croyez-moi, ça change tout.

— D'accord mais il y a un hic, Borvo : nous sommes reclus ici, hors de question de passer outre ! objecta Andras.

— J'entends bien, mais il existe un moyen… sourit Borvo.

— Je peux venir ? demanda Drack qui avait englouti les trois kilos d'abricots.

Un bruit se fit entendre dans le salon rococo et Kereb déboula, battant frénétiquement de ses petites ailes, engoncé dans une robe en soie bleue.

— Hello, mes roudoudous ! J'ai raté quelque chose ?

27
LA RONDE

Blottie sous sa couette, Marjane ressassait ses souvenirs. Chaque mot de son père se parait de la puanteur du mensonge, chaque image heureuse s'estompait comme si elle avait eu lieu dans un monde ancien et perdu.

Pourquoi lui avoir caché la vérité ? Qu'est-ce qu'il avait dans la tête lorsqu'elle le suppliait, le soir, en chemise de nuit, les cheveux nattés : « Papa, s'il te plaît, j'ai une mère ? Dis-moi… Je ne suis pas née sur une branche, comme une cerise, pas vrai ? » Son père riait et caressait ses longs cheveux de jais, mais Marjane n'abdiquait pas. « Elle est où, ma mère ? Elle vit ici ? Elle est morte ? Tu peux me le dire, tu sais, même si c'est un secret. Je le garderai comme un trésor, je te promets que je ne pleurerai pas, s'il te plaît, papa… »

Voulait-il la protéger ? De quoi ? D'elle-même ? De cette déception abominable qui la dévastait depuis tout à l'heure ?

Ses repères s'effaçaient, ses certitudes s'évaporaient. Personne dans le silence opaque de la nuit pour lui expliquer, lui parler, la consoler. Il n'y avait qu'elle et son chagrin.

Même Jack dormait sur le dos, les pattes avant tendues vers un but invisible.

Non, elle n'était pas totalement seule. Car il y avait quelqu'un d'autre… Qui ? Ce bébé gris était-il encore vivant ? Si oui, il avait son âge, elle le connaissait forcément ! Elle passa en revue les élèves de sa classe. Aucun n'avait l'air humain. Mais elle non plus n'avait pas l'air humaine ! Pourvu que ce ne soit pas Jade ou Astrid…

Plus rien n'avait de sens. Que dirait Ashley quand elle apprendrait sa nature ? Aurait-elle sa figure dégoûtée, comme lorsqu'elle découvrait un trou dans son collant ? Dirait-elle : « On s'en fout, viens, j'ai trouvé une nouvelle mélodie » ? Mais Marjane ne la reverrait plus. À supposer qu'elle démasque l'Édile et soit lavée des accusations de traîtrise, elle ne retournerait pas à la Résidence. Cette histoire de Gris finirait par fuiter. Subir les regards, affronter les messes basses ? Jamais. Mats non plus ne saurait pas.

Marjane sortit de son état second.

Mats.

Mats et son demi-baiser. Elle l'avait presque oublié.

Sa bouche près de la sienne… cette demi-seconde revint la hanter. Elle se leva d'un bond et alla se passer de l'eau froide sur la figure. Et voilà, il était 3 h 30 du matin et Morphée avait déclaré forfait.

Immobile dans le noir, le front collé à la fenêtre froide, Marjane se remémora les longs cils de Mats, son sourire en coin… Pouvait-il la haïr pendant douze ans sans raison apparente, et débarquer un jour comme si de rien n'était ? Pire : revenir et lui tournebouler la tête comme il le faisait maintenant ? !

Des nuits entières, enfant, elle avait pleuré. Pourquoi, du jour au lendemain, avait-il coupé les ponts ? Puis il était devenu méchant. Aujourd'hui, il réapparaissait. Et elle ? Elle était de nouveau perdue !

La lune aux trois quarts pleine brillait dans le ciel orangé de Paris. Sans trouver de réponse, exténuée, Marjane finit par rejoindre son lit et s'endormir.

Jack la réveilla : il lui léchait le nez et enfonçait ses griffes dans ses cheveux détachés. Marjane s'extirpa de son demi-sommeil, prostrée. Elle voulait s'enfuir, mais Jack roucoula, agité, et s'envola vers la fenêtre dont le lourd rideau bouchait la vue. Il voulait qu'elle l'ouvre. Marjane se leva et manqua de se prendre les pieds dans sa chemise de nuit qui gisait sur le parquet.

Devant la fenêtre, assise bien sagement, il y avait Kiko.

Marjane se poussa pour laisser entrer la petite corkane. Qu'est-ce qu'elle faisait ici ? Les corkans ne voyageaient jamais en plein jour ! Elle craignit une seconde qu'il ne soit arrivé quelque chose à Mats, se ravisa : malgré son œil clos et recousu, Kiko paraissait sereine. Elle rejoignit Jack et ils batifolèrent, faisant des roulés-boulés dans la chambre, se reniflant, couinant, se frottant le museau. Ils étaient heureux de se retrouver.

— Calmez-vous… sourit Marjane.

Combien de temps avait-elle dormi ? Une belle journée touchait à sa fin, des oiseaux pépiaient au loin et le soleil avait répandu ses rayons depuis le matin, si bien que le toit en zinc exhalait une chaleur torride. Marjane avait dormi façon Blanche-Neige (à ceci près que son prince charmant avait des poils, des ailes et des moustaches…).

Elle tira complètement les rideaux pour laisser pénétrer la lumière paresseuse de la fin d'après-midi et courut se fourrer de nouveau sous la couette. Jack et Kiko se posèrent près d'elle.

Ils attendaient.

— Quoi ?

Kiko s'avança, roucoula, se retourna, bondit, s'assit, se lécha la patte, attendit encore.

— Je ne parle pas le corkan, Kiko… commença Marjane.

Puis elle leva les yeux au ciel, atterrée par sa lenteur d'esprit. Bien sûr que si, elle parlait le corkan ! Elle n'en avait juste pas le droit, mais qui irait moucharder ?

Sa décision prise, Marjane frappa son oreiller pour lui redonner du gonflant, le cala derrière son dos, et se tourna vers Jack qui patientait, ses yeux de nacre rivés à elle. Il fouetta l'air de sa queue d'os quand il comprit que sa maîtresse avait enfin saisi.

Marjane ferma les yeux et appela Jack pour une communion.

Sitôt qu'elle se fut fondue en lui, le bruit des voitures au loin devint plus fort, le bleu du ciel plus soutenu.

Jack s'étira et vint se frotter à Kiko, qui l'imita. Ils se tournèrent autour en poussant de petits cris joyeux. L'attirance de Jack pour Kiko était nette, Marjane percevait sa volonté de partir avec la femelle. Pourtant, il n'y cédait pas. La fenêtre était grande ouverte et il restait là. Kiko aussi. À quoi jouaient-ils, tous les deux ?

Jack continua à s'enrouler autour de Kiko, de plus en plus vite, Kiko s'enroulait autour de lui, le cœur pépiant, et les corkans accélèrent leur danse, imbriqués l'un dans l'autre comme deux parties d'un même tout.

Les contours de la chambre s'estompèrent et Marjane sombra dans un magma de couleurs indistinctes, sorte de tableau abstrait qui occupait tout l'espace. Les sons aussi se mélangeaient, comme si Jack entrait en transe et se déconnectait de la réalité.

Des bribes disparates finirent par se détacher de cet amas confus. D'abord des éclats de conversation houleuse, des soupirs, des rires.

Ashley, mains sur les hanches, sourcils froncés.

Elle se volatilisa aussi sec.

— *Marjane...* murmura une voix.

Marjane s'accrocha mentalement à Jack, tendue vers la voix.

— *Marjane...*

Mats.

L'évidence la frappa.

Kiko n'était pas seule. En ce moment, alors que la corkane tourbillonnait autour de Jack et que les deux corkans formaient cette toupie vivante, Kiko était en communion avec Mats. C'est *lui* qui lui avait demandé de venir jusqu'ici.

Les deux corkans pris dans leur ronde fulgurante abolissaient les frontières physiques. Leurs corps et leurs esprits s'enchevêtraient si bien qu'ils s'effaçaient pour laisser toute la place à leurs maîtres. Ils ouvraient un canal entre Marjane et Mats.

Marjane se concentra sans pouvoir contrôler la vibration qui s'emparait d'elle. Elle voulait aider Jack, se rapprocher de Mats. Elle s'enfonça dans la communion comme dans un tunnel noir, cernée par les ténèbres, et renonça à elle-même avec confiance. Elle n'existait plus, s'était dissoute en Jack.

L'image se précisa. Mats et Ashley étaient tapis dans un recoin sombre. Des platanes derrière eux, dont un affublé d'une petite cabane en bois, dissimulée entre ses branches. Marjane reconnut la Deuxième Cour.

— … es malade !

La voix d'Ashley était distordue, néanmoins, Marjane comprit que Mats lui dévoilait un souvenir, un message. Lequel ?

— … aider Marjane… solution… disait Mats.

— … bibliothèque… fermée… Garde… répliquait Ashley.

— … patrouille… salle interdite… nuit…

Le flux chaotique cessa et sa tête entra en fusion comme si elle allait exploser.

Un croc aiguisé lui mordilla l'oreille.

— *Marjane…* murmura Mats.

Marjane sourit malgré elle. Elle mélangeait tout : Kiko devait mordiller Jack. En étroite communion avec son corkan, elle fusionnait avec ses sensations. Non, elle se trompait. Sauf accident ou violence, les corkans ne se mordaient jamais pour marquer leur affection, ils se léchaient.

Les ninns, eux, se mordaient.

— *Marjane…* souffla Mats.

Sa voix n'était plus la même : elle était rauque, brusque. Un doux grondement sortit de la gorge de Marjane et celle de Mats résonna à l'unisson.

Marjane s'entendit respirer plus fort, et il n'y eut soudain plus de mot, de pensée, seulement un élan irrépressible, sublime, une vague qui déferla sur elle et la noya dans cette envie absolue de Mats, de se pencher sur son corps, le toucher, sentir sa peau chaude contre sa paume, laisser courir ses doigts sur son torse, le goût de son sang, attraper ses mains, le serrer, l'enlacer…

L'embrasser.

Le mordre.

Les couleurs emmêlées continuaient de consteller ses yeux clos, mais elles ralentirent, se figèrent, puis d'un seul coup s'éclaircirent jusqu'à se fondre en un blanc aveuglant qui balaya tout, une lumière si crue que Marjane étouffa un cri, irradiée de l'intérieur.

Mats était là. Tout près. Contre elle. Au milieu de ce flot de lumière, il plongeait ses yeux dans les siens, passait doucement ses pouces sur ses pommettes, les glissait sur ses joues, posait sa bouche sur son cou…

Le tableau éclata en mille morceaux.

Marjane se retrouva seule dans sa chambre.

Interrompus brutalement, Kiko et Jack se séparèrent et s'élancèrent à tire-d'aile vers l'armoire.

Marjane prit le temps de s'apaiser, consciente de ses bras qui tremblaient, mais pas de peur. De désir.

N'importe quoi ! Mais n'im-por-te-quoi ! Elle bondit hors du lit et décida d'oublier *dans la seconde* ce qui venait de se produire, à part les quelques mots imprimés dans sa mémoire. Bibliothèque, salle interdite, malade, Garde. Le message était clair : Mats et Ashley avaient décidé de visiter la salle interdite *ensemble*.

Que comptaient-ils y déterrer ?

28
RÉUNION AU SOMMET

Remise de ses émotions, Marjane prit une douche et sortit de sa chambre. Le couloir était calme, la porte de Drack fermée. Le parquet craqua sous ses pieds nus et une odeur de bacon frit lui titilla les narines. N'empêche, c'était dingue… Quelles surprises lui réservait encore Jack ? Se téléporter, avaler des clous, faire le poirier sur une patte ? La vision de son corkan jouant les équilibristes lui rendit le sourire. Était-ce pour cette raison que la Résidence prohibait les communions en dehors des entraînements ? *Évidemment…* Personne ne lui avait jamais expliqué la transmutation des corkans en médiateurs vivants ! Comment Mats avait-il découvert la chose ? *Ne plus penser à Mats, on avait dit !*

Marjane entra dans la cuisine. Préoccupée, elle s'avança vers Andras et lui claqua un baiser sonore sur la joue. Devant sa tête éberluée, elle se rendit compte de ce qu'elle venait de faire.

— Merci de m'avoir laissée dormir… sourit-elle pour se rattraper.

Elle se détourna pour prendre une poêle et cacher ses yeux écarquillés. Qu'est-ce qui lui avait pris ? Elle avait agi de la façon la plus naturelle du monde, comme si elle l'embrassait tous les matins ! En réalité, elle ne l'avait plus fait depuis que son père le lui avait interdit. Sous le regard d'aigle de son majordome qui s'était aussitôt ressaisi, Marjane prépara des œufs brouillés. Elle lui servit une assiette et la lui apporta elle-même. Andras s'abstint de tout commentaire sur le goût de brûlé.

Marjane n'avait pas le cœur à parler, et comme d'habitude, Andras l'intégra d'emblée. C'était l'évidence. Ils dînèrent en silence. La poche de sang était vide et le plat parut fade à Marjane, qui l'avala sans conviction. Bizarrement, les gestes triviaux l'obligeaient à sortir d'elle-même, à ne pas cogiter. Alors elle bouda le lave-vaisselle, et batailla pour récurer les assiettes avant de les passer à Andras qui les essuya.

Lui non plus n'avait pas beaucoup dormi. Le déchiffrage du document l'avait gravement perturbé et il avait passé une bonne partie de la nuit à ruminer. Comment Marcus de Beaune avait-il réussi à suivre la grossesse sans que personne soit au courant ? Avait-il tué la mère de Marjane après la naissance ? C'était l'hypothèse la plus probable. Andras n'avait aucune preuve mais il fréquentait la communauté ninn depuis assez longtemps pour connaître son vrai visage : une course permanente au pouvoir, un festival de luttes intestines pour une once d'influence. Bien entendu, ces comportements n'étaient pas l'apanage des vampires. Il avait trempé dans bon nombre de magouilles, d'arnaques avec les humains. Seulement voilà, pour l'intégrer, il fallait y être confronté. Marcus de Beaune était le héros de Marjane, son unique repère, celui pour lequel elle avait passé des heures à étudier l'âpre adama. Elle était terrorisée à l'idée de le décevoir.

Andras avait renoncé à sa vie pour se consacrer à elle, mais il ne pouvait rivaliser avec Marcus de Beaune. Désormais, il craignait d'être celui qui obligerait Marjane à affronter l'indicible vérité.

Ils accueillirent Kereb à la nuit tombée. L'angelot avait l'air tourmenté, il attrapa une ribambelle de fruits dans l'immense corbeille, se servit un verre de vin et repartit en marmonnant, toujours vêtu de sa robe bleue.

— Andras…

— Mademoiselle ?

— Vous étiez déjà à la Résidence quand je suis arrivée, n'est-ce pas ?

— Oui.

Marjane ne sut comment présenter la chose. Andras lui coupa l'herbe sous le pied (une fois de plus).

— Votre père revenait d'un séjour à Florence. Quand il a passé la porte de l'appartement, vous étiez dans ses bras, pas plus haute qu'un magnum de champagne. Et emmitouflée dans une couverture hideuse !

Andras sourit à l'évocation de ce souvenir.

— Je l'ai aidé à vous baigner, j'ai couru vous acheter vos premiers vêtements.

— Il n'a jamais dit… d'où je venais ?

— Il m'a expliqué vous avoir recueillie à la mort de vos parents, des isolés dont la cabane avait pris feu. Je n'avais pas le droit d'évoquer le sujet ni avec lui, ni avec vous. Et j'ai respecté ma parole car je tiens toujours mes promesses, insista-t-il devant l'air furibond de Marjane. Vous savez, votre origine ninn ne faisait aucun doute pour moi, ajouta-t-il. Vos petits crocs sortaient dès que vous aviez faim ou trop chaud, bref, à la moindre contrariété. Et je devais enfiler des gants de jardinage, au début, car vous essayiez tout le temps de me mordre.

Son père avait-il menti à son majordome, à tout le monde ? Quelqu'un connaissait-il la vérité ?

— Pensez-vous que… que si ma mère était, pensez-vous qu'elle pourrait être…

Marjane s'étrangla.

— … vivante ? termina Andras pour elle. Je ne crois pas qu'il soit raisonnable de l'espérer, déplora-t-il. Par ailleurs, nous n'avons aucune indication sur l'endroit où votre père l'a rencontrée.

Des larmes perlèrent dans les yeux agrandis de Marjane.

Andras gratta son cou de taureau. Il pouvait mentir, un peu, pour l'apaiser.

— Si vous le souhaitez, nous essaierons de la chercher. Mais notre priorité est de comprendre pourquoi votre père n'est plus là, et pourquoi l'Édile vous fait porter un vêtement bien trop large pour vos frêles épaules.

Marjane se remit à frotter la poêle dont le fond noirci formait une croûte compacte.

Quand Marjane, victorieuse (c'était bien la première fois de sa vie qu'elle astiquait un ustensile de cuisine), eut réussi à venir à bout de la poêle carbonisée, elle et Andras rejoignirent Drack et Borvo qui patientaient dans le salon rococo. Kereb avait étendu un plaid rose devant la cheminée et picorait des raisins en feuilletant un énorme livre de photos où trônaient des dizaines de statues. Il était très absorbé par sa lecture, prenait des notes avec un minuscule crayon à papier, lançait de temps à autre un grain de raisin en l'air, et renversait la tête en arrière pour le gober. L'un d'eux dut se coincer en chemin car le lithomorphe se redressa soudain et toussa, écarlate.

Borvo se leva et donna une tape dans son petit dos.

— Mâche donc au lieu de jouer les jongleurs de pacotille ! maugréa-t-il.

Le grain fut expulsé et atterrit dans la cheminée avec un bruit mat.

— Espèce de brute, tu as failli me casser les ailes avec ta grosse main ! lança Kereb, fulminant.

Il continua à tousser, au bord de l'apoplexie.

— De rien… répliqua Borvo en se levant. On y va ?

Drack quitta la peau de mouton sur laquelle il était étendu.

— Après vous…

— Et moi ? Vous allez encore me mettre sur la touche, c'est ça ?

Kereb était scandalisé.

— Mais non, le rassura Borvo. De toute façon, tu as du travail, non ?

— Oui, mais ce n'est pas une raison ! J'en ai marre de compter pour du beurre.

— Ne monte pas sur tes grands chevaux : j'ai besoin de toi pour monter la garde.

— La garde ? Mais contre quoi, bougre de tête de pelle ?

Borvo se redressa, poings sur les hanches. Avec sa tunique grise et sa grosse barbe, on aurait dit qu'il sortait d'un livre d'histoire.

— C'est ton rôle. Tu veux jouer un rôle oui ou non ? On a *besoin* de toi pour celui-là et pas un autre, tu entends ?

— Et je te confie Jack, tu sais qu'il m'est très précieux, renchérit Marjane.

— D'accord, se radoucit Kereb. Je monte la garde, je serai le Cerbère de ces lieux !

— C'est ça... soupira Borvo, et il fit signe aux autres de lui emboîter le pas.

Marjane, Andras et Drack furent invités à s'asseoir en cercle sur le tapis persan, devant la cheminée du druide. Pour l'occasion, Borvo avait poussé les fauteuils et dégagé une surface d'une dizaine de mètres carrés. Du coup, le reste de son bureau avait l'air ravagé par un ouragan. Une curieuse odeur de fleurs, sucrée et capiteuse, régnait dans la pièce.

Marjane s'assit face aux flammes qui dansaient.

— Tu n'éteins jamais ton feu ?

— Non, sourit Borvo, il m'est très utile.

Il consulta sa montre et se dirigea vers la paillasse sur laquelle fioles et alambics bouillonnaient.

— Bien ! Je présume qu'aucun de vous n'a jamais participé à ce genre d'événement ?

Trois têtes firent non de concert.

— Nous allons donc nous rencontrer dans un monde autre, un monde druidique, en quelque sorte.

Drack mit sa bouche en cul-de-poule.

— Tu vas nous lancer dans l'espace, ou quelque chose comme ça ?

— N'aie pas peur, le numéro du génie-canon n'est pas pour ce soir !

— Tant mieux, je n'ai pas mis mon costume.

— Pour atteindre l'état de conscience qui permet de franchir les limites matérielles de notre monde, nous devons ingurgiter une boisson, reprit Borvo, sérieux.

— Pourquoi m'as-tu invité ? fit Drack avec une moue

dubitative. J'en suis flatté, mais je ne suis pas particulièrement concerné !

— Parce que nous avons besoin d'énergie vitale pour voyager et qu'en tant que génie des eaux, tu en débordes.

— Exact, je suis un as de l'énergie vitale, susurra Drack en faisant claquer sa langue sur son palais.

Borvo exhiba une fiole au contenu vert pomme. Une fumée bleue s'en échappait en volutes indolentes.

— C'est ça, l'odeur ? demanda Andras, le nez froncé.

— Oui, le parfum du phicensia est très entêtant. Dans le cas présent, il est mélangé avec de nombreuses plantes.

— Ce n'est pas un poison, ce truc-là ? intervint Marjane, se rappelant subitement ses cours de botanique.

— Si, à haute dose, le phicensia est mortel. Mais avec parcimonie, et allié à d'autres composés, il ouvre les portes de l'invisible.

Marjane remua, mal à l'aise, tout à coup.

— Pas de langue de bois, Borvo, est-ce que nous risquons quelque chose ? s'enquit Andras.

— Un mal de tête et des nausées persistantes pendant quelques heures pour les plus fragiles.

Andras chercha le regard de Marjane qui haussa les épaules.

— Une fois là-bas, aucune règle stricte, à part écouter sans interrompre, expliqua Borvo tandis qu'il versait le contenu dans des verres transparents. C'est plus facile à dire qu'à faire, mais mes compagnons sauront prendre en compte votre inexpérience.

— Que savent-ils ?

— Que Marjane est une Grise et qu'elle cherche des réponses.

Borvo vérifia que le liquide atteignait la bonne hauteur, marquée par de petites encoches.

— Tes compagnons ont-ils des… pouvoirs ? se risqua Marjane.

— Ils ne liront pas tes pensées ou quoi que ce soit dans ce genre, la rassura le druide. Toutefois, ils sont observateurs, ingénieux, et suffisamment affûtés pour parvenir à des déductions troublantes. Ne soyez pas surpris.

— OK.

— Tu ne nous dis pas tout… nota Andras, soupçonneux.

— Notre confrérie est très secrète, confessa Borvo. Y être invité est un honneur. Je ne dois rien vous révéler. Vous apprendrez ce que vous avez à découvrir une fois sur place, d'accord ?

— Tant qu'il n'y a aucun piège, répliqua Andras avec calme.

Borvo s'avança et tendit un verre à chacun. Marjane faisait des efforts surhumains pour paraître décontractée mais elle avait l'impression qu'on lui avait enfoncé une éponge dans la gorge.

Borvo s'assit entre elle et Drack.

— Sitôt que nous aurons vidé le contenu de ces récipients, nous devrons nous donner la main. Le mieux est de ne jamais nous lâcher, d'accord ?

Le silence valut approbation.

Sans attendre, Borvo montra l'exemple, et vida son verre.

29
LES DRUIDES

— Il faudra quand même que tu m'expliques... murmura Ashley qui essayait de réfréner son appréhension grandissante.

— Quoi ? Comment j'ai trouvé cette salle ?

Mats l'entraîna le long du toit. Ils étaient habillés en noir et s'appliquaient à ramper entre les cheminées sans être vus.

— Tu bâches Marjane pendant plus de dix ans, et du jour au lendemain, tu décides de l'aider. Tu as conscience que c'est carrément louche ? grogna Ashley.

Son pied dérapa sur l'ardoise d'un toit trop lisse et Mats la rattrapa par la manche *in extremis.* L'image de son rêve, Marjane suspendue au-dessus du vide, passa de façon fugace dans son esprit.

Un peu plus tôt, il avait souhaité la prévenir, mais sa mère avait débarqué dans sa chambre sans crier gare. Heureusement, il l'avait sentie arriver à temps, et avait aussitôt cessé la communion avec Kiko. Sinon, on aurait assisté à un moment plutôt embarrassant ! Il revit Marjane à travers les yeux de la corkane, ses cheveux couleur de jais détachés en cascade, ses...

Il inspira un coup.

— Ça va ? demanda Ashley.

Elle avait perdu cinq litres sous chaque aisselle depuis leur départ, quarante minutes auparavant. Mais que diable allait-elle faire dans cette galère ? Ah oui, aider sa meilleure amie… Bah, au moins, ils avaient réussi à atteindre l'imposant toit de la bibliothèque.

— *Go !*

Ashley accéléra. Elle n'osait imaginer ce qui se passerait s'ils se faisaient prendre. Elle n'avait pas profité un instant de l'ascension ou de la vue. Elle n'avait qu'une hâte : rentrer se coucher et prétendre que rien ne s'était passé, surtout pas le braquage d'un bâtiment à l'accès interdit depuis la veille.

Mats tendit un doigt vers une lucarne.

— Alors ? insista Ashley. Marjane, tout ça, tu me réponds ?

— Je t'avais dit : pas de chewing-gums ! contre-attaqua Mats. Si on en retrouve un, notre visite sera signée !

— Comme si j'étais la seule !

— Pardon mais il n'y a que toi pour mâchouiller tes immondes machins à la fraise dans un moment pareil !

Ils atteignirent la petite fenêtre. Une couche de crasse séculaire la recouvrait, ce qui satisfit Mats : personne ne venait jamais ici. Il sortit un canif de sa poche et fit sauter le loquet sans difficulté. Il caressa Kiko et lui demanda mentalement de l'attendre sans se laisser voir. La corkane passa la langue sur son oreille et s'écarta.

— Tu es cambrioleur, à tes heures perdues ? chuchota Ashley.

— C'est pour entrer chez les filles… répliqua Mats qui voulait qu'elle la boucle. Maintenant, plus un mot !

Cinq minutes plus tard, il aidait Ashley à poser le pied sur un tapis de tommettes fissurées. Des cartons poussiéreux étaient empilés juste à côté d'une porte branlante à la peinture écaillée. Mats et Ashley se glissèrent sur le palier. Aucun bruit ne leur parvenait à part celui de leur respiration oppressée. Ils s'engouffrèrent dans un couloir sombre où pendaient des festons de toiles d'araignée.

Mats avait vérifié les abords de la bibliothèque avant d'élaborer son plan : les gardes avaient été postés en faction devant l'entrée principale et les fenêtres. Les ninns étaient agiles mais excellaient au sol, pas en cabrioles en plein ciel. Personne ne penserait à surveiller le toit de la bibliothèque. Mats avait donc opté pour cette voie-là.

L'étroit escalier conduisait à un nouveau couloir, qui débouchait sur l'escalier principal, celui qu'on empruntait depuis l'entrée. La porte d'où ils émergèrent était un trompe-l'œil encastré dans le mur. Mats l'entrouvrit avec mille précautions, et huma les environs. Personne. Il s'en extirpa, fit signe à Ashley, et tous deux grimpèrent jusqu'à la grande salle de lecture.

Ce n'est qu'après avoir refermé l'épaisse porte de la salle interdite que Mats soupira et autorisa Ashley à parler.

— Tu crois qu'il y a d'autres passages de ce genre, ici ? chuchota-t-elle, impressionnée.

— La Résidence doit en être truffée.

Ashley se redressa, reprenant un peu de couleurs, et désigna les différentes salles.

— C'est quoi ces annuaires ?

Mats la rattrapa par le bras.

— T'occupe. Ce sont des archives. Ce qui nous intéresse est par là, indiqua-t-il.

— Redis-moi ce qu'on cherche ?

— Des informations sur ce qu'on appelle les « Gris ». Et je ne t'ai pas dit, mais prépare-toi à un gros choc.

Ashley leva un sourcil et fit une bulle rose pâle qui claqua dans le silence.

— Après toi… sourit Mats.

Ashley pénétra dans la dernière salle et commença à déchiffrer la tranche des ouvrages. Son chewing-gum tomba par terre.

* * *

Marjane grimaça sous l'amertume de la boisson. Sitôt qu'elle l'eut avalée, elle serra la main d'Andras et la paluche de Borvo. Les yeux de Drack virèrent au bleu nuit et Marjane frissonna.

— C'est parti… murmura Borvo.

Une bourrasque fouetta les cheveux de Marjane, un chuchotis s'éleva, puis un voile chamarré surgit des murs et se déroula comme un long ruban. Marjane fut projetée dans une gigantesque aurore boréale. Des teintes chatoyantes l'entouraient, le voile lumineux dansait et sillonnait le bureau en larges vagues déferlantes. Verts, lilas, camaïeux de bleus se mêlaient, ondulaient, se chevauchaient.

Brusquement, le sol disparut et elle chavira. Autour d'elle, les couleurs se métamorphosaient en tons plus chauds : orangé, pourpre, rouge, jaune, doré, marron. Des étoiles scintillantes apparurent au loin, têtes d'épingles blanches clignotant au milieu de la débauche de couleurs, puis disparurent. Marjane voulut se tourner vers Andras mais en fut incapable : son corps était paralysé, comme maintenu par une force toute-puissante.

— Tout va bien… entendit-elle, et la voix de Borvo ne surgissait plus de sa gauche mais de partout à la fois.

Bientôt, une odeur de pin et d'humus envahit ses narines. Les multiples couleurs tournoyèrent, s'enchevêtrèrent une dernière fois, puis s'effilochèrent pour se dissoudre tout à fait.

Marjane pouvait de nouveau bouger et reprit son souffle : avait-elle respiré au moins une fois pendant ce drôle de trajet ?

Le sol était revenu, elle était assise en tailleur sur un lit de mousse, devant un large feu circonscrit par un cercle de pierres, posé au centre d'une clairière ouverte sur le ciel noir percé d'étoiles. L'odeur de la forêt imprégnait l'atmosphère, avec ses accents de feuilles mortes, de conifères et de champignons.

Malgré la bizarrerie de l'expérience, les crocs de Marjane étaient restés en place. Andras lui serra la main plus fort et Marjane lui répondit. Il souriait comme un enfant et son visage émerveillé finit de la rassurer.

Jusqu'alors trouble, le paysage prit de la consistance. Les arbres alentour étaient de hauts chênes centenaires. Ils dressaient vers le ciel leurs branches chargées de feuilles gorgées de sève. Derrière le rideau d'arbres, on devinait un sous-bois dense où une foule d'animaux nocturnes s'affairaient, en quête de nourriture.

Marjane remarqua enfin les trois hommes assis près de Drack. Ils arboraient sur l'avant-bras un tatouage identique à celui de Borvo : un chêne dont les racines se rejoignaient pour former une étoile. Ils firent un signe de tête amical, puis l'air grésilla et quatre silhouettes se matérialisèrent.

Deux hommes et deux femmes prirent place autour du foyer. Personne ne pipa mot mais Marjane capta le regard admiratif des deux femmes sur la plastique irréprochable de Drack, qui, fidèle à lui-même, assistait torse nu à la réunion. Le génie des eaux leva discrètement le nez, huma deux ou trois fois, et se pourlécha les lèvres. Marjane blêmit.

— Je plaisante, plaida-t-il. Les druides ont très mauvais goût.

Les compagnons de Borvo s'abîmaient dans la contemplation des braises ou de la myriade d'astres au-dessus d'eux. Trois autres, puis un dernier druide s'incarnèrent dans la foulée.

Le cercle parut complet : douze druides plus Marjane, Andras et Drack. L'homme qui se tenait à la droite d'Andras était âgé, voûté. Sa barbe touffue lui descendait jusqu'au nombril. Il prit la parole en premier.

— Par le chêne, bienvenue mes amis !

— Le chêne ne ploie que sous le joug des ans ! répondirent en chœur les druides.

Marjane se demanda si elle devait, elle aussi, marmonner cette étrange formule, mais un clin d'œil de Borvo l'en dissuada.

— C'est Eal, notre « ancien », précisa-t-il dans un murmure.

— Tu as la parole Borvo, puisque ta proposition a modifié notre rencontre. Je te laisse présenter tes amis, et ta problématique, déclara Eal.

Pendant que Borvo résumait fort bien les derniers événements, et abordait avec franchise le document trouvé dans le coffre de Marcus de Beaune et la menace des ninns challengers, Marjane examina les membres du cercle. Les hommes arboraient un look sobre et sportif (un seul portait une chemise rayée). Les quatre femmes, elles, étaient très différentes : petits hauts colorés, boucles d'oreilles, jeans ou salopettes. Elles auraient pu passer inaperçues n'importe où. Pourtant, elles étaient loin d'être « comme tout le monde ». L'une d'entre elles, toute jeune – à peu près l'âge de Marjane –, portait un sweat à capuche sur un t-shirt informe, un jean et des tongs. Ses cheveux frisés formaient une auréole moussue autour d'un visage à la peau ébène. Elle était magnifique, ses lèvres étaient pleines et ses pommettes bien dessinées. Elle dévisagea Marjane et des flammes parurent un instant émaner de ses prunelles noires. Pouvait-elle être druide, si jeune ? Quelle était l'étendue de son savoir ? Ces femmes dégageaient une telle paix, une assurance si magnétique ! Marjane avait l'impression d'être un poussin mouillé, à côté : inquiète de tout, aux aguets, fragile… Elle faisait pitié.

Une pression d'Andras sur sa main la ramena sur terre. Le vieux barbu avait repris la parole.

— Merci pour ce flot d'informations, qui alimentent nos recherches et nourrissent notre vigilance à l'égard du monde. Borvo a vu juste, nous avons parmi nous des spécialistes des ninns. Carxo n'a pu assister à notre réunion ce soir, il a donc envoyé son ogma.

— Apprenti… souffla Borvo. Son Référent est spécialiste des ninns.

Le vieux druide barbu se tourna vers la fille en sweat.

— Niskae ?

— Ma sœur, as-tu déjà croisé la route de Gris de la communauté ninn ? enchaîna Borvo sans perdre de temps.

— Jamais car ils sont bien trop rares, répondit-elle et sa voix était grave et posée. Mais j'ai étudié les livres.

— J'ai été amené à rencontrer un Gris, ajouta un homme d'une trentaine d'années, mince et roux, assis à l'opposé de Marjane. Il était fils d'une sybare et d'un génie des forêts.

Drack fit une mimique dégoûtée.

— Tu as quelque chose contre les Gris ? siffla Marjane, piquée.

— Non, j'ai quelque chose contre les génies des forêts… rétorqua-t-il.

— Autrement dit, Marjane, en mêlant nos savoirs, nous pourrons peut-être vous aider, conclut Niskae.

30
LES GRIS

— Je ne peux pas le croire ! ne cessait de répéter Ashley. Elle frôlait l'hystérie et s'agitait dans tous les sens en faisant danser ses cheveux blonds.

— Paris regorge de créatures et on n'est pas au courant ? Et tu les as vues ? Pire : Marjane est en coloc avec plein de ces trucs-là ? Génies, lithotrucs, et compagnie ? !

Mats se demanda si elle n'allait pas piquer une crise de nerfs.

— Tu veux l'aider oui ou non ? abrégea-t-il.

— Bien sûr mais laisse-moi digérer ! On dirait que je viens d'avaler un couscous sauce sang d'autruche pour trente personnes !

Mats ne tergiversa pas, il attrapa un gros volume qui portait la mention : *Anomalies – mythes et récits*, et s'assit à la table. Ashley ne l'entendait pas de cette oreille.

— C'est quoi, alors, ces Gris ? Tu peux m'expliquer, maintenant qu'on est censés déterrer des infos sur le sujet ? Pourquoi pas taupe, ou rose poudré, pendant qu'on y est ?

Mats leva le nez de son bouquin et la dévisagea, atterré.

— C'est une blague, abruti, je ne suis pas aussi décérébrée que j'en ai l'air... grogna Ashley.

— Aucune idée, c'est pour ça qu'on est là. Pour comprendre ce que ça veut dire, OK ?

Ashley attacha ses cheveux en queue de cheval pour être plus à l'aise et grimpa sur un escabeau. Perchée sur la plus haute marche, elle lut les titres à portée d'œil, hésitant entre l'énervement et la fascination.

— Allez, au boulot, la pressa Mats, on ne peut pas rester ici toute la nuit. Peut-être qu'ils font des rondes. On se laisse une heure et on décampe. Si Marjane est une Grise, il faut qu'on sache ce que ça signifie.

Mats avait noté la manière dont Andras avait éludé le sujet. Et s'était remémoré la visite du nouveau chef de la sécurité chez Marjane. Tout convergeait vers cette hypothèse : Marjane était une Grise.

Ashley soupira bruyamment.

— En plus, c'est écrit en adama… Je suis nulle en langue des ombres, c'est la matière qui a failli me faire rater mon Passage. Toutes les lettres se ressemblent !

Mats claqua des doigts et indiqua l'étagère d'un index autoritaire.

— Pour Marjane… soupira Ashley.

Elle piocha un ouvrage au hasard et sauta par terre.

* * *

Marjane n'avait jamais été aussi concentrée de sa vie. Ni le froid mordant, ni l'humidité qui montait du sol n'existaient. Elle n'était plus qu'une oreille.

Niskae lui avait demandé de lui raconter ce qui, d'après elle, la rendait différente des autres ninns. D'abord mal assurée, Marjane avait égrené la litanie de ses « spécificités » :

synesthésie, paysages étranges dont la précision s'affûtait avec le temps, difficulté de contrôle, impulsivité.

— Balèze en lancer de couteau, ça compte ? ajouta-t-elle.

— Tout compte, répondit la jeune femme de l'autre côté du feu.

Les druides l'écoutaient avec politesse, Andras acquiesçait en silence.

— Et… cette part d'humanité, continua Marjane. Elle empiète forcément sur mon euh, patrimoine ninn. C'est mathématique. Qu'est-ce que je perds ?

Un hibou hulula dans le tréfonds du sous-bois. Le vieux druide qui présidait l'assemblée releva la tête.

— Tu dois bien comprendre une chose, jeune Marjane : le métissage n'enlève rien.

— C'est-à-dire ?

— Tu es une ninn. Ce que tu viens de nous raconter le prouve : tu aimes le sang, tu mesures son impact, sa puissance et ses bienfaits. Tu as des crocs. Ta soif est réelle.

Marjane approuva.

— Ton humanité ne t'enlève rien, elle t'enrichit donc. Ta part humaine te crée certainement des soucis, par exemple, ta difficulté à contrôler tes émotions. C'est un travers très humain, sourit-il et le cercle des druides l'imita en hochant la tête.

Marjane ne voyait pas en quoi ce « travers » l'enrichissait. Et puis, les druides n'avaient pas l'air de faire grand cas de son… grisisme ? de sa grisitude ?

— Je sais, poursuivit-il, pas de super-pouvoir, ni d'atout majeur, tu te demandes si je ne délire pas.

Marjane voulut protester mais le vieux druide l'arrêta d'un geste.

— Tes doutes sont légitimes. Sache que si d'un point de vue extérieur tu as l'air anodine, tu es un être atypique.

— Vous pensez que la Résidence cherche à me supprimer à cause de ça ? Parce que je ne suis pas *comme il faut* ?

— Non, intervint l'homme roux.

— Kalia… chuchota Borvo.

— Vois-tu, continua Kalia avec un signe de tête qui prouvait qu'il avait entendu Borvo, les Gris ont pour réputation d'être des créatures douées de particularités.

— Les paysages ? s'enquit aussitôt Marjane.

— Peut-être, je ne suis pas le mieux placé pour répondre. Néanmoins, une chose est sûre : chez tous les peuples parallèles, les Gris effraient car ils transcendent les frontières, les genres, les communautés ; ils constituent des individus originaux à part entière. Ils développent des capacités propres, ne rentrent pas dans les cases.

Marjane ne voyait pas ce qui, dans sa personnalité, effraierait l'Édile au point de vouloir la faire assassiner.

— Il te faut savoir qui tu es.

Marjane se rembrunit. C'était tout ? Une supputation ridicule à la Spiderman (grands pouvoirs, grandes responsabilités, blablabla) ? Et aucun mode d'emploi pour les découvrir, en prime ?

— Quant aux ninns qui ont l'air de vouloir s'emparer de votre territoire, intervint un homme râblé aux cheveux noir de suie, je ne suis pas certain que cela ait un rapport.

— Certes, Aktor, rétorqua Borvo, mais la concomitance des événements est troublante : la chasse aux Gris, un territoire menacé… Le Pouvoir serait-il en cause ?

Marjane était perdue : de quel pouvoir Borvo parlait-il ? Celui des ninns, de la Résidence ? Elle essaya de trouver un quelconque indice sur les visages soudain inquiets qui l'entouraient.

— Borvo a raison, ajouta une femme aux longs cheveux châtains. Une activité anormale règne autour de Paris depuis quelques semaines.

— Comment ça, Zélie ? demanda Eal, dont la barbe tremblotait chaque fois qu'il parlait. Est-ce pour cette raison que tu nous as réunis ?

— Oui, il s'agit de l'objet principal de ma requête, répondit-elle.

Eal posa un doigt sur sa bouche et se tourna vers Borvo. Ce dernier soutint son regard de braise.

— Le chêne ne ploie que sous le joug des ans... Pas celui de la traîtrise et de la peur, répliqua Borvo, énigmatique.

Le vieillard sourit.

— C'est entendu, ils peuvent rester, décida-t-il.

Marjane observa Borvo à la dérobée. Le cercle allait aborder des thèmes confidentiels, et le druide aux sneakers fluo venait de plaider en leur faveur. Il ne la connaissait pas depuis longtemps, pourtant, il était sûr de lui ; il ne doutait pas une seconde de sa loyauté, ni de celle d'Andras ou de Drack. Il les accueillait à bras ouverts, prenant leur défense au sein de ce qu'il avait de plus cher : son cercle. Elle eut envie de lui sourire, un grand sourire franc et reconnaissant, mais elle n'en eut pas le temps, le barbu fit signe à Zélie de développer.

— Diverses créatures ont été aperçues aux abords de la capitale, dans des forêts, des bois, des parcs. Les meurtres humains sont en recrudescence, des nymphes ont disparu, des lithomorphes ont été attaqués.

Borvo se pencha sur Marjane.

— Zélie travaille en étroite collaboration avec les polices humaines mais pas que…

OK, c'était donc l'espionne du groupe.

— La zone d'activité est clairement circonscrite autour de la capitale. Nous sommes plusieurs à penser que le Pouvoir s'éveille, termina Zélie.

* * *

La tête posée sur sa paume, Ashley commençait à baver de fatigue sur son épais volume. Combien de ces annuaires avait-elle écumés ? Et tout paraissait si… fantasmagorique ! La galerie de créatures plus hallucinantes les unes que les autres tenait du mirage, elle n'arrivait pas à le *croire*. Elle feuilleta le onzième ou douzième au hasard et son regard fut attiré par un dessin. Il s'agissait d'un cristal taillé, gros comme une pastèque, et du plus bel effet. Elle parcourut les premiers mots, puis se mit à lire à voix haute.

— « Les recherches entamées aux XIVe et XVe siècles ont été infructueuses. Cependant, les ambassadeurs auprès des populations parallèles ont rapporté une convergence d'intérêt concernant ce que les lithomorphes appellent le Pouvoir des Sept, que les sybars baptisent le Pouvoir de l'onde, et que nous nommons l'Ancien Pouvoir. »

Mats avait redressé la tête, intéressé.

— Continue !

— « Quant aux humains, s'ils ne connaissent pas l'existence de ces légendes, ils savent du moins que les Gaulois auraient adulé des Dieux détenant un Pouvoir, mais sont aujourd'hui incapables de déterminer l'endroit précis où il réside, l'occupation romaine ayant tout effacé. Les archéologues contemporains persistent à faire des suppositions sur ce qu'ils appellent Lutèce et… » C'est quoi ce charabia ?

— Aucune idée, confessa Mats. Laisse tomber.

Il tourna quelques pages, lui aussi, et poussa un cri. Ashley bondit de sa chaise. Mats avait son index pointé sur une gravure en noir et blanc. Elle représentait un bébé mort-né, mi-humain… mi-arbre.

— C'est quoi cette horreur ? s'étrangla Ashley.

— « Gris trouvé dans la forêt d'Orient. Sa mère, ninn, fut exécutée pour avoir fauté avec un génie. »

Mats et Ashley se dévisagèrent.

— Merde… dit Ashley, la main sur la bouche.

C'est à cet instant précis qu'ils entendirent les bruits de pas.

* * *

— Mais les Gris n'ont rien à faire là-dedans ! renchérit Borvo.

— Non. Il s'agit d'événements distincts. Mais je devais vous informer de mes découvertes, et il me semble que l'attaque ninn mentionnée par Marjane corrobore la tendance générale, affirma Zélie.

Marjane s'efforçait (en vain) de démêler leurs propos énigmatiques. Borvo avait bien recommandé de ne pas intervenir sans y avoir été invité, aussi Marjane résista à la tentation. Mais honnêtement, c'était un supplice.

— Qu'en est-il des sybars ? demanda quelqu'un.

— Ils ne m'accueillent pas, tu le sais… rétorqua Zélie avec une moue.

Marjane frissonna à leur évocation. Ils l'avaient accueillie, elle, oh ça, oui !

De l'autre côté du foyer, Niskae l'observait.

— Pour en revenir à Marjane, qui a parcouru un long chemin pour nous consulter, je propose un jeu, dit-elle.

— Un jeu ? répéta Marjane.

— Oui, figure-toi qu'à bien y réfléchir, j'ai ma petite idée concernant ce que signifient ces fameux paysages. Mieux : je pense qu'il serait facile de vérifier mon hypothèse… sourit Niskae.

— Et la crypte ? intervint Andras, qui n'avait pas dit un mot depuis leur arrivée.

— La crypte ? s'enquit Eal, sourcils froncés.

Il se tourna vers Borvo pour obtenir des explications mais Andras reprit la parole.

— Pardon de m'immiscer de façon aussi abrupte dans votre discussion, mais nous cherchons une crypte mentionnée par des assaillants de la Résidence.

Niskae fit une grimace.

— La crypte ? Que voulez-vous faire là-dedans ?

Marjane se redressa, électrisée.

— Niskae, tu sais ce que c'est ? Où c'est ?

— Mais bien sûr ! C'est la honte des ninns, la raison pour laquelle les tiens sont si méprisés et haïs !

Marjane la dévisagea et Niskae reprit, vibrante de colère.

— La crypte, c'est leur garde-manger !

Un *garde-manger,* se répéta Marjane, abasourdie, un… *garde-manger* ?

Un oiseau s'enfuit à tire-d'aile, suivi par une nuée d'autres qui s'élevèrent en poussant des cris effrayés.

Les druides se redressèrent.

— Borvoooooooo ! cria une voix en panique qui semblait sortir du ciel.

— C'est Kereb ! s'exclama Borvo.

Niskae sauta au-dessus du feu et accourut vers Marjane.

— Borvooooooo ! Au secours !

L'ogma plongea la main dans une bourse attachée à sa ceinture, lança une poudre brillante sur la tête chevelue de Borvo et marmotta des paroles incompréhensibles. À peine l'incantation terminée, Marjane sentit son corps monter en flèche vers le ciel. Niskae s'était jetée sur le druide, accrochée à ses genoux tandis que tous se serraient la main aussi fort que possible pour ne pas se lâcher au milieu des turbulences.

Tabassée par une main invisible, Marjane fut catapultée dans tous les sens et le vacarme autour d'elle devint assourdissant. Rien à voir avec la douceur du voyage aller, elle allait mourir sous une pluie de coups ! Une nausée foudroyante lui souleva l'estomac, elle s'entendit gémir. Les couleurs défilaient à toute vitesse et la panique l'étreignit. Kereb hurlait comme si on l'égorgeait, et sa voix affolée résonnait partout. Un fracas invraisemblable tonna. Marjane crut que son bras droit s'était ouvert, que ses os en avaient été retirés, à vif, tant la douleur était aiguë, elle s'agrippa à Andras, épouvantée par la violence de ce retour, la tête à l'envers, sans toit ni terre, puis tomba lourdement sur le sol du bureau. Elle se mit à quatre pattes et vomit sur le tapis persan.

Déjà, Borvo la lâchait et courait hors du bureau, Niskae sur ses talons.

— NINNS ! beugla le druide. L'appartement est attaqué !

31
L'ASSAUT

Mats avait bondi pour éteindre la lumière.

Trop tard.

Des bruits de bottes claquèrent sur le sol, courant dans leur direction, et Ashley se serra contre lui, livide.

— Merde, merde… répéta-t-elle, incapable de se taire.

Un détachement de la Garde fit irruption devant eux, lames et lances au poing.

— Qu'est-ce que vous foutez là ? ! aboya le chef, reconnaissable à son insigne en forme de crocs planté sur le col de sa veste noire.

Mats le connaissait de vue. Les cheveux poivre et sel, le visage taillé au couteau et la démarche volontaire des soldats, il s'appelait Yuri.

— Vous venez de violer un lieu interdit et fermé par décret !

— Pas la peine de se mettre dans des états pareils, on s'est perdus, sourit Mats, très à l'aise.

Yuri plissa les yeux.

— Tu es le fils de l'Édile ?

— Oui.

— Attachez-les, je préviens Abiad ! ordonna Yuri qui dégaina un téléphone et s'isola dans le couloir.

— Je vais me faire tuer… marmonna Ashley entre ses dents.

Un des gardes lui attrapa les bras et les noua dans son dos.

— Aïeuh !

— Ta gueule ! répliqua-t-il et Ashley sentit les larmes monter.

Mats, lui, ne broncha pas quand on lui ficela les mains, malgré la douleur qui irradia quelques secondes dans son épaule. Il essaya de capter le regard d'Ashley pour lui signifier de ne pas s'affoler mais elle était aux abois et ne se maîtrisait plus.

— On n'a pas fait exprès, on n'est pas méchants, on voulait juste…

— … flirter dans un endroit original, la coupa Mats.

— Ah ouais ? répliqua Yuri qui venait de raccrocher. Et vous flirtez en lisant des bouquins, vous ? On y va, les gars, fouillez-les, embarquez leurs téléphones et tout ce qu'ils ont sur eux. Lev Abiad nous attend.

Il passa devant Mats et Ashley d'un pas vif.

— Vous êtes mal barrés, mes cocos !

Défaite, Ashley réprima un sanglot et se laissa traîner jusqu'à l'escalier.

Dehors, il n'y avait personne. La Résidence était déserte. Mats fronça les sourcils.

— Je parie que tu n'as même pas écouté le discours de ta mère ! s'amusa le chef de la Garde. Le chef de la sécurité a décrété le couvre-feu. Double faute, morveux.

Leurs pas résonnaient entre les bâtiments. Des affiches de

Marjane, cloquées par l'orage, se décollaient par endroits. Mats aperçut la silhouette de Kiko qui bondissait de toit en toit pour le suivre.

Après des détours et un coup sur la tempe, ils débouchèrent dans le petit bâtiment dédié à la Garde. Mats et Ashley furent poussés dans une pièce étroite. Lev y lisait un rapport, assis derrière un bureau sommaire. Il leva la tête, impassible.

— Très bien, Yuri, je les garde. Merci pour ta vigilance.

Mats reprit contenance. Il allait se faire sermonner et on n'en parlerait plus. Le chef d'escouade s'éclipsa et referma la porte derrière lui.

Lev leva ses yeux émeraude vers Mats et Ashley.

— Expliquez-vous.

Mats haussa les épaules, la tête sur le côté, enjôleur.

— C'est-à-dire qu'Ash et moi, on avait envie d'un coin tranquille tous les deux et on s'est dit que se glisser en douce dans la bibliothèque, ce serait marrant.

Lev le dévisagea sans broncher.

— Vous voyez, pour être tranquilles, quoi... insista Mats, avec un clin d'œil.

Ashley essaya de retenir les larmes qui menaçaient de monter à nouveau. Elle esquissa un sourire qu'elle espérait coquin. Le regard vide de Lev lui prouva qu'elle avait raté son coup.

— Et tu es là, à faire le mariole, certain que, comme tu es le fils de ta mère, il ne va rien t'arriver... répliqua Lev.

Mats tiqua et s'apprêta à protester avec nonchalance mais Lev l'en empêcha.

— Yuri m'a raconté, pour les livres. Tu mens.

Mats s'efforça de rester calme, malgré le ton tranchant du chef de la sécurité.

— Bon, OK, il y a quelque temps, j'ai entendu ma mère parler d'une salle secrète pleine de bouquins, et je me suis dit que ça pourrait être sympa d'aller y fouiner. Vous savez ce que c'est, on s'ennuie, l'été, à la Résidence !

— Tu mens… Encore.

Lev se tourna vers Ashley qui ne réussit pas à contrôler le tremblement de ses jambes. Elle avait l'impression d'avoir été enfermée dans un congélateur.

— Sais-tu où se cache Marjane de Beaune ?

— Quoi ? sursauta-t-elle. Non, je vous jure que non !

— Tu lui as parlé récemment ?

Ashley pinça les lèvres.

L'œil de Lev s'illumina pour la première fois. Yuri ouvrit la porte à la volée.

— Désolé, il y a urgence ! débita-t-il, surexcité. Le corkan… que nous recherchions, ajouta-t-il après avoir jeté un rapide coup d'œil à Mats et Ashley, vient de se poser dans la Septième Cour. Il est blessé.

Lev se leva et d'un geste, indiqua à Yuri de rester dans son bureau pour surveiller Mats et Ashley. Il disparut de sa démarche souple.

Ashley s'effondra, le dos appuyé au mur, et Yuri l'attrapa par le col comme un vulgaire sac de farine. Épouvantée, elle chercha Mats du regard, mais il était plongé dans ses pensées.

Il n'avait pas besoin de dessin. Le corkan de Luka Danglas était revenu. Il allait mener Lev à l'endroit où son maître était retenu prisonnier.

* * *

Les crocs dehors, Marjane s'essuya la bouche pendant qu'Andras la soulevait. Il la remit sur ses pieds.

— Ça va, mademoiselle ?

— Un garde-manger ! Vous avez entendu ? hoqueta-t-elle, alors que le bureau tanguait. Andras, c'est ce que je crois ? !

Drack venait de filer sur le palier derrière Borvo.

— Restez ici ! Cachez-vous ! intima Andras à Marjane.

Des cris éclatèrent, des grognements, un hurlement de douleur. Trop tard. Deux ninns et un humain, copies conformes des hommes en cagoule qui avaient fracassé le Dôme, firent irruption dans le bureau du druide.

Marjane fut clouée sur place par cette vision d'horreur. L'homme brandissait un fusil-mitrailleur, comme les assassins de son père.

Le premier ninn franchit le canapé d'un bond et s'étala sur une pile de livres qu'il n'avait pas vus. Andras saisit un tison rouge dans la cheminée et le lui enfonça dans le dos, puis il recula prestement jusqu'à la paillasse où il attrapa une fiole au hasard.

L'homme en noir leva son arme vers Marjane tétanisée… et son bras fut arraché dans un craquement visqueux. La tête de Drack surgit derrière lui.

— Oh, et puis zut ! s'exclama le génie et il mordit dans le bras avant même que la mitraillette ait touché terre.

Révulsée, Marjane se retourna pour voir Andras balancer le contenu des alambics sur le deuxième ninn. Un nuage de fumée verdâtre s'éleva mais le ninn continuait à avancer. Drack repartit en courant avec son bras. Du couloir émanaient des bruits de bois fracassé, des mots étranges, des éclairs. Marjane sauta sur le deuxième ninn, déjà sur

Andras, s'agrippa à lui comme un sac à dos et plongea ses crocs dans sa gorge.

Mais cette fois, elle ne laissa pas sa soif prendre le dessus.

Elle profita de l'effet de surprise pour glisser sa main sous son menton, occulta le paysage de roche noire qui surgissait, et lui tordit le cou dans un affreux craquement de vertèbres. Elle retomba, arracha un pied à une table basse et alors qu'un grondement sourd la faisait vibrer tout entière, elle enfonça son pieu de fortune dans le cœur du premier ninn qui continuait de gigoter par terre. Il s'évapora en un petit tas de cendres.

Andras la dévisagea en haletant.

— Merci ! murmura-t-il.

Marjane ramassa le tison et le pied de table. Elle regarda Andras sans le voir, et dans ses yeux fiévreux, l'affolement se mêla à une colère sans bornes.

— Tout le monde sait que le sang provient des hôpitaux, pas d'humains emprisonnés comme des bêtes ! Andras, je bois ce sang depuis toujours !

Une fumée dense et impénétrable envahissait l'immeuble. Marjane continua de gronder, les crocs dehors, en furie.

— Il ne vous a sûrement rien dit pour vous protéger, mademoiselle, répondit Andras que la férocité de Marjane commençait à inquiéter.

Un nouveau ninn fit irruption dans le bureau et enragée, elle courut vers lui, le percuta en pleine tête, lui tomba dessus et lui écrasa la figure avec le tison. Le ninn s'écroula.

— N'importe quoi, il ne savait pas !

Aveuglée, elle lança son pied dans les côtes et frappa.

— Mademoiselle…

— Ma mère est humaine, je suis à moitié humaine !

Un coup de pied dans les jambes, dans la tête, un autre encore pour évacuer sa fureur incontrôlable.

— Il n'était pas au courant, sinon, il aurait fait quelque chose, il l'aurait EMPÊCHÉ ! hurla-t-elle.

Marjane avait envie de tout fracasser et lorsqu'Andras lui attrapa le bras pour qu'elle cesse de cogner le vide, puisque le ninn était réduit en poussière depuis quelques secondes, elle leva son pied de table pour l'abattre sur lui.

Toutes ailes dehors, Jack surgit, feula, et heurta son poignet pour l'obliger à lâcher le pieu improvisé.

À travers le brouillard de plus en plus opaque, Marjane hébétée comprit enfin ce qu'elle s'apprêtait à faire.

— Andras… gémit-elle comme si on lui avait ouvert la gorge.

Il se baissa pour ramasser tison et pied de table. Marjane, elle, resta pétrifiée. Elle avait failli tuer Andras ! Une ombre se précipita sur elle et le majordome planta un vigoureux coup de tison dans la gorge d'un autre renégat.

Marjane reprit ses esprits.

— Andras… je… balbutia-t-elle tandis que Jack se perchait sur son épaule en roucoulant.

— Venez, répliqua-t-il d'une voix douce, nos amis ont besoin de nous et on pourrait être piégés. Restez avec moi.

Il attrapa sa main et quitta prudemment le bureau. Le bâtiment entier était imbibé des couleurs dégagées par le sang et Marjane se concentra pour les occulter, refouler l'avalanche de paysages qui prenaient forme sous ses yeux égarés. Ils avancèrent dans une épaisse purée de pois, à tâtons, la bouche sèche et la peur au ventre. Des cris étouffés leur parvinrent du dessus, puis un éclair vert jaillit, un corps bascula dans le vide et dégringola jusqu'au hall d'entrée.

— Jack, file te cacher sous un meuble dans le bureau de Borvo, murmura Marjane à son corkan en le chassant d'une pichenette, je reviendrai te chercher !

Le corkan renâcla mais Marjane insista. Il s'envola. Un braillement de douleur fusa sur sa gauche et Kereb sortit de la cuisine, un couteau sanguinolent à la main.

— Ils te cherchent, Marjane, ils ont dit qu'ils ne me feraient pas de mal si je leur donnais la ninn isolée, ces sagouins à dents longues ! brailla-t-il.

Un poignard rebondit sur le mur près de lui, il pirouetta d'un habile coup d'aile pour s'enfoncer dans le brouillard à la rencontre du lanceur.

— On reste ensemble, dos à dos, ordonna Andras.

Marjane acquiesça.

— Borvo ? Niskae ! appela le majordome.

— Par ici ! le héla cette dernière.

Marjane et Andras se dirigèrent à pas prudents vers l'escalier. Une rafale de mitraillette explosa au-dessus d'eux, traversa le mur en biais, et le lustre du hall s'écroula dans un effroyable tapage.

— Il n'y a plus d'hommes, que des ninns ! hurla Borvo, qui enchaîna avec des mots étranges.

Une boule de feu zébra le palier du troisième étage. Marjane avançait en crabe, collée à Andras, en sueur. Sa gorge était attaquée par la fumée qui s'insinuait partout, elle avait un mal fou à se retenir de tousser. Quelqu'un lui faucha soudain les pieds en même temps que ceux d'Andras et ils s'étalèrent tous les deux.

— Je l'ai ! beugla un ninn.

Il voulut planter son arme dans la gorge d'Andras mais Drack réapparut et le frappa. Le génie maniait une courte lame bleue lumineuse. Des silhouettes arrivèrent en courant.

— Par ici ! Deuxième palier ! Ils sont cinq ou six ! appela Andras.

— On en a une douzaine là-haut qu'on essaie de contenir ! répliqua Niskae essoufflée.

Marjane s'était à peine redressée qu'un ninn bâti comme un buffet se jeta sur elle. Il l'immobilisa et ceintura sa gorge avec ses larges mains. Le ninn commença à serrer. Jack s'abattit sur sa figure toutes griffes dehors, mais sans relâcher son étreinte, le ninn cogna sciemment sa tête contre le sternum de Marjane et propulsa Jack en l'air. Andras et Drack avaient roulé plus loin dans des corps à corps endiablés et disparu au milieu du brouillard. La panique s'empara de Marjane, l'air n'entrait plus dans sa gorge, elle contractait les muscles de son cou, résistait, mais la brûlure était de plus en plus vive, elle allait céder, crever ! Où était son pieu ? Toujours dans sa main, main coincée sous l'horrible ninn qui la broyait. Les yeux pleins de larmes, elle essaya de lancer ses genoux dans le dos de son assaillant comme au square Viviani mais on aurait dit qu'il était en pierre.

La vision de Marjane se troubla, un bourdonnement continu envahit son crâne. Des gémissements sur la droite, des bruits de lutte, de meubles qui se cassent, encore. Drack jaillit de la fumée, sauta sur le ninn et s'arc-bouta pour lui faire lâcher prise. Les mains desserrèrent leur étreinte une demi-seconde mais un poignard s'enfonça dans la nuque de Drack. Le génie écarquilla ses yeux d'eau, se condensa d'une étrange manière, son corps se replia sur lui-même et explosa dans une gerbe, réduit à une flaque qui inonda le palier.

— NON ! glapit Kereb qui plongea son couteau dans le flanc de l'énorme ninn.

Il s'affaissa sur Marjane qui reprit une minuscule goulée d'air, le cœur battant dans sa gorge, ses tempes, mais le répit fut de courte durée car le ninn n'était pas mort et l'écrasait.

Un cri terrifiant fit brusquement vibrer ses tympans.

Un cri prodigieux et inhumain.

Les vitres volèrent en éclats, les cheveux furent balayés par un souffle colossal, et les combattants se figèrent une demi-seconde, stupéfiés par ce rugissement sorti d'un autre monde et qui se prolongea, insoutenable. Tout le monde se recroquevilla, de terreur, de douleur.

Un ninn valdingua, un autre suivit de près, on entendit geindre, supplier, hurler. Deux boules jaunes se matérialisèrent, incandescentes dans la purée de pois, et Marjane les vit, très vaguement, arracher une tête au moment où elle s'évanouit.

32
LA PATROUILLE

Mats et Ashley patientèrent si longtemps que Mats se mit à douter. S'était-il trompé concernant le corkan de Luka ? Il tripota la poche de son pantalon, se souvint qu'il n'avait plus ni canif, ni téléphone. Celui de Yuri perça le silence comme un écho à ses pensées. Après une brève discussion, le chef d'escouade hocha la tête, se retourna, fourragea dans un placard bancal, et en ressortit deux morceaux de tissu noir. Il s'approcha de Mats et d'Ashley et leur enfila à chacun une cagoule sur la tête. Mats essaya de se débattre mais un coup entre les reins le réduisit au silence. Seuls les gémissements affolés d'Ashley se firent entendre. Un revers de main la calma.

On les empoigna et les traîna à travers escaliers, couloirs, cours et passages feutrés. Enfin, on les poussa dans un cagibi sombre. Mats perçut l'odeur du métal et de la transpiration. Quelqu'un détacha leurs liens et leur arracha les cagoules.

Lev se tenait devant eux. Il avait enfilé la tenue noire de combat de la Garde.

— Laissez-moi, dit-il simplement.

Une porte grinça derrière Mats et Ashley.

Cette dernière, le mascara jusqu'en bas des joues, les canines bien visibles, se frotta les poignets en reniflant. Lev lui tendit un mouchoir.

— Ma philosophie est la suivante : quand on commet une faute, on l'assume. Vous en avez fait une monumentale et j'aimerais que vous en retiriez toute la sagesse possible.

Ashley ouvrit la bouche pour protester mais agacé, Lev fit claquer sa langue au palais et Ashley ravala sa plainte.

— Je ne me fais aucune illusion sur ce que vous fabriquiez dans la bibliothèque, ni sur le niveau d'informations auquel vous avez eu accès. Les jeunes n'ont pas le droit de feuilleter ces ouvrages avant d'y être autorisés. Mais la vérité, c'est que je me contrefous de ce que vous avez lu.

Il enfila des gants noirs et se tourna vers Ashley.

— Tu ne veux toujours pas me dire où est Marjane de Beaune ?

— Je jure que je ne sais pas où elle est ! se défendit Ashley dont les larmes recommençaient à dégouliner. Je vous assure, je n'en sais rien !

Lev ne posa même pas la question à Mats et ce dernier eut subitement le sentiment de le démasquer enfin. Malgré son air détaché, le chef de la sécurité était tout sauf indifférent. Au contraire ! Il était aux aguets, analysait chaque mot, chaque comportement, chaque attitude. Depuis le temps, il avait intégré l'aversion franche et publique de Mats pour Marjane, et dans sa logique, Mats ne pouvait savoir où elle était parce qu'il s'en moquait.

— Voici ce qui va se passer, reprit Lev. Nous avons constitué des patrouilles, et nous allons mettre la main sur les isolés qui nous défient.

Lev mentait à son tour, impossible que le chef de la sécurité ignore la déclaration de guerre. Mats se garda bien de le contredire. Pour avoir une chance de s'échapper, il devait être le plus médiocre possible. Mais il n'avait pas prévu ce qui allait suivre.

— Vous allez donc vous joindre à nous dans notre noble quête ! asséna Lev.

— Hein ? ! explosa Mats. Pas question que je patrouille ! Vous n'avez pas le droit, j'exige de voir ma mère ! Si elle apprend…

— Ta mère, jeune garçon, m'a confié la sécurité de notre chère Résidence et je ne crois pas me souvenir qu'elle ait mentionné des restrictions sur les volontaires.

— Mais je ne suis pas volontaire ! s'énerva Mats.

Il ne vit rien venir.

Il se retrouva plaqué au mur, la lame d'une dague affilée sur sa gorge. Lev appuya et une goutte de sang coula le long du cou de Mats, dont les crocs apparurent. Le chef de la sécurité se lécha ostensiblement les lèvres. Ses crocs à lui étaient cachés. Il maîtrisait parfaitement la situation.

— Oh, je te laisse le choix : soit je t'égorge et je raconte qu'il y a eu un malencontreux accident, soit tu t'enrôles.

Mâchoires serrées, Mats sentit des larmes de rage monter. Il aurait voulu étriper Lev, le frapper à coups de barre à mine. Mais il fallait se rendre à l'évidence : il n'était pas assez fort.

— Et n'essaie pas de te sauver, ni toi ! lança Lev en les désignant l'un après l'autre. Sinon, je vous tue de mes propres mains.

— Jamais ! promit Ashley.

— Jouez le jeu et je tairai votre escapade en amoureux. Je vous aurai donné une leçon et j'espère qu'à l'avenir, vous réfléchirez à deux fois avant d'oser fouiller des lieux qui vous sont interdits.

Lev relâcha Mats et laissa passer quelques secondes avant de reprendre.

— Sauf, bien sûr, si vous estimez détenir une information qui pourrait se révéler utile. Une piste permettant de trouver Marjane de Beaune, par exemple. Une vague idée, une direction… Un éclair de lucidité ?

Mats ne broncha pas et soutint le regard de Lev. Ashley, elle, claquait des dents, les ongles enfoncés dans ses paumes. Elle n'aurait tellement pas dû venir ! Elle déglutit, pensa à Marjane avec qui elle partageait tout : les fêtes, les coups de blues, la musique, les chagrins d'amour, les déceptions, les fous rires. Ses boucles blondes voletèrent autour de son joli visage pour dire « non ».

— Alors, je suppose que je viens de dénicher deux jeunes recrues enthousiastes ! sourit Lev.

* * *

Marjane s'était réfugiée dans un endroit rassurant (qu'est-ce qu'elle fuyait, déjà ?) et s'y sentait à l'abri. Hors de question de quitter ce nid douillet. Des chuchotis tissaient une toile aérienne autour de son cerveau embrumé mais elle ne voulait pas y prêter attention. Ne pas bouger, ne pas se réveiller. Rester là. Dehors, il y avait la peur, la souffrance.

Un coup de fouet glacé la secoua et, épouvantée, elle prit une grande inspiration avant de tousser à en cracher ses poumons.

— Elle revient…

La gorge de Marjane éclata comme si elle recevait une décharge électrique. Elle était trempée, ouvrit à demi les yeux : Jack lui léchouillait les joues. Elle se détendit.

— C'est tout, c'est fini, susurra une voix et Marjane reconnut les douces intonations de Soura.

Les deux yeux jaunes lui revinrent en mémoire, au milieu du chaos, de la fumée, des éclairs, du sang qui coule. Andras happé, Drack poignardé qui se dissout en gerbe d'eau.

— Soura, où est Andras ? demanda Marjane, soudain terrorisée.

Elle était enrouée, chaque mot lui déchirait la gorge.

— Je suis là, dit Andras qui apparut dans son champ de vision avant d'être écarté par Niskae.

Marjane s'appliqua à faire le point. L'aiguille à la main, l'apprentie druide recousait le front d'Andras, entaillé de la tempe droite à l'arcade sourcilière opposée.

— Kereb n'a rien trouvé de mieux que de te balancer un verre d'eau à la figure pour te réveiller, expliqua Borvo.

Torse nu, il s'appliquait un baume sur l'avant-bras. La tribu d'éclopés était allongée ou assise pêle-mêle sur le palier, où la fumée s'était en partie dissipée. Des couleurs éparses flottaient encore par fragments ténus, mais Marjane nota qu'elles s'étiolaient avec lenteur. Le sang finissait de sécher.

— Désolé, admit l'angelot perché sur la rambarde. On avait beau te secouer, tu ne réagissais pas, et j'ai eu peur et…

Sa robe bleue était tachée et déchirée.

— Merci, Kereb. Je… Ces humains… ils ont attaqué la Résidence à cause de la crypte, n'est-ce pas ? Comment connaissent-ils son existence, alors que moi ou mon père, non ?

Andras se racla la gorge. Il ne pouvait pas.

— Mademoiselle, votre père était forcément au courant.

— Impossible ! Il n'aurait pas cautionné une chose pareille !

Marjane voulut se relever mais elle était percluse de courbatures et de contusions.

— Enfin, Andras, reprit-elle devant son mutisme, vous imaginez mon père aller puiser son sang dans une prison d'humains ? ! Alors que ma mère est humaine !

— Il le savait, soutint Andras, épuisé de lutter contre un fantôme.

— Vous parlez de mon père, Andras ! cracha Marjane dont le teint avait viré à la cendre.

— Marcus de Beaune était un ninn de cent cinquante-sept ans, mademoiselle, il a traversé deux siècles au cours desquels il a vécu des événements multiples, il était imprégné de culture ninn et…

Marjane ouvrit la bouche pour le contrer mais Andras ne lui en laissa pas le loisir.

— Écoutez-moi jusqu'au bout, s'il vous plaît. Ni vous, ni moi n'avons toutes les cartes en main. Votre père a des parts de mystère : la preuve, il a caché vos origines jusqu'à sa mort. Nous ne *savons* rien, vous comprenez ? Il est normal de tout envisager.

— Pas quelque chose d'aussi sordide, Andras ! Papa n'aurait jamais accepté ça ! *Jamais !* Il ne savait pas.

Andras chercha Niskae du regard. Penchée sur son sourcil, elle acquiesça sans se retourner.

— La crypte désigne le lieu où les ninns parisiens gardent des humains. La crypte est leur garde-manger, réitéra-t-elle.

Marjane eut un haut-le-cœur, renforcé par sa gorge incendiée.

— Tu savais, Soura ? Vous saviez ? Tous ?

La lithomorphe attendit un moment qui sembla une éternité avant de répondre.

— Non. J'imagine que je n'ai pas voulu voir. Les ninns sont renfermés, distants. Puissants. Je n'ai jamais essayé de les comprendre plus que ça.

— Moi non plus, murmura Marjane en secouant la tête. J'ai bu tout ce sang et j'ai voulu croire qu'il venait de donneurs. Depuis que je suis née, je crois ce qu'on me dit et je ne me pose aucune question. Personne n'en pose, chez nous. On prend, on accepte.

— Moi, je ne savais pas, toussota Borvo. Niskae n'aurait pas dû vous le dire. Les sujets de recherches des druides doivent rester secrets.

— Les ninns sont les maîtres du mensonge, ajouta Niskae, calme. Mon Référent les étudie depuis des décennies et il jure que c'est le peuple le plus retors qu'il connaisse. J'ai bien le droit de leur dire ça, non ?

— Ce n'est pas à moi d'en juger, jeune ogma. Tu en parleras à Carxo.

— Et où se trouve-t-elle, cette crypte ? reprit Marjane.

— Aucune idée, souffla Niskae. Quelque part dans Paris ? En banlieue ? Plus loin ? Personne ne sait. Le mystère est difficile à percer.

Marjane déglutit et la douleur empira.

— La vie est complexe, jeune Marjane.

Marjane dévisagea Soura. La lithomorphe faisait un effort pour sourire mais tout dans sa posture criait une profonde tristesse. Les images du combat revinrent à Marjane comme un boomerang en pleine tête.

— Je me souviens de Drack, dit-elle brusquement. Il est mort ?

— Oui et non, intervint Borvo.

Il massait désormais son ventre tailladé.

— Les génies sont des êtres liés à la Nature, immortels. Il a été grièvement blessé et son corps est retourné à son état primaire. Avec le temps, il pourrait réussir à se… régénérer. Mais nul ne sait s'il y parviendra, ni combien de temps cette résurrection lui prendra, ni s'il renaîtra sous la même forme.

— Ah…

Marjane perçut enfin la lourdeur de l'atmosphère. Ses compagnons n'étaient pas seulement abasourdis par la bataille sanglante, ils étaient soucieux, graves. Elle se redressa sur un coude. Leurs ennemis, pas toujours entiers, gisaient. De petits tas de poussière, restes de ninns, maculaient le sol.

— Soura, comment tu as su ? Comment es-tu arrivée jusqu'ici ?

La lithomorphe se pencha sur Marjane, sa queue de serpent glissa sur le tapis souillé de sang, de débris, et s'enroula en spirale.

— Nous avons été attaqués, dit la Reine après un moment et ses yeux s'allumèrent faiblement.

— Attaqués ? Chez… chez toi ? bégaya Marjane.

* * *

Habillés de la traditionnelle combinaison noire, Mats et Ashley suivaient leur détachement constitué de onze gardes, plus Lev qui marchait en tête. Trois autres groupes partiraient à cinq minutes d'intervalle. Sortis par la porte Quatre, ils avaient bifurqué dans la rue des Nonnains-d'Hyères, et longeaient la Seine vers l'ouest.

Mats ne s'était pas trompé : Hiro, le corkan du Conseiller Danglas, si reconnaissable à son pelage jaune moiré, avait été retrouvé. Épouvanté, comme le trahissaient ses pupilles dilatées, l'animal volait maintenant au-dessus des toits et prenait garde à ne pas se faire repérer. Lev Abiad avait demandé à Maya et Merry, proches du Conseiller, de communier avec lui pour visualiser le lieu où se trouvait Danglas, mais elles avaient échoué. Normal, le corkan nouait un lien privilégié avec son maître et avec lui seul. Visiblement, nota Mats, les deux amies n'avait jamais expérimenté le partage d'informations et plus si affinités par corkans interposés, comme il l'avait fait avec Marjane. Il se reprocha aussitôt ses pensées. Il ne voulait pas songer à elle. Moins son image serait présente, moins Lev Abiad risquait d'avoir des soupçons.

Mats avait envisagé de détaler à la moindre occasion, mais le chef de la sécurité ne les quittait pas d'une semelle. Il pria pour que personne ne remarque Kiko qui se faufilait dans le sillage de son congénère.

Ashley, elle, se tordait les mains si fort que Mats avait été obligé de les lui attraper pour les bloquer. Elle avait souri d'un air penaud. « Je ne veux pas mourir… », avait-elle murmuré. Mats, qui la dépassait de deux bonnes têtes, avait ébouriffé ses anglaises, et Ashley lui avait donné un coup de poing reconnaissant sur l'épaule.

Elle s'efforçait de ne pas céder à la panique, mais la tentation était grande : que dirait sa mère lorsqu'elle découvrirait cette escapade obligatoire ? Et encore, ce serait un moindre mal, l'escapade pouvait virer au cauchemar, hop, hop, hop, trois petits tours et un tas de poussière ! Non. Surtout, résister à la peur. Elle voulait être aussi forte que Marjane. C'était loin d'être facile.

Merry et Maya avaient insisté pour que les secours soient nombreux et s'étaient jointes au premier groupe. Elles ne doutaient pas de la réussite du plan et avaient foi en la capacité de Hiro à les conduire au bon endroit.

À bientôt 3 heures du matin, Paris était calme. La troupe, homogène, frôlait les murs et se glissait dans les coins sombres pour passer inaperçue. Elle mêlait soldats et volontaires, jeunes et vieux. Tous étaient entraînés et agiles. Sauf Ashley.

Arrivé en face de la pointe de l'île Saint-Louis, Hiro patienta, tapi sous une lucarne. Quand le corkan fut certain de ne rien risquer, il s'élança au-dessus de la voie rapide et plana au-dessus du pont Louis-Philippe, ses grandes membranes silencieuses déployées. Lev fit signe aux autres et l'escouade courut le long des parapets. Ils évitèrent les halos des lampadaires, le bruit précipité de leurs pas à peine perceptible, et toujours derrière le corkan, traversèrent à nouveau les flots noirs sur le pont Saint-Louis.

Ils parvinrent ainsi à l'île de la Cité, juste derrière Notre-Dame. Le corkan ne s'accorda aucun répit et longea le square Jean-XXIII. Les restaurants étaient fermés, la rue du Cloître-Notre-Dame était paisible. Hiro s'approcha des grands arcs-boutants sur le flanc nord de la cathédrale, il vira, passa en rase-mottes au-dessus de Merry et Maya, et s'éleva d'un battement d'ailes souple. Puis s'engouffra dans un carreau de vitrail ouvert dont le grillage protecteur était déchiré. Aucun son n'émanait du vénérable bâtiment.

Lev fit signe de se figer. Ils devaient attendre les trois autres groupes et décider de la meilleure façon d'agir.

Le Conseiller Danglas était dans Notre-Dame.

33
LA PISTE

Les pupilles de Soura se réduisaient à une ligne verticale.

— Je suis sortie de mon sommeil diurne pour découvrir mes compagnons fracassés par terre à coups de maillet. L'immeuble entier a été décimé.

— Garu…

— Garu, les autres. Ceux que tu avais vus et ceux que tu n'avais fait qu'entrapercevoir. J'ai passé l'après-midi à entendre la pierre se fendre et éclater sous les coups, captive de ma léthargie, impuissante. J'ai entendu les supplications des miens, les rires et les ordres des ninns, leurs efforts pour ne rien laisser derrière eux. Je n'ai pas pu pleurer, chuchota-t-elle.

— Et toi ? Comment tu leur as échappé ?

— Une magie ancestrale me protège, un sortilège lié au pouvoir qui est mien. Lorsque je suis pétrifiée, je suis invisible à mes ennemis. Ceux de mon clan, eux, étaient nus.

Sa queue de serpent fouetta l'air. Intimidé, Jack quitta l'épaule de Marjane pour aller se percher sur celle, plus rassurante, de Borvo.

— Au coucher du soleil, j'ai erré dans les couloirs,

cherché un survivant, appelé en vain. Ne restaient que des gravats, des membres épars, des sourires arrachés et figés pour l'éternité.

— Pourquoi ? ânonna Marjane sous le choc.

— Je suppose que les challengers ont décidé de frapper les alliés de la Résidence. Sur le papier, j'en fais partie.

Son regard doré se perdit dans le vague. Encore des disparitions, un gâchis insoutenable. Garu et sa trogne inimitable, Damona et ses lutins, les lions de l'entrée, les créatures joyeuses qui peuplaient l'immeuble. Tout le monde mourait autour de Marjane, comme des flammes de bougies qui s'éteignent à tour de rôle.

— Et puis, je me suis souvenue qu'il restait un lithomorphe ici, et pas n'importe lequel, continua Soura. Kereb m'est précieux, et je devais vous avertir du danger.

Marjane observa Kereb. Lui, précieux ? Il pleurait sans bruit, à grosses gouttes. Niskae lança un morne « voilà ! » et Andras s'approcha de Marjane en claudiquant.

— Soura est donc venue nous sauver. Sans elle, je pense que… s'arrêta-t-il.

— J'ai dû passer par les égouts, essaya de sourire Soura.

Le chagrin était trop grand et elle renonça. Marjane s'appuya sur l'épaisse queue de serpent, se releva, et s'avança vers Andras. Elle tomba dans ses bras.

— Oh, Andras, je ne sais pas ce que j'aurais fait si… si… hoqueta-t-elle. Je ne veux pas qu'on se dispute, je ne veux plus.

Andras la serra contre son gros torse, les yeux rouges. Marjane resta ainsi, sans bouger, exténuée. Puis la longue queue de Soura s'enroula autour d'eux et la femme-serpent les enlaça à son tour. Marjane attrapa sa peau écailleuse d'une main et la maintint contre elle, désolée. Kereb vint se poser sur son épaule et cacha sa tête dans ses cheveux.

Marjane resta ainsi, recueillie, remerciant un être divin non identifié de lui avoir laissé Andras. Et Soura. Et Borvo. Et même ce boulet de Kereb.

Soudain, Jack feula.

— Qu'y a-t-il, Jack ? demanda Borvo.

Le corkan fit claquer sa queue osseuse et s'envola. Andras écarta Marjane et ramassa un couteau barbouillé qui traînait par terre. Sur la défensive, la fine équipe lui emboîta le pas.

Ils débouchèrent dans le salon rococo sens dessus dessous, au milieu des fauteuils renversés, des tissus éventrés, des murs maculés. Jack avait le museau collé à une fenêtre. De l'autre côté, debout sur ses pattes arrière, Kiko, affolée, grattait au carreau.

* * *

Mats s'efforça de ne pas regarder en bas. Perché sur un arc-boutant côté nord, il était près du sommet, les ongles plantés entre les interstices des pierres, et allait atteindre le toit plat au-dessus des bas-côtés. Un faucon pèlerin le frôla, curieux de cette inédite gargouille mouvante, puis remonta en flèche jusqu'à son nid, dans une anfractuosité de la pierre.

Trois ninns du groupe 4 avaient fracassé les projecteurs qui illuminaient la cathédrale. Manifestement, les alarmes avaient déjà été neutralisées, preuve que quelque chose se tramait à l'intérieur. À cette heure tardive, le parvis était désert, à part quelques fêtards imbibés. Les quarante-huit ninns s'étaient ensuite éparpillés autour de Notre-Dame pour y pénétrer par petits groupes dans un silence absolu. Certains escaladaient les arcs-boutants, les plus téméraires grimpaient aux tours pour atteindre la Galerie des Rois ou celle de la Vierge et explorer les multiples passages secrets que recelait la cathédrale. L'imposante vieille dame grouillait de ninns qui la parcouraient comme de minuscules fourmis noires. Au signal, donné par Lev à l'aide d'un boîtier électronique, ils investiraient tous le bâtiment, parfaitement synchronisés. Les crocs luisaient à l'approche de l'affrontement.

Ashley était partie avec Maya et Merry, côté sud. Elle franchirait la sacristie, passerait au-dessus du trésor, rejoindrait le toit de Notre-Dame, et le contournerait jusqu'à la cour des citernes, entre les deux tours. Ainsi entourée des amies de Danglas, elle ne pourrait ni se défiler, ni s'enfuir.

Lev, lui, était derrière Mats.

Pourvu que Kiko soit allée chercher de l'aide, si possible auprès de l'Édile ! Mats avait tenté de communier avec elle et de lui envoyer l'image de sa mère, mais il avait beau être bon, il n'avait jamais communié en marchant, cerné comme il l'était. Il n'était donc pas certain du résultat. Il se hissa à la force des bras, les pieds en équilibre sur l'arête de pierre rêche qui avait emmagasiné la chaleur. Il avançait avec précaution. Ce n'était pas le moment de se couper. La moindre égratignure signalerait leur présence.

Mats reprit son ascension, le cœur battant, les cheveux chahutés par une légère brise.

On lui avait confié une dague et un marteau, qui pesait sur sa hanche droite. Lev était persuadé que leurs ennemis ne feraient pas usage d'armes à feu : ils risqueraient d'attirer des humains. De plus, tous étaient munis de filins capables de soutenir vingt fois leur poids.

Mats essuya sa paume moite sur son pantalon. Il finit par atteindre le rebord, haletant. Lev le rejoignit d'un bond.

— Si ce petit échauffement te met dans un état pareil, tu es sûr de finir éventré... murmura-t-il.

— Ma mère va vous tuer, rétorqua Mats.

— Ta mère a validé mon plan d'attaque. S'il t'arrive quoi que ce soit, tu seras un dommage collatéral.

Mats hésita à pousser le chef de la sécurité dans le vide.

— Avance, au lieu de te faire des films... répliqua ce dernier comme s'il lisait dans ses pensées.

Mats gravit les derniers mètres qui le séparaient du toit pentu puis le longea en courant, baissé derrière la balustrade. Ils devaient atteindre la flèche. Leurs ennemis étaient-ils nombreux ? Il n'avait jamais participé à une bataille et la peur s'insinuait en lui.

Encore d'intenses minutes d'acrobatie, à se tenir et à s'appuyer sur les statues bouillantes qui ornaient le toit, et ils parvinrent à l'immense flèche. Le vent était fort, maintenant, et Mats se cramponna. Il découvrait Paris d'en haut, la marée de toits et d'immeubles, maquette irréelle. Rares étaient les fenêtres allumées à cette heure avancée de la nuit. Les humains ronflaient sans se douter que des ninns guerroyaient à leurs pieds, les voitures filaient toujours, minuscules sur les quais, en contrebas. La Seine se déroulait en un long ruban huileux et se perdait à l'horizon, continuant sa route comme un gros animal placide. Elle se fichait des ninns. Elle était là avant eux, et le serait après.

Mats ferma les yeux, et entama la descente de l'escalier dissimulé dans la flèche de Notre-Dame.

* * *

Marjane eut toutes les peines du monde à calmer Kiko, qui tremblait et geignait. Sans prendre le temps de s'asseoir, elle communia avec Jack, et par le truchement de son corkan, accéda à l'esprit palpitant de la petite corkane.

Mats n'était pas « de l'autre côté ». Kiko était venue seule, ses souvenirs étaient confus, morcelés, ils ne respectaient aucune chronologie : Mats et Ashley (ses boucles blondes s'échappaient de la cagoule sur sa tête) entourés de gardes. Les mêmes en combinaison noire. La Seine et des silhouettes furtives, de loin. Pourtant, au milieu du désordre, une image revenait en rafales, nette, insistante : le square situé à l'arrière de Notre-Dame et des dizaines d'ombres dissimulées sous les arbres. Parmi elles, les cheveux blancs de Lev, si reconnaissables.

— Mats et Ashley font partie d'une sorte de brigade et sont tout proches, expliqua Marjane d'une voix blanche. Ils viennent pour moi !

Analysant son ressenti, Kiko gémit et essaya de restituer d'autres scènes. Le visage de Luka apparut devant les yeux clos de Marjane.

— Non ! Ce n'est pas ça : ils ont retrouvé le Conseiller Danglas !

Kiko donna corps à la frimousse angoissée d'Ashley, aux regards de Mats depuis la Résidence, qui vérifiait que sa corkane était là.

— J'y suis ! s'exclama Marjane, et Kereb poussa un cri de surprise. Ashley et Mats ont été enrôlés de force pour aller sauver Danglas, et le Conseiller est… dans Notre-Dame ?

Kiko roucoula et bondit vers la fenêtre, Jack sur ses talons. Marjane suivit des yeux les corkans et se rongea un ongle. Ses mains étaient moites, sa gorge nouée à en étouffer.

Mats et Ashley avaient dû se faire surprendre à la bibliothèque. Or ils y étaient allés pour quoi ? Pour l'aider, elle. Elle ne pouvait pas rester ici, au milieu des petits tas de poussière de ses assaillants. Ashley était son amie. Que ferait Bryn, si sa fille… Non, Marjane ne le permettrait pas. Pas question de la perdre, de se défiler. Idem pour Mats. Marjane ravala l'étrange mélange de honte et de désir qui lui brûlait le ventre dès qu'elle pensait à lui. Elle ne supportait pas l'idée qu'il souffre, elle voulait le revoir et le serrer dans ses bras, passer mille moments avec lui, toucher ses lèvres, goûter son sang, *pour de vrai*. C'était la vérité, aussi folle soit-elle.

Andras l'examinait, anxieux, mais elle ne le remarqua pas.

Ces ninns alliés aux humains avaient tué son père, Astrid, Jade, Drack, Garu. Bien sûr, la crypte était un problème, il ne s'agissait pas d'occulter ou de minimiser les atrocités commises par la Résidence. Mais tout de suite, l'urgence était d'aider Mats et Ashley.

Marjane se leva d'un air résolu.

— Vous n'allez quand même pas y aller ? ! s'étrangla Andras.

— Qu'est-ce que je peux faire d'autre ?

— Eh bien, rester ici pendant que nous y allons si vous tenez vraiment à sauver vos amis !

— Évidemment que je tiens à sauver mes amis ! s'énerva Marjane. Les challengers détiennent Danglas, ils ont essayé de me tuer et ont détruit la communauté lithomorphe, je ne vais pas rester sans rien faire ! De toute façon, je ne suis plus en sécurité nulle part, autant que j'essaie de sauver leur peau et que je serve à quelque chose !

— Nous pourrions trouver un endroit pour vous cacher tous les deux, suggéra Borvo.

— Non, enfin si, peut-être, après ! l'interrompit Marjane qui avait pris sa décision.

— Mademoiselle… supplia Andras.

Soura les observait, fouettant l'air de sa queue, Kereb assis tout près. Jack et Kiko trépignaient à la fenêtre. Marjane sortit en trombe et se dirigea vers la cuisine.

— Borvo et Niskae peuvent nous héberger, insista Andras qui la poursuivait à grands pas. Si Luka Danglas est prisonnier, il va y avoir une bataille sanglante ! Laissez faire les vôtres !

— Mais je ne peux pas rester ici à attendre de savoir si Ashley et Mats vont se faire tuer à quelques centaines de mètres !

Elle ramassa des couteaux qui gisaient par terre, les essuya à la va-vite avec un torchon et se les passa à la ceinture.

— Si c'était vos amis, Andras, je suis sûre que vous iriez les aider !

— Marjane, je peux y aller, si ça te rassure. J'ai juste besoin de m'occuper de Kereb, ce sera rapide, commença Soura qui les avait suivis jusqu'à la cuisine.

Fébrile, Marjane continuait à inspecter les lames. Andras serra les poings. Plutôt mourir que de la laisser pénétrer dans la cathédrale au milieu de deux communautés ninns qui allaient s'entre-déchirer. Il s'avança vers elle, bien droit.

— Vous ne mesurez pas le danger ! Vous êtes sous ma responsabilité, mademoiselle, et je vous interdis d'y aller.

— Vous ne m'interdisez rien du tout ! cingla Marjane qui perdait ses nerfs, les larmes aux yeux. Je suis majeure et je vais les rejoindre pour les sortir de là, Andras, que ça vous plaise ou non !

— Pas question ! répliqua Andras sur le même ton.

— Andras... tenta de tempérer Soura.

Andras s'approcha de Marjane et lui saisit le bras. Furieuse, elle le repoussa d'un revers de main et montra ses crocs en grondant.

— Vous n'êtes pas mon père, Andras ! Laissez-moi passer ! hurla-t-elle.

Sidéré, Andras s'écarta et Marjane bondit hors de la cuisine.

* * *

Ashley dut inspirer plusieurs fois pour éviter de lâcher un sanglot d'angoisse, attentive à chaque endroit où elle posait le pied. Maya et Merry grimpaient vite et elle s'efforça de les suivre de son mieux, chose compliquée pour elle qui était nulle en sport. Elle contourna les ruches sur le toit plat de la sacristie et se faufila sur la pointe des pieds jusqu'à la coursive qui longeait le grand toit. Après un périple qui dura une éternité, elle arriva enfin à la cour des citernes, espace plat entre les deux tours. Devant le bâtiment qui soutenait le toit, elle se pelotonna sous une sculpture au faciès tordu tandis que Maya déverrouillait la porte en bois. De chaque côté, les tours semblaient la regarder de haut, massives, écrasantes. Ashley entra derrière Maya et Merry et la tête lui tourna devant la forêt de poutres qui s'entrecroisaient pour soutenir le toit. D'un index tendu, Merry désigna un des larges disques de bois incrustés dans le sol comme des bouches d'égouts. Avec mille précautions, toutes les trois le soulevèrent, le visage crispé dans une mimique de concentration absolue. Lev leur avait expliqué que certains trous, utilisés auparavant pour faire descendre les chandeliers dans la nef, pouvaient servir de passages. Ashley risqua un œil et faillit s'évanouir en découvrant la hauteur à laquelle elle se trouvait. Elle était au-dessus des voûtes, et des ninns étaient attroupés tout en bas. Ses ennemis.

Ne pas s'emballer. Elle était prête, se répétait-elle. Elle n'allait pas se laisser faire, ni se réfugier dans un coin et geindre en attendant que ça passe. Elle était ninn et allait agir comme telle. Elle se retint de renifler et enroula son filin autour d'un énorme madrier.

Quand Lev donna le signal et que la lumière rouge s'alluma sur son poignet, Ashley ne réfléchit pas. Accrochée d'une main gantée à son câble, elle se jeta dans le vide.

Et évita de justesse le poignard que Merry venait de lancer sur elle.

34
LA NEF

Marjane se précipita dehors, une guirlande de couteaux suspendue sous son sweat, et courut jusqu'à la cathédrale, encadrée par Borvo et Niskae. Ils n'avaient pas voulu la laisser partir seule.

Soura avait promis de les rejoindre dès qu'elle aurait mis Kereb en sécurité. « Mon peuple est ma priorité », avait-elle expliqué. Elle emmenait Andras, Jack et Kiko avec elle. L'appartement du quai Saint-Michel avait été abandonné.

Marjane n'avait pas dit au revoir à Andras, elle ne l'avait même pas regardé avant de dévaler les grands escaliers. Elle écarta ses remords alors qu'elle dépassait le square Viviani. Ils pourraient s'expliquer plus tard.

Si elle revenait.

Tous les trois traversèrent au pas de course le pont au Double qui débouchait sur l'imposante cathédrale. Les projecteurs de la façade ne fonctionnaient plus.

— Miaou ! miaula un clochard affalé sur le trottoir.

— Pourquoi il fait ça ? demanda Marjane sans ralentir.

— Parce qu'il ne nous voit pas. Il voit trois chats, dit Borvo comme si c'était l'explication la plus évidente du monde. Il suffit d'influencer légèrement son esprit et vu son état d'ébriété, c'est à la portée du premier venu.

— Oui, enfin, moi, je suis incapable de faire ça, siffla Niskae.

Marjane ne chercha pas à discuter. Les druides faisaient ce qu'ils voulaient. Si ça aidait de passer pour un chat, elle passerait pour un chat.

— Par où on entre ?

— Par une porte latérale ! répondit Borvo. Ici, elles sont en chêne et il nous reconnaît. C'est notre bois.

Il la souleva pour lui faire franchir les grilles qui condamnaient l'accès à la cathédrale. D'en bas, les tours étaient encore plus majestueuses mais Marjane continua à cavaler. Des bruits sourds se firent entendre à l'intérieur.

— Viiiite… murmura-t-elle.

Ils franchirent une nouvelle grille, puis Borvo s'immobilisa devant une porte encastrée dans une arche sculptée. Il posa sa paume sur les larges planches, à côté de celle de Niskae. Puis ils récitèrent une formule étrange, et parfaitement synchronisés, dessinèrent une arabesque. La serrure émit un son mat.

— Marjane, je ne peux pas t'empêcher d'entrer là-dedans mais j'aimerais que tu m'écoutes, enchaîna Borvo. On ne se sépare pas, tu restes avec nous. On récupère Mats et Ashley et on décampe. Pas d'héroïsme déplacé, tu m'entends ?

— OK, fit-elle en serrant fort le manche d'un couteau aiguisé.

Niskae extirpa du fourreau accroché à sa taille une lame courbe en forme de croissant de lune.

— Prêtes ? lança Borvo.

Et il poussa la porte de Notre-Dame.

Un désordre sans nom régnait dans l'obscurité de la nef, et Marjane dut plisser les yeux pour se repérer. Le plafond était aussi haut que le ciel, les colonnes démesurées, les dalles noires et blanches au sol immenses, et le vacarme étourdissant : le bruit se réverbérait et couvrait tout, perçait les tympans, résonnait à n'en plus finir, mêlant fracas de la pierre, du bois, cris et son métallique des épées qui s'entrechoquent.

Marjane imita Borvo et Niskae et se tassa pour prendre moins de place. Y avait-il des camps, des troupes ? Il régnait un tel bazar ! Des groupes indistincts se battaient, les chaises étaient empilées en barricades sans qu'elle puisse savoir qui était juché dessus, des vitraux avaient été brisés et jonchaient le sol d'éclats multicolores. Par intermittence, elle reconnaissait l'uniforme noir de la Garde mais les combattants étaient sans cesse en mouvement. L'épaisse pénombre n'aidait pas : seules quelques appliques électriques éclairaient faiblement trois ou quatre chapelles latérales. Marjane remarqua d'autres hommes et femmes au corps à corps, sur les tribunes à claire-voie qui surplombaient la nef. Le contraste entre la magnificence du lieu, la délicatesse des motifs gothiques, et la brutalité de la bataille était saisissant.

Marjane croisa les doigts pour qu'aucun paysage ne vienne troubler sa concentration. Une multitude de couleurs s'emmêlaient, stagnant dans l'air, mais elle réussit à en faire abstraction. Un corps dégringola et explosa au contact du sol avant d'être réduit en poussière. Borvo remonta le bas-côté sur la droite, collé au mur, fondu dans la pierre. Le boucan était phénoménal, et Marjane avait la tête qui lui tournait. Elle ouvrait grands les yeux pour essayer de repérer Ashley ou Mats mais rien à faire : des confessionnaux avaient été renversés et bouchaient la vue, les ténèbres brouillaient tout. Furtif, Borvo dépassa l'autel et Marjane nota que la rosace nord était crevée d'un trou béant.

Deux ninns en tenue de camouflage se ruèrent brusquement sur eux, celui de gauche avait le visage tuméfié, l'œil violacé. Borvo attrapa aussitôt de la poudre dans une de ses sacoches, fit claquer ses mains en marmottant, et un éclair envoya valser leurs assaillants sur une colonne. Marjane ne demanda aucune explication, Niskae, qui se tenait derrière elle, la poussa en avant, et ils coururent tous les trois vers le chœur. Les grilles qui le protégeaient avaient été arrachées et gisaient au milieu du déambulatoire. Marjane s'aperçut qu'elle n'avait plus de salive, qu'elle ne pouvait plus déglutir, que ses crocs étaient dehors… et que ni Luka Danglas, ni Mats, ni Ashley n'étaient visibles. Une avalanche la fit sursauter : une chaire venait de s'écrouler, en plein centre de la nef, et de la fumée s'élevait.

— Je ne les vois pas ! cria-t-elle, paniquée.

Elle se cogna contre un gigantesque chandelier, une statue se brisa et cinq challengers surgirent, toutes lames dehors. Niskae s'interposa et, genoux fléchis, leur fit face. Borvo dégaina une sorte de fronde qu'il fit tournoyer dans un chuintement étrange. Marjane recula pour se placer dos au mur, et soudain, entendit un cri dans l'immense nef, une voix familière et suraiguë qui occulta tout le reste. Elle se redressa vivement, oublia toute prudence, balaya la cathédrale du regard et la vit enfin : de l'autre côté de l'autel, rouge de trop résister, Ashley était aux prises avec une silhouette sombre qui la plaquait contre l'immense portail en bois et s'inclinait sur elle. Elle cédait du terrain, à bout de forces.

Sourde aux appels impérieux de Borvo, Marjane fonça à toute vitesse, sauta par-dessus un tas de chaises démolies, dépassa quatre ninns qui luttaient à mains nues, en avisa un qui déboulait sur sa gauche, lui balança un couteau en pleine gorge et, Ashley toujours en ligne de mire, contourna un lustre qui s'était écroulé. Elle bifurqua subitement devant un colosse qui la chargeait, renversa un chandelier sur son chemin, le ninn trébucha et Marjane reprit sa course effrénée. Ashley était à genoux, le visage congestionné, les mains de son agresseur allaient lui briser la nuque. Marjane accéléra encore, attrapa le plus gros de ses couteaux, une lame de boucher large et tranchante, s'appuya sur une colonne pour prendre son élan, bondit et plongea sur l'omoplate de l'assaillant. Avant qu'il ne fût réduit en poussière, elle eut le temps d'apercevoir son visage.

— Merry ? hoqueta-t-elle. Ashley, je viens de tuer Merry !

— Oh, Marje, je ne le crois pas, comment tu as fait, tu es là ! s'écria Ashley qui suffoquait, en larmes.

Ses genoux se dérobèrent tandis qu'elle toussait et elle s'écroula par terre.

— Elle a voulu me tuer, elle m'a dit que je pouvais venir avec eux mais j'ai dit non, je n'ai rien capté, tu sais, et elle a commencé à m'étrangler ! Je n'y comprends rien, Luka n'est nulle part et ils sont des dizaines !

— Lève-toi, vite ! ordonna Marjane en serrant son amie contre elle. Tu saignes de partout !

— Oui, on est venus de tout là-haut, dit-elle en pointant les voûtes au-dessus, je me suis ouverte.

Marjane repoussa le paysage de plage dorée qui éclosait. Non, pas maintenant !

Un craquement sinistre retentit au-delà de la nef, dans le chœur, quelque chose de lourd s'effondra et le sol trembla. Marjane essaya de s'accrocher à la sensation, à la réalité alors que le paysage qui émergeait de la blessure d'Ashley grossissait et gagnait en force. Les dunes chassèrent les colonnes et les chaises, le soleil et le ciel bleu laminèrent la poussière et les cris. Non, pas dans le paysage, ici, maintenant, dans le gris et le sang !

— Marjane ? l'appela Ashley.

— Où est Mats ? se força Marjane.

Une fumée compacte envahit le chœur et atteignit la nef. C'est là-bas que Marjane devait aller, vers le chœur. Les druides y étaient, ils l'aideraient ! Un lustre vola en éclats et Marjane se protégea les yeux de son coude replié, terrorisée. Où était le Conseiller Danglas ? Les dunes étaient partout, désormais, et des papillons voletaient au milieu des colonnes avalées par le paysage qu'elle ne parvenait plus à endiguer. Du bois se fendit tout près, un éclair fusa, le paysage se dissipa à peine, et la voix de Niskae s'éleva entre les colonnes, vibrante, puissante, de l'autre côté de la nef, mais loin, trop loin !

Il y eut un brusque mouvement de foule et des dizaines de ninns reculèrent. Ils se regroupèrent autour d'elles, continuant à se battre, à se frapper et s'éventrer, et Marjane et Ashley furent acculées. Marjane distingua la mêlée alors que d'autres paysages prenaient forme et empiétaient les uns sur les autres : un marais spongieux, un chemin rocailleux, des rues sales et encombrées, un champ de blé encore vert sous la pluie, une grotte humide aux parois brillantes… Marjane essaya de résister, Ashley rugit, la secoua, les corps se massèrent autour d'elles, compacts. Marjane entendit le halètement des hommes, le souffle rauque des femmes, les gémissements de douleur, d'effort. Elle attrapa Ashley, bousculée, serra sa main, essaya de nouer ses doigts aux siens, mais quelqu'un rebondit sur son épaule et elle heurta le mur, son corps projeté loin d'Ashley.

Marjane se recroquevilla pour éviter la bousculade, et le cliquetis métallique des lames reprit de plus belle, la cernant de toutes parts. Elle toucha le sol, se plaqua au mur et se mit à ramper, ignorant les combattants qui la piétinaient, les coups, le sang qui lui coulait dessus. Elle devait s'extirper de là, vite !

Elle émergea deux mètres plus loin, incapable de comprendre pourquoi les combattants s'étaient soudain agglomérés de la sorte, se releva d'un bond, son dernier couteau à la main, et chercha Ashley.

Elle était à une quinzaine de mètres et se débattait, les yeux exorbités de frayeur, traînée de force vers les grands portails et entourée par une dizaine de ninns challengers reconnaissables à leur tenue de camouflage. Au centre du cercle, un homme plaquait sa main sur la bouche d'Ashley.

Le Conseiller Danglas.

35
LA CRYPTE

Marjane s'élança à la poursuite d'Ashley. Elle la perdit de vue un instant alors qu'une ninn faisait mine de lui barrer le passage mais elle plongea entre ses jambes, glissant sur les dalles lisses de Notre-Dame, se retourna et lui planta son couteau dans le dos. Elle se releva sans demander son reste. L'ultime ninn de l'escorte s'engouffra dans une petite porte sur la gauche et Marjane se précipita à sa suite.

Le bruit de cavalcade la guida et elle grimpa les marches quatre à quatre, avec l'impression atroce que son ascension n'en finissait pas. Elle parvint à une salle vide, tendit l'oreille, comprit que le groupe continuait de monter et reprit sa course. Le Conseiller Danglas avait enlevé Ashley ? ! Ça n'avait ni queue ni tête ! Marjane n'était plus armée, sa tête bourdonnait, son souffle devenait court, son cœur ruait mais elle s'appuya au mur et continua à monter, plus lourde à chaque volée de marches. L'escalier s'étrécit – il n'avait pas de fin ! –, et les muscles de ses cuisses tétanisés, Marjane gravit encore des dizaines de marches, et déboucha enfin dehors.

Elle était au sommet de la tour sud et Paris s'étendait

à perte de vue, recouvert du voile de la nuit. Le vent souleva ses cheveux. Les pierres exhalaient une chaleur étouffante.

Les ninns renégats étaient affairés de l'autre côté de la tour, penchés sur quelque chose, Danglas et Ashley au milieu d'eux.

— Arrêtez ! hurla Marjane mais sa voix mourut dans sa gorge asséchée.

— Marjane, tu es là et c'est une heureuse surprise, répondit Luka Danglas en se retournant.

Son visage était aimable, compréhensif. Près de lui, les soldats ninns étaient sur la défensive, prêts à attaquer.

— Qu'est-ce que vous faites avec Ashley ?

Marjane ne réussissait pas à reprendre son souffle.

— Rendez-la-moi !

— Je le ferai volontiers mais en échange, je dois t'emmener avec moi.

— Fais vite, Luka, nous devons y aller ! le pressa un ninn aux cheveux noirs et au port altier.

Danglas lui confia Ashley et retira une demi-seconde la main plaquée sur sa bouche.

— Marjane ! glapit-elle.

Marjane fit un pas mais un ninn leva une arbalète et elle se figea.

— Je suis désolé, commença Luka Danglas, les mains ouvertes devant lui en signe d'apaisement. Je n'ai pas voulu que ça arrive, j'aurais préféré que les événements prennent une autre tournure.

— Quels événements ?

— Le Dôme, tout ça…

La rumeur de la ville s'estompa. *Le Dôme ?*

— J'ai essayé de prévenir ton père, de l'obliger à faire face, il n'a rien voulu entendre.

— De… de quoi parlez-vous ? s'étrangla Marjane qui se demanda si elle n'allait pas s'évanouir.

Elle voulut s'accouder sur la pierre mais la chaleur était insupportable.

— De la crypte, lança Luka Danglas.

La crypte ? Danglas était au courant ? Bien sûr, il était Conseiller ! Et traître, en prime !

— On vous cache tant de choses à la Résidence, aux jeunes en particulier, déplora Danglas. Je suis, enfin, *j'étais* depuis de nombreuses années ambassadeur auprès des humains, Marjane. Je suis certainement celui qui les connaît le mieux, et qui, au grand dam de certains de nos congénères, les apprécie.

Danglas, ambassadeur et copain des humains ?

— Or tu sais ce que fait la Résidence ? À l'insu de tous ses habitants ?

— Elle retient des humains prisonniers dans une crypte.

Danglas poussa un sifflement impressionné.

Des nuages menaçants s'amoncelaient à l'horizon.

— J'ai toujours pensé que tu étais fine et débrouillarde. Oui, Marjane, elle les élève comme du bétail pour se nourrir de leur sang. Même les fourmis traitent mieux les pucerons.

Combien de litres de sang Marjane avait-elle ingurgités depuis sa naissance ? Puisé de force sur des esclaves qui lui ressemblaient bien plus que les autres ninns !

— Problème : je ne sais pas où se trouve cette foutue crypte, car seuls l'Édile et le chef de la sécurité en connaissent l'entrée, continua Danglas. J'ai donc cherché des indices susceptibles de me mettre sur la voie. Et tu sais ce que j'ai trouvé ?

Marjane ne broncha pas mais son estomac se tordit. La question du Conseiller était purement rhétorique.

— Toi, Marjane. Il y a quelques mois, je me suis penché sur les Gris, et plus précisément sur ceux issus d'un mélange humain – ninn.

Marjane coula un regard en direction d'Ashley et croisa les yeux exorbités de son amie.

Un coup de tonnerre retentit. Les ninns autour de Danglas continuaient de s'affairer, chacun se plaçant à tour de rôle devant les autres pour cacher leur petit manège.

— L'impulsivité et la difficulté à canaliser leurs émotions sont les principaux traits de caractère étudiés sur les rares Gris mi-humains dont j'ai trouvé la trace, au Moyen Âge.

Marjane eut envie de s'accroupir et de se boucher les oreilles.

— Or un jour, ton père était venu me voir chez moi. Nous n'étions pas proches, tous les deux, tu le sais, et cette visite m'avait surpris. Il connaissait une humaine qu'il appréciait, elle était malade, m'avait-il expliqué. Elle refusait de se nourrir et dépérissait à vue d'œil. Il était donc venu me demander conseil et je lui avais fourni des vitamines et d'autres remèdes humains dérisoires.

Le ciel tonna de nouveau, une bourrasque de vent déséquilibra Marjane et l'obligea à faire un écart. Une arbalète la visa aussitôt.

— J'ai mis ces deux éléments bout à bout, et j'ai compris : ma découverte sur les Gris et l'inquiétude de Marcus de Beaune étaient étroitement corrélées. Depuis toute petite, tu as du mal à te contrôler. Ta mère était humaine ! C'était d'elle que ton père était venu me parler, en réalité ! Et si je ne me trompais pas, il aurait pitié des prisonniers de la crypte, il m'aiderait à les délivrer ! Tel était mon but : faire cesser cette ignominie. J'ai espéré.

Danglas secoua la tête.

— Oh, comme je me fourvoyais, Marjane ! J'avais raté un détail capital !

Marjane n'était plus au sommet de la tour sud de Notre-Dame, au milieu des rafales. Elle était seule avec le Conseiller Danglas, suspendue à son récit, avide de connaître la vérité, même si une petite voix lui soufflait qu'elle aurait un visage repoussant.

— Sais-tu ce que m'a dit ton père ? Que jamais il ne me révélerait l'endroit où se trouvait l'entrée de la crypte. Car il le connaissait. Tu sais pourquoi ?

— Non…

— L'humaine pour laquelle il était venu me demander conseil vivait là-bas !

Marjane gémit comme si on lui avait arraché un bras, coupée du monde, plongée dans les mots de Danglas et l'horreur qu'ils charriaient. Tout sauf ça !

— Je te fais mal, je m'en excuse, reprit le Conseiller sans lui laisser de répit, mais c'est la vérité. Ton père connaissait le secret de la crypte, et le gardait pour lui parce que ta mère y était enfermée et qu'il voulait la garder captive !

— Ce n'est pas vrai ! cria Marjane.

Mais cette fois, elle savait qu'elle se mentait à elle-même. Elle n'osait plus regarder Ashley. Son père, qui lui souriait et l'embrassait, qu'elle attendait avec tant d'impatience quand il rentrait de voyage, avait volé l'enfant d'une femme retenue prisonnière et saignée comme une bête dans cette crypte ? ! Son père était un monstre, une ordure qui avait laissé sa mère croupir dans cette affreuse geôle !

Le vent agita les pans de son gilet. Du sol montaient toujours des bruits de lutte, mais plus faibles.

— Je l'ai haï ! poursuivit Danglas qu'un des ninns attrapa par la taille sans que Marjane puisse voir ce qu'il faisait. Lors d'un voyage, j'ai rencontré Nao, dit-il en montrant le renégat aux cheveux noirs. Il créait une communauté dans le respect des droits humains. Il souhaitait abolir toute forme d'esclavage. Nous nous sommes entendus.

Le cœur de Marjane battait fort dans ses tempes, sa tête, partout.

— Tu devines la suite ?

Une grosse goutte s'écrasa aux pieds de Marjane, suivie d'une autre, d'une autre encore, puis une avalanche l'ensevelit. Elle ne s'en aperçut pas, revit son père le matin au petit déjeuner, penché le soir tard sur son bureau, son rire, son sourire, ses bagues ornées de rubis…

Andras avait raison.

— Marjane, reprit Danglas d'une voix douce, nous avons besoin de toi. Nous voulons faire tomber la Résidence, exterminer ses traîtres, tu es le symbole de notre lutte, l'incarnation du respect que nous devons porter aux humains.

Hébétée, Marjane se souvint du ninn qui avait proposé à Andras de les rejoindre, au square Viviani.

— Vous avez tué mon père, exterminé les isolés, et failli m'assassiner au square Viviani !

— C'était une erreur ! répliqua aussitôt Danglas. L'équipe traquait les solitaires !

— … qui sont innocents et fragiles ! reprit aussitôt Marjane. Comme vous avez découpé Astrid et Jade qui n'avaient rien fait, elles étaient innocentes, elles aussi !

La pluie avait traversé ses vêtements, elle dégoulinait sur ses cheveux trempés et son visage baigné de larmes.

— Allons-y, intervint Nao.

— Penses-y, Marjane ! réitéra Danglas. Nous pourrions abolir ces horreurs, détruire la Résidence et ses leurres.

La tête lui tourna et elle s'appuya sur le parapet, scrutant le sol sans le voir, en contrebas.

Une nuée de ninns en tenue noire s'écoulait du portail central de Notre-Dame, inondant le parvis, points noirs qui couraient à perdre haleine. Les membres de la Résidence. Certains clopinaient, d'autres se soutenaient mutuellement.

Soudain, Marjane se redressa.

C'était difficile à distinguer avec le rideau de pluie, mais une des silhouettes était biscornue. Un soldat de la Garde portait un homme inconscient sur son dos et se traînait au milieu du groupe épars, ralenti par l'effort.

Ce fut comme si on venait de lui coincer les doigts dans une prise électrique.

Affolée, Marjane se pencha pour mieux voir.

La silhouette avait des cheveux blonds presque blancs. Et l'homme inconscient était Andras.

Marjane oublia Danglas, Ashley et les autres, tendue vers le point minuscule. C'était bien Andras dont le bras pendait à un angle anormal, qui disparaissait au bout de la rue, il n'était pas censé être là ! Et le chef de la sécurité l'avait attrapé ! Ils l'emmenaient à la Résidence !

— ANDRAAAAAAAS ! hurla-t-elle, incapable de se contrôler.

— Il est temps… dit Nao derrière elle.

Marjane fit volte-face. Danglas était seul avec un autre ninn, debout sur le parapet, et maintenait Ashley contre lui. Où étaient passés les autres ? Ashley tenta de crier, le son de sa voix étouffé par la main de Danglas, et le ninn lui mit un coup sur la nuque.

— Trouve Ashley et tu nous trouveras. Nous t'attendons, dit Danglas.

Et il s'élança dans le vide, le ninn à sa suite.

— NON !

Marjane se précipita, écartelée, elle voulait courir après Ashley, Andras, mais ils allaient dans deux directions opposées et elle était là, si haut, et inutile ! Elle se jeta sur le rebord de pierre où avait disparu Danglas et deux bras puissants l'entourèrent pour la retenir de passer par-dessus. Elle eut le temps d'entrevoir le Conseiller qui glissait le long d'un filin et finissait son plongeon sur un bateau au milieu du bras de Seine où des ninns le réceptionnèrent.

Marjane se débattit et frappa de ses poings blanchis par la colère la large poitrine qui la maintenait d'une poigne de fer.

Et reconnut son parfum ambré.

Mats.

— Lâche-moi ! brailla-t-elle, cognant de toutes ses forces sur son t-shirt trempé. LÂCHE-MOI !

La pluie formait un lourd rideau autour d'eux.

— Il a fait assassiner mon père, mon ordure de père... Ils ont pris Ashley, et mon Andras, je ne peux pas, je ne...

Ses cris se perdirent dans sa gorge, elle s'amollit, à bout de nerfs, et Mats la serra dans ses bras.

— J'ai entendu, Marjane... Chut...

Marjane leva vers lui son visage ruisselant.

— J'étais là, à écouter, et pendant ce temps... Je me suis disputé avec lui, Mats, je l'ai accusé de choses horribles, et il avait raison, il est le seul à m'avoir dit la vérité.

— La Résidence est pulvérisée, il faut foutre le camp

d'ici ! Les derniers membres de la Résidence sont en train de se faire massacrer, viens vite.

Mats lui prit la main pour descendre l'escalier mais trois silhouettes en tenue de camouflage s'encadrèrent dans l'ouverture pour leur barrer le passage. Marjane plissa les yeux.

Au milieu, elle reconnut la rousse du square Viviani.

36
LA FUITE

Les ninns se jetaient déjà sur eux. Les deux hommes se ruèrent sur Mats et la rousse obliqua vers Marjane. Pas moyen de reculer. Elle bondit et lança son pied dans le ventre de Marjane, qui se plia en deux, tordue de douleur. Elle se releva le plus vite possible, les mains devant elle pour se protéger.

Trop tard.

— Je me fous des ordres, je termine toujours ce que je commence ! siffla la rousse.

La lame creva la peau de Marjane, pénétra entre deux côtes, et le métal froid lacéra son muscle. La douleur aiguë balaya tout.

— MARJANE ! hurla Mats, tout près.

La lame avança encore et la souffrance grandit, gigantesque, et Marjane fut réduite à cette blessure infime et pourtant si vaste. Elle voulut retenir son sang mais en fut incapable, ses mains ne lui obéissaient plus et le sang coula le long de son ventre, sur ses cuisses, chaud et frémissant. Le supplice s'accentua mais Marjane n'était plus sûre de rien. Il n'y avait plus de pluie, plus d'espoir, plus de vie. Seulement un trou béant.

Subitement, la douleur se rétracta, juste un peu, et Marjane distingua le visage de Niskae derrière la rousse. Mats venait de la poignarder. La ninn se rabougrit et tomba en poussière.

— Vite ! les pressa Soura qui arrivait, la bouche dégoulinant de rouge.

— Mats… murmura Marjane.

— Donne-la-moi, proposa Soura.

— C'est bon, je l'ai, répondit Mats qui attrapa Marjane et la prit dans ses bras.

Sans attendre, il dévala les marches derrière Soura et Niskae.

Marjane sentait le liquide chaud quitter son corps et se déverser comme une petite fontaine colorée. Elle souleva une paupière. Dans l'air, un beau rouge clair, éclatant, flottait entre elle et Mats.

Le tournis lui fit fermer les yeux, les sons étaient distordus, tantôt forts, tantôt clairs. Ils débouchèrent dans la nef désormais calme, plongée dans un silence sépulcral.

— Là ! Des survivants ! appela quelqu'un.

— Ils ne sont pas pour toi ! tonitrua la voix de Borvo.

Mats ne s'arrêta pas de courir, bringuebalant Marjane qui avait si mal. Ils rejoignirent Borvo et se dirigèrent vers une porte que Niskae bombarda de poudre luminescente. Mats la franchit en haletant.

Leur sortie était un désastre, les morts se comptaient par dizaines, les challengers étaient forts, entraînés, soudés. Mais Marjane était vivante, il la serrait contre lui et rien d'autre ne comptait.

Les autres l'aidèrent à passer Marjane, marionnette désarticulée, par-dessus des grilles, et ils sortirent du cloître.

— La nuit se termine et je vais être coincée, les pressa

Soura dont le corps écailleux glissait sans bruit sur les graviers. Si c'est un avantage car vos ennemis ne pourront plus vous faire de mal par la Loi du sang, moi, je risque gros.

— Plonge, Soura, ne t'en fais pas, on s'occupe d'elle, dit Borvo.

Marjane gigota faiblement.

— Ils ont Andras, Soura… souffla-t-elle. Pourquoi tu n'es pas allée le délivrer, pourquoi tu n'es pas allée sauver mon Andras ?

Elle tendit une main molle vers la Reine, entrouvrit les yeux, et vit qu'elle pleurait, elle aussi.

— Oh, Marjane, j'aurais tant voulu, mais le soleil arrive, mes forces déclinent, et mon rôle est de protéger mon peuple. C'est ma place, Marjane. Sauver Andras signifiait prendre le risque d'être coincée dehors, me montrer aux humains, perdre la chance qu'il me reste de réinventer mon peuple.

— Il t'aime tellement, Soura…

Marjane était épuisée, ses entrailles étaient incandescentes. Sa respiration devint sifflante et elle dut fournir un effort pour faire entrer l'air dans ses poumons douloureux. Mats se pencha sur elle et embrassa ses larmes.

— Soura doit partir, Marjane, elle va nous aider dès ce soir, nous allons chercher Andras et Ashley, je te le promets.

— Il ne devait pas venir… Il avait dit… Il aurait dû… Ashley est avec eux, et je n'ai rien pu faire.

— Va-t'en, Soura ! dit Borvo.

Quelque chose de doux et de froid glissa sur la nuque de Marjane, et un plouf sonore fendit le silence. Soura venait de sauter dans la Seine.

— Vite, elle se vide de son sang, insista Mats. On va où ?

— Je connais un endroit. Fruste, mais mieux que rien, proposa Borvo.

Marjane l'entendait de très loin, envahie par une tristesse indicible. Elle s'était trompée. La Résidence était le monstre et elle avait vécu à l'intérieur, aveugle. Leurs assaillants voulaient la liberté, l'entente avec les humains. Mais était-ce la réalité ? Ou Luka et Nao avaient-ils deux visages, eux aussi ? Ashley ne rentrerait pas ce soir, Bryn ne reverrait pas sa fille, ni dans les prochains jours, ni dans les prochaines semaines. Peut-être jamais. Ashley et ses boucles blondes. Luka respectait les humains, il allait être au moins courtois avec elle, c'était, c'était... Pourvu qu'il ne lui arrive rien. Les idées se tamponnaient, s'imbriquaient les unes dans les autres dans son esprit embrouillé.

Marjane saignait sans discontinuer. Pourquoi aucune image ne prenait-elle corps ? Quel paysage était-elle ? Désolation. Trahison. Mensonge. Elle aurait voulu que son père soit là. Pas parce qu'il lui manquait, non, parce qu'elle avait envie de le rouer de coups, de lui hurler qu'il était un salaud. S'il avait été là, elle l'aurait obligé à vider son sac. Mais il l'avait laissée avec son abominable secret, orpheline de bien plus qu'un père, d'une histoire. D'une vie.

— Borvo, elle se vide !

Des feuilles vertes.

Ils passaient devant le square Viviani, là où se dressait le Vieil Arbre, là où elle avait plongé chez les sybars avec Andras, son cher Andras qui était seul, blessé, affaibli, loin, aux mains de Lev, et qui finirait à la crypte dans le froid, le noir, la terreur. Sans elle. Marjane aurait voulu qu'on arrête la douleur. Pas celle de ses poumons. Elle était aiguë, lancinante, mais elle n'était rien. La vraie douleur était dans sa tête, la culpabilité distillait son poison et la dévorait. Comment avait-elle pu douter d'Andras ? Elle était allée jusqu'à le repousser, tous crocs dehors ! Lui ! Comment avait-elle pu ne pas *voir* ? Pauvre petite sotte aveugle ! Elle défendait son père, sa grandeur, sa… quoi ? Qu'avait-il fait pour elle ? Il lui avait offert Jack, oui. À part ça ? Il lui avait donné sa pitance, comme aux chiens dans les niches. Il avait eu le titre : « père ». Mais quand avait-il eu un geste d'amour pour elle ? Le père qu'elle protégeait était une illusion, une image fantasmée à laquelle elle avait voulu croire. Alors qu'Andras…

Andras était attentif, disponible, prévenant, bienveillant. Sincère. Le seul qui la giflait pour qu'elle puisse entrer sur scène sans ses crocs, le seul qui restait sérieux en lui faisant remarquer que Mademoiselle est très en beauté ce soir mais qu'un peu de rouge à lèvres déborde sur ses incisives, le seul qui l'aidait à faire ses devoirs et avait passé une semaine à lui apporter son petit déjeuner au lit quand elle avait eu son premier chagrin d'amour, qui lui lisait *Peau d'âne*, le conte humain qu'elle préférait, pour s'endormir, lui avait appris à tresser ses nattes, l'aidait à faire ses devoirs et invitait Ashley à dîner quand Monsieur était absent, le seul qui lui avait offert cette petite statue porte-bonheur en forme de démon bedonnant qu'elle avait cassée en dansant toute seule dans sa chambre, et elle avait pleuré, le seul qui était allé en chercher une autre parce qu'elle était si jolie quand elle ne pleurait pas, le seul qui lui avait donné sa chair et son sang pour l'aider à se contrôler, l'aider à grandir, le seul… Le seul qui l'aimait. Oh oui, Andras l'aimait. Il l'aimait comme un père, si humain, si… *tout*, et elle n'avait rien compris, incapable de mesurer son amour, un amour infini qui avait mangé toute sa vie à lui. Son père voyageait et Andras était là, patient, l'encourageait, plein d'attentions et de renoncement. Marcus de Beaune rentrait ? Andras s'effaçait. Il retournait dans sa chambre, là-haut, sa petite chambre monacale. Et Marjane, insouciante, continuait sa vie comme si c'était normal, comme si Andras était là et le serait toujours. Comment aurait-il pu en être autrement ? Aveugle ! Aveugle ! Elle lui avait craché à la figure, soutenu sans honte que son père était un être merveilleux et qu'Andras ne lui arrivait pas à la cheville, incapable de voir que c'était tout l'inverse !

Il l'avait pardonnée. Il l'avait suivie jusqu'à Notre-Dame, était venu braver les ninns, lui, simple humain, pour elle. Pour la ramener.

Parce qu'il l'aimait.

Et elle l'aimait tellement, elle aussi. Il lui avait fallu tout ce temps pour comprendre et maintenant, il n'était plus là.

Marjane coulait.

Les voix de Mats, Borvo et Niskae se voilaient. Il y avait des bruits de pas qui claquent sur le pavé, des grincements de portes, des halètements. Mais ils n'existaient plus. Plus rien n'existait. Elle avait tout raté, abandonné ceux qu'elle aimait comme son père avait abandonné sa mère, probablement morte de faim ou de chagrin dans la crypte, misérable, torturée.

Marjane oubliait. Elle baignait dans une grande lumière dorée et pour la première fois, elle n'avait plus peur, de ses crocs, de ses émotions, de l'improviste, des autres. Elle attendait la fin car elle était l'unique, la vraie délivrance.

— C'est la seule solution… dit une voix suave qu'elle allait peut-être regretter.

Marjane l'oublia aussi.

Du rouge éclata devant ses yeux clos, un rouge lumineux, vivant, monumental, qui balaya la tristesse, le doute, bouscula le chagrin, prit toute la place, grandiose, et alors que le sang de Mats gouttait dans sa bouche entrouverte, le sang de Mats qui avait la même couleur que le sien, rouge, si rouge, un paysage prit forme.

Les collines s'étendaient à perte de vue, piquetées de coquelicots et de graminées dont les têtes panachées dansaient par à-coups, effleurées par la brise. L'herbe était haute, chatouillait les mollets de Marjane, et se courbait à chacune de ses foulées ; le ciel était immense. Elle se tenait au creux d'un vallon, et entreprit de gravir la douce pente devant elle. Plus elle montait, plus un sentiment d'euphorie la gagnait, l'impression étrange qu'elle avançait vers son destin, vers le début et la fin, le commencement et l'arrivée. Des bouffées d'iode lui parvenaient par intermittence, et ses cheveux détachés couvraient son dos. Elle portait une robe en coton fin, assortie aux fleurs jaunes et gracieuses qui émaillaient les alentours. Elle écouta le chant du vent dans les herbes, les trilles d'un oiseau bavard, et elle sourit. Elle était bien. Elle parvint au sommet. Là-bas, au-delà des vagues changeantes des collines, la mer scintillait, nappe brillante sur l'horizon. Un arbre haut et touffu dominait la colline suivante, vers la mer, et juste derrière, il y avait une petite maison au toit de tuiles rouges.

C'est là que Marjane allait.

Elle y allait depuis le départ, mais ne le savait pas.

Elle suivit la crête jusqu'à l'arbre. Un souffle léger la caressait, le soleil chauffait sa peau avec délicatesse et les feuilles de l'arbre bruissaient. Elle frôla le tronc rugueux de la main et continua. La porte était ouverte et Marjane entra sans frapper. Elle retira ses sandales, goûta la fraîcheur du carrelage sur la plante de ses pieds, se dirigea vers la gauche.

Mats était là, debout, au milieu d'une pièce pleine de livres et de soleil. Il ouvrit ses grands bras.

— Je t'attendais… dit-il.

Marjane sourit en s'avançant vers lui.

Elle était arrivée.

Elle était chez elle.

Marjane ouvrit les yeux.

Mats était penché au-dessus d'elle et laissait ruisseler dans sa bouche le sang qui s'écoulait de son poignet. Il s'arrêta dès qu'il croisa son regard.

— Ça va ? Marjane, tu m'entends ?

Marjane observa sans un mot ses sourcils froncés, ses yeux noirs inquiets, ses boucles châtain clair qui lui tombaient sur le front.

Elle venait de toucher son âme, de la découvrir dans toute son ampleur. Sublime.

— Tu es mon Autre… murmura-t-elle, bouleversée.

37
MATS

Marjane était allongée sur un lit en fer. Les murs de la chambre étaient d'un beige crasseux, veinés de fines craquelures. Sitôt qu'elle bougea le petit doigt, Mats s'approcha et le matelas s'incurva sous son poids.

Il n'y avait plus besoin de mots. Marjane lui prit la main. Un large pansement courait sur ses côtes et une partie de son ventre, mais la douleur était à peine perceptible.

— La déco laisse à désirer, dit Mats, mais le copain de Borvo, celui qui nous prête son appartement, n'a pas l'air très regardant côté propreté. C'est une sorte de... troll des bois, un truc comme ça.

Une porte grinça.

— Ça y est ? demanda la voix chantante de Niskae. Elle est réveillée ?

L'œil pétillant, elle se glissa à pas de loup vers eux, auréolée de ses cheveux frisés. Marjane garda la large main de Mats dans la sienne.

— La journée se termine, Soura sera bientôt là. Borvo est en train de te concocter une petite soupe maison, tu vas m'en dire des nouvelles, précisa l'apprentie druide.

Elle tira jusqu'à la tête de lit une chaise dont la moitié du dossier était arrachée. Elle portait un sweat gris à capuche et un improbable bermuda beige sur ses tongs en plastique.

— Tu as meilleure mine, assura-t-elle.

— Menteuse, dit Mats. Elle a une tête de déterrée.

Marjane lui pinça le bras.

— Mais elle est magnifique comme ça, ajouta Mats avec son sourire en coin.

— Soyez cool, attendez au moins que je sorte d'ici avant de laisser se déchaîner vos hormones de ninns énamourés.

Marjane trouva le moyen de sourire.

— Tu savais que Niskae fait une thèse…

— … un ogar ! rectifia-t-elle d'un ton faussement péremptoire.

— Ouais, donc en gros, qu'elle fait une sorte de thèse druidique, reprit Mats en l'ignorant, et que son sujet est… les corkans ?

Marjane dévisagea Niskae qui hocha la tête.

— Jusqu'à présent, je me basais sur des bouquins, mais là, ça dépasse toutes mes espérances : j'ai deux corkans sous la main !

— Elle m'a promis d'élucider le mystère de notre course classe 5.

— Super.

Marjane était sincère. Elle aurait voulu être plus disponible, plus enjouée. Elle était distante malgré elle.

— Et je n'oublie pas le jeu, pour les paysages ! lança Niskae en se levant. Mais il faut que tu te rétablisses. Je vous laisse. Pas de folies, j'apporte la soupe dans dix minutes.

— Merci, dit Marjane quand Niskae referma la porte derrière elle.

Mats sourit et Marjane admira son visage serein. Elle détourna les yeux pour scruter le reste de la pièce. Un sac de voyage était posé au pied d'un bureau en Formica. Dessus, la photo récupérée dans la chambre d'Andras, celle où il la tenait dans ses bras, si fier. Mats avait suivi son regard.

— C'est moi qui l'ai prise. D'où le côté déstructuré, ajouta-t-il en penchant la tête. Je l'avais oubliée, je m'en suis souvenu en la voyant. On était sur la terrasse, chez toi. Je devais avoir six ou sept ans.

Marjane ne répondit pas, incapable de gérer la déferlante de souvenirs et de culpabilité. Où était Andras maintenant ? Était-il toujours vivant ?

— Ça va aller, on va le retrouver, Marjane, on va *les* retrouver… souffla Mats.

— Je ne peux pas laisser Andras là-bas.

— Tu ne veux pas qu'on cherche d'abord Ashley ? s'étonna Mats.

— Non. Andras d'abord.

Marjane perçut le goût salé de ses larmes avant de se rendre compte qu'elle pleurait. Encore. Elle ne faisait que ça depuis l'anniversaire de son père : pleurer les morts, leur passé, leur petitesse, la douleur, le manque, tout.

Mats se pencha et ses lèvres chaudes glissèrent sur le front de Marjane, passèrent sur ses sourcils, frôlèrent ses tempes. Elles étaient douces comme un morceau de soie et Marjane ferma les yeux pour mieux ressentir leur caresse. Elles descendirent le long de ses pommettes, ricochant en petits baisers évanescents, presque imperceptibles, et se posèrent sur ses larmes. Alors Marjane n'y tint plus. Elle attrapa Mats, le serra dans ses bras comme si sans lui, loin de lui, elle étouffait, elle mourait, chercha sa bouche avec avidité, et l'embrassa dans une étreinte passionnée, pressée de se fondre en lui, de mêler leurs deux corps fiévreux.

Enfin.

Enivré par le parfum grisant de sa peau, Mats répondit à son baiser, haletant, enfouit sa tête dans la masse de cheveux bruns.

Et soudain, tout lui revint.

Il se redressa d'un bond, tituba, se rattrapa de justesse au montant du lit.

— Qu'est-ce qui se passe ? demanda Marjane.

Mats marchait maintenant de long en large comme un fauve, sa grande silhouette tremblant sous le coup de l'émotion.

— J'avais oublié, Marjane, mais Soura avait raison !

— De quoi tu parles ?

— C'était là, caché, à portée de main ! martela-t-il en se tapant le front de son index tendu.

— Calme-toi, Mats ! Explique-moi, tu me fais peur, là !

Il vint se rasseoir à côté d'elle, plus fébrile que jamais.

— Tu sais pourquoi on ne se voyait plus ? Pourquoi ma mère m'a interdit de te voir et m'a fait jurer que plus jamais je ne te parlerais ?

— Non… non, je ne l'ai jamais su, bégaya Marjane, prise de court.

— Tu étais chez moi, c'était l'époque où ma mère et ton père étaient très proches, ils se voyaient souvent, et on jouait ensemble, toi et moi.

Marjane acquiesça en s'asseyant. La pièce autour d'elle valdingua un instant.

— On avait… on avait passé des heures à construire une ville… commença Mats qui fixait les couvertures miteuses de Marjane sans les voir. Et ma mère nous a surpris.

Il était plongé dans le précieux passé qu'il venait de rattraper.

— Elle m'a fait promettre de ne plus jamais t'adresser la parole et j'ai obéi ! Je ne t'ai jamais rien dit et je t'ai détestée. C'était tellement plus facile que de la détester elle !

Mats n'arrivait plus à arrêter le flot de paroles saccadées.

— Et j'ai été odieux, oui, je le sais, un sale con, méchant, mesquin, mais je n'avais pas le choix, Marjane, je ne pouvais pas faire autrement parce que… parce que tu grandissais, tu devenais belle, tu chantais, je t'ai vue la première fois et j'ai dû partir, c'était trop dur, ton rire me manquait, *tu me manquais*, et je te haïssais de ne pas pouvoir te parler ou t'approcher, je haïssais le monde entier de devoir être loin de toi, et ça a empiré, tout s'est mélangé, tu comprends ? Mais surtout, j'ai oublié ce qui s'était passé ! Comment j'ai pu refouler ça ? Ça vient de resurgir avec l'odeur de tes cheveux, ton odeur, notre passé : on avait construit une ville souterraine, cachée sous la Résidence. Tu te souviens ?

Marjane fronça les sourcils. Elle essayait mais elle était abasourdie par les propos de Mats, et puis, il y avait tant de jeux, de scènes, de souvenirs avec lui.

— Oui ! chuchota-t-elle. C'est flou mais ça me revient ! Avec ces bouts de bois qu'on empile, c'est ça ? On avait dû y passer du temps parce qu'on avait même construit la Première Cour, et une partie des bâtiments autour !

— Voilà ! s'exclama Mats qui serra ses mains dans les siennes. Et cette ville souterraine était un secret…

— … que seul l'Édile connaissait ! enchaîna Marjane.

— Ma mère est entrée à ce moment-là sans crier gare…

— … et elle a shooté dans la ville, t'a demandé de

ranger illico. Elle m'a demandé de partir ! Elle était hors d'elle !

Marjane ne quittait plus Mats des yeux. Elle savait ce qu'il allait dire.

— Il y a *vraiment* une ville souterraine, Marjane. La crypte… Elle est tout près, elle est construite *sous la Résidence*.

Ils étaient tous les deux essoufflés, Mats dut reprendre sa respiration avant de porter le coup de grâce.

— Et je sais où est l'entrée.

REMERCIEMENTS

Merci à Natacha et Xavier, à l'origine de ce projet.

Mille mercis à Benoît qui m'a fait visiter Notre-Dame hors des sentiers battus. 99 % de ce que je raconte sur la cathédrale est vrai, à part un détail (saurez-vous le trouver ?).

Merci à Eric Neveux pour sa B.O. de *Il était une forêt*, et à Vassilis Tsabropoulos pour *The Promise*. Je les ai écoutés en boucle pendant toute l'écriture de ce livre (et pardon à mes proches qui, du coup, les détestent).

Merci à Audrey et Christiane, les super correctrices de *Marjane*.

Une ola en bonne et due forme pour Bénédicte de SOS amitié et Xavier123 aux yeux monstrueux.

Un million de mercis à Claire, Bapou et Odile, qui, comme d'habitude, ont fait preuve d'une indulgence et d'une écoute sans bornes. Je vous adore.

Merci à Anne et Béatrice, de la librairie Pages après pages, amies précieuses.

Un gros bisou spécial à Nina et Valérie (je vous ai réservé un corkan…).

Merci à Mathias, qui a relu ce manuscrit avec des yeux bioniques et dont l'avis compte beaucoup pour moi, merci à Aurélien qui m'encourage dès qu'il le peut.

Merci à Stéphane, qui sait pourquoi.

Enfin, une pensée pour Tao, la boule de poils tigrée qui m'a accompagnée en roucoulant dans les balbutiements de cette histoire. Jack est son double de papier.

Ouvrage composé par
PCA – 44400 Rezé

Cet ouvrage a été imprimé
en Espagne par

Industria Grafica Cayfosa
(Impresia Iberica)

Dépôt légal : mars 2015

FSC
www.fsc.org
MIXTE
Papier issu de
sources responsables
FSC® C003309

Pocket Jeunesse, une marque d'Univers Poche,
est un éditeur qui s'engage pour
la préservation de son environnement
et qui utilise du papier fabriqué à partir
de bois provenant de forêts gérées
de manière responsable.

PKJ• www.pocketjeunesse.fr
POCKET JEUNESSE

12, avenue d'Italie - 75627 PARIS Cedex 13